「魔王様。連れて参りました」
イグニスの言葉に魔王は頷いた。
フードで表情は分からないが、
見られているという視線を感じた。
異世界ウォーキング7
～魔王国編～

シエル＆ヒカリ
ソラの旅についてくる精霊と、
エレージア王国の元間者《スパイ》。
セラ
幼い頃ボースハイル帝国に
連れ去られ、戦闘奴隷に
されていた獣人。
クリス
行方不明の姉を探す
ハイエルフの魔法使い。

強力な魔物が出る黒い森や、
魔王城を探索!?
ミア
フリーレン聖王国の
元聖女。
ルリカ
クリスと組んでいた
双剣使いの冒険者。
ソラ
異世界召喚された高校生。
この世界を見て回っている。

「無粋な者たちめ。
よもやアルカの民が
ここまで来ようとは！」
背後には透明な
大きな箱のようなものがあった。
その箱の中には色々な形、
色々な色をしたものが無数に入っていて、
箱の中をまるで泳ぐように
浮き沈みしている。

7

異世界ウォーキング

〜魔王国編〜

あるくひと

[illust.]
ゆーにっと

Walking in another world

口絵・本文イラスト
ゆーにっと

装丁
AFTERGLOW

CONTENTS

Walking in another world

プロローグ 005
閑話・1 015
第1章 018
第2章 047
閑話・2 080
第3章 084
第4章 127
閑話・3 164
第5章 167

閑話・4 212
第6章 216
第7章 253
閑話・5 287
第8章 289
回想・エリザベート 315
エピローグ 327
◇ここまでのステータス 335
あとがき 336

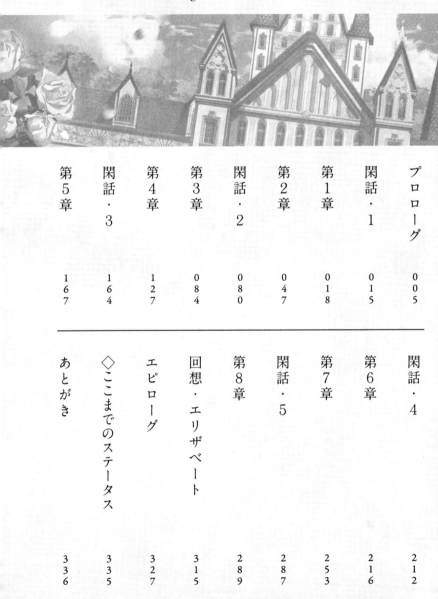

プロローグ

「あ、おはよう、ソラ」

目を覚まして寝室を出ると、ミアが出迎えてくれた。

手に持つのは料理の盛られたお皿だ。

いい匂いがしたと思ったけど発生源はこれか。思わずお腹《なか》を押さえていた。

「おはよう、ミア。皆はまだ寝てるのか？」

挨拶《あいさつ》を返して尋ねたら、

「皆もう起きているよ。ソラが最後ね」

と笑った。

ミアが言うには、俺がなかなか起きてこないから、皆は散歩に出掛けたらしい。

ミアは鼻歌を歌いながら次々と料理を運んでくる。

手伝おうと思ったら、座って待っていてとやんわりと断られた。

俺は素直に従い椅子に腰を下ろし、ミアの姿を眺めながら会った当初のことを思い出していた。

ミアと出会ったのはフリーレン聖王国の聖都メッサだった。

ミアはそこで聖女として育てられて、降臨祭で正式に聖女に任命されるはずだった。

けど枢機卿《すうききょう》に化けていた魔人の姦計《かんけい》によって偽聖女の烙印《らくいん》を押され、処刑されるところを助けた縁で一緒に旅をしている。

「あ、主が起きてる」

料理を運び終えたミアと話していると、ガヤガヤと話し声が聞こえてきた。帰ってきたみたいだ。

最初に部屋の中に入ってきたのは声を発した黒髪の女の子のヒカリだ。

彼女の首には、特殊奴隷の証《あかし》である銀色の三本線の入った首輪がある。

ヒカリはエレージア王国の元間者《スパイ》で、俺を監視していたが、隷属の仮面から解放されたことで自由になり一緒に旅をするようになった。

「あ、本当に起きてる」

「本当さ」

続いて部屋に入ってきたのは二人の少女。

最初に声を発したのが双剣使いのルリカで、王国で冒険者をしていた時に短い期間だけど大変お世話になった。

異世界召喚されて右も左も分からない俺に、この世界のことを色々と教えてくれたある意味先生でもある。

そんなルリカと一緒に入ってきたのは猫の獣人のセラ。彼女はルリカたちの幼馴染《おさななじみ》で、ボースハイル帝国の仕掛けた戦争で行方不明になっていた。

ルリカから探していることを聞いていた俺が、聖都の奴隷商館で見つけて保護した。

凶悪な魔物が多く生息している黒い森で長いこと戦闘奴隷として戦っていたため、その戦闘力は俺たちの中でも群を抜いている。旅の間も何度も助けられた。

「ヒカリちゃん、こっちに来てください。埃《ほこり》を落としましょう」

そして最後に入ってきたのはルリカの相棒で、王国でお世話になった魔法使いのクリスだ。

彼女の見た目は人種《ひとしゅ》だけど、本当はエルフだ。

以前は魔法で姿を変えていたけど、今はセクトの首飾りという魔道具で姿を変えている。

名前を呼ばれたヒカリがトコトコとクリスの前まで移動すると、クリスはヒカリに洗浄魔法を使った。ヒカリの体が仄《ほの》かな光に包まれて、汚れていた服が綺麗《きれい》になった。

「ありがとう、クリス姉」

お礼を言うヒカリの頭に、フラフラと飛んできた白いモフモフがちょこんと乗った。

アンゴラウサギのような外見をしているそれは、俺と契約している精霊のシエルだ。

愛くるしい見た目でマスコット的な存在だけど、その秘めたる力で多くの奇跡を起こしてきた。

普段は食っちゃ寝のお気楽生活を送っているから、あまり想像出来ないけど凄《すご》い精霊だ。

「それじゃご飯にしましょう」

ミアの呼び掛けで皆が席に着くと、早速ご飯を食べ始めた。


食事を終えて建物を出ると、俺たちは人気《ひとけ》のない町の中を歩いた。

破壊のあとの見えるここは、ルリカたちの生まれ故郷であるルコスの町だ。

戦争によって住めなくなり、生き残った人たちは現在ナハルの町で生活している。

町を出る時、ルリカたちは一度立ち止まり振り返った。

その時彼女たちが何を考えているかは、その横顔からはうかがい知れない。

「うん、それじゃ行こうか！」

ルリカの元気な声に押されて、俺たちはルコスを発《た》った。

次の行き先はマルガリの町で、食料品などの買い物をそこで済ませる予定だ。

そこから北上してアルコニトの町を抜ければ、いよいよ帝国領に入ることになる。

今回の目的地はその帝国領のさらに先にある黒い森だ。

竜王が言うには黒い森の中には町があり、そこには色々な事情を抱えた人たちが住んでいるとのことだ。

俺たちがそこを目指すのは、クリスの姉であるエリスを探すためだ。

エリスもセラと同様に、帝国との戦争で行方不明になっていた。

元々ルリカとクリスがエルド共和国を旅立って他の国を回っていたのも、二人を探すためだった。

戦争がなければ二人に出会えなかったことを考えると複雑だ。

違うな。魔王の復活はその戦争が原因みたいだし、それがなければそもそも異世界召喚されなかった可能性が高い。

俺は影と名付けた狼《おおかみ》の姿をしたゴーレム（ゴーレムコア・タイプ影狼）を呼び出すと、アイテムボックスから馬車を取り出した。

さらに影に変化の魔法を使って外見を馬にすると、馬車を牽《ひ》かせて走らせた。

ルコスからマルガリへ向かう道は、今は人の往来がなくなり荒れ果てていた。

地面は凸凹《でこぼこ》になり、雑草が伸び放題になっている。

しかし俺の作った馬車はその荒れ地をものともせずに進む。錬金術で作られた馬車は元々振動に

強かったが、吸収のスキルを付与したことでさらに強化されている。

ゴーレム馬車は魔力が続く限り休まず進めるから夜も走る。

お陰で本来一週間はかかる道を、その半分の日数で進むことが出来るのだ。

「ソラ、そろそろ交替しましょう」

御者台に座り手綱を取っていると、クリスが声を掛けてきた。

そろそろ交替の時間か。

俺とミアはルリカとクリスの二人と交替して馬車の中に入った。

馬車にはヒカリとセラが眠っているから起こさないように俺たちも横になった。

予定では明日の……既に日付が変わっているから今日になるのか、朝にはマルガリの近くまで行けるだろう。

そこで馬車から降りて歩いて町に入り、一日滞在してすぐ発つ予定だ。

一応馬車の中で休んでいるけど、宿でゆっくり体を休めたいからね。

俺はヒカリに抱きかかえられて苦しそうなシエルを眺めながらＭＡＰを確認する。

街道にもその周辺にも人も魔物の反応もない。

今度はステータスを呼び出して現状の確認だ。

名前「藤宮そら」　職業「魔導士」　種族「異世界人」　レベルなし
ＨＰ680／680　ＭＰ680／680（＋200）　ＳＰ680／680
筋力…670（＋０）　体力…670（＋０）　素早…670（＋０）

魔力…670（＋200）　器用…670（＋0）　幸運…670（＋0）

スキル「ウォーキングＬｖ67」
効果「どんなに歩いても疲れない（一歩歩くごとに経験値１＋α取得）」
経験値カウンター　１８３９２３８／１９９００００
前回確認した時点からの歩数【４１７０３歩】＋経験値ボーナス【４８５４３】
スキルポイント　２

習得スキル
【鑑定ＬｖＭＡＸ】【鑑定阻害Ｌｖ７】【身体強化ＬｖＭＡＸ】【魔力操作ＬｖＭＡＸ】【生活魔法ＬｖＭＡＸ】【気配察知ＬｖＭＡＸ】【剣術ＬｖＭＡＸ】【空間魔法ＬｖＭＡＸ】【並列思考ＬｖＭＡＸ】【自然回復向上ＬｖＭＡＸ】【気配遮断ＬｖＭＡＸ】【錬金術ＬｖＭＡＸ】【料理ＬｖＭＡＸ】【投擲《とうてき》・射撃ＬｖＭＡＸ】【火魔法ＬｖＭＡＸ】【水魔法ＬｖＭＡＸ】【念話ＬｖＭＡＸ】【暗視ＬｖＭＡＸ】【剣技ＬｖＭＡＸ】【状態異常耐性ＬｖＭＡＸ】【土魔法ＬｖＭＡＸ】【風魔法ＬｖＭＡＸ】【偽装Ｌｖ９】【土木・建築ＬｖＭＡＸ】【盾術ＬｖＭＡＸ】【挑発ＬｖＭＡＸ】【罠《わな》Ｌｖ８】【登山Ｌｖ７】【盾技Ｌｖ６】【同調Ｌｖ７】【変換Ｌｖ８】【ＭＰ消費軽減Ｌｖ８】【農業Ｌｖ４】【変化Ｌｖ５】【鍛冶《かじ》Ｌｖ５】【記憶Ｌｖ６】

上位スキル

【人物鑑定ＬｖＭＡＸ】【魔力察知ＬｖＭＡＸ】【付与術ＬｖＭＡＸ】【創造Ｌｖ９】【魔力付与Ｌｖ８】【隠密Ｌｖ９】【光魔法Ｌｖ６】【解析Ｌｖ７】【時空魔法Ｌｖ８】【吸収Ｌｖ６】

契約スキル
【神聖魔法Ｌｖ７】

スクロールスキル
【転移Ｌｖ７】

称号
【精霊と契約を交わせし者】

加護
【精霊樹の加護】

前回確認してから日が経《た》っていないから大きな変化はない。光魔法と時空魔法のレベルが上がったぐらいだ。
今悩んでいるのは、一つは職業について。
職業は一度変更すると、ウォーキングのレベルが上がるまで変更することが出来なくなる。

黒い森に入る時は、気配察知などの探索系スキルに補正がかかるスカウトにした方がいいのかもと思っているけど、熟練度を上げるのにMPを消費するスキルが多いから、MPに大きな補正がかかる魔導士のままにしておきたいとも思っている。

あとはスキルだ。現在のスキルポイントは2。

以前から習得したいと思っている複製のスキルを覚えるか迷っている。

スキルポイントを余らせておくと、何かあった時に必要なスキルを習得出来るという利点がある。ただどのスキルでも言えるけど、覚えたてのスキルは効果が低い。レベルを上げることで徐々に強くなっていくことを考えると、複製も早く覚えてスキルレベルを上げておきたい。

効果は指定したアイテムを一時的に複製出来るというものだ。一定時間が経つと複製したアイテムは消えてしまうが、レベルが上がると複製しておける時間が延びるみたいだ。

上位スキルだから習得するのに必要なポイントは2……。

NEW
【複製Lv1】

習得する、しないの激しい葛藤《かっとう》の末、前者を選んだ。

上位スキルの中にはレベルが上がりにくいものもあるし、黒い森の中ではさすがに馬車移動は無理だろうから、歩く機会が増えると思ったからだ。

俺は習得したスキルを早速使った。

スキルを使うと複製出来るものがアイテム一覧となって浮かんだ。

基本俺が触れたことがあるものが対象のようだ。ポーションも複製出来るみたいだけど効果はどうなるんだろうか？

とりあえずその中から一つを選択。手の中に投擲ナイフが複製された。

握った感触は本物そのものだ。

しばらく眺めていると、やがて手の中のナイフは消えた。投擲ナイフで約三分ってところか？

ステータスを確認するとＭＰが減っていたからこれも魔法か。

他にも色々と複製してアイテムによっての複製時間の違いなどを確認したいけど、今日は寝るとしよう。

しっかり寝ないとミアたちに怒られるからね。

俺は目を閉じるとそのまま眠りに落ちた。

閑話・1

城のバルコニーから眼下を見渡した。

立ち並ぶのは同一の鎧《よろい》に身を包んだ、我がエレージア王国の騎士たちだ。

騎士団長の号令によって一糸乱れぬ動きで歩き出した一行は、城の前から出発して貴族街を通り、街の中央通りを北に進む。

その姿を見に集まったであろう民衆たちの歓声がここまで聞こえてきた。

騎士たちは北門に控える冒険者たちと合流したら、そのまま城塞《じょうさい》都市を目指す手筈《てはず》になっている。

本来ならこんなパフォーマンスは必要ないが、下民たちを安心させるためだから仕方ない。

王都周辺は平和だが、国内外で魔物の被害が増えているという話を商人が持ち込むから、それが噂として広がっていた。

「それで異世界人共の準備は？」

「完了しています。聖女以外は既に北門で待機させています」

その言葉に私は満足して頷《うなず》いた。

魔王討伐隊の出発が遅くなってしまったのは、装備の準備に時間がかかったのが主な理由だ。

一流どころの鍛冶師を集めたが、特に竜の素材を使った武具の製作は難航した。

竜の素材を使った武具を持たせるのは、異世界人たちだけではない。

我が国が誇る特殊兵に、騎士団長をはじめ幹部クラスの者たちの分も作らせた。

本当はもっと用意出来るはずだったが、エーファ魔導国家のプレケスの領主のせいでその数が減った。全く余計なことをしてくれた。

しかし、予定通り聖女を残すことが出来たのは大きい。

剣王がごねたらしいが、勇者と聖騎士が説得してくれたようだ。

聖王国の教皇も、失態を挽回《ばんかい》するために多くの神聖魔法の使い手を派遣してきたからな。

それよりも、聖女は聖剣の代わりにこの地の結界を発動させるための媒体として利用する。

魔人は脅威だが、結界さえ発動していればその力を著しく下げることが出来る。

異世界召喚をして異世界人を呼び出す我が国の王都に、魔人が攻めてこないのはそれが理由だ。

それに聖女には戦いが終わってからの方が利用価値がある。

「果たして今回は何人が生きて帰ってくるか……」

最低でも勇者と聖騎士は帰還してもらいたい。

魔導王も母体に使えるが、あれは囮《おとり》部隊の方に配属させた。

相手の注意を引くなら大規模魔法ほど分かりやすいものはないのだから。

それに敵は魔王や魔人たちだけでなく魔物もいる。黒い森にいる魔物は奥に行くほど強く、数も多くなる。

それを考えると適任だ。

同じように広域を攻撃出来る精霊魔法士が魔人の手に落ちたことが悔やまれる。

拷問して我が国の情報を引き出そうとするかもだが、精霊魔法士は何も知らないからその点は心配していない。

そもそも異世界召喚した者どもにはこの国の、世界の情報を与えないようにしていた。

「……で、向こうの準備はどうなっている？」

「滞りなく進んでいます」

今回の魔王討伐には二つの目的がある。

一つはもちろん魔王の討伐だが、もう一つは帝国の力を削ぐことだ。

先の戦争で他国の帝国に対する印象は悪くなっている。

魔王討伐の人員を冒険者ギルドからも募ったが、その殆《ほとん》どがこちらに、我が国に集まった。

人数調整のため帝国側で参加するように頼むと、それなら参加を取り止《や》めると言い出す者が続出したという報告も受けている。

お陰でこちらの手の者を、援軍を口実に帝国に送ることが出来た。

理想は帝国兵の邪魔をして、村や町、帝都へと魔物が攻め入ることだ。

そうすれば魔物退治を理由に帝国の領土を奪うことが出来るかもしれないし、助けたのを口実に帝国に対して優位に立つことが出来る。

「さあ、忙しくなるな」

既に私の頭の中には、魔王討伐後の計画が思い浮かんでいた。

第1章

アルコニトを発《た》って二日が経った。

見渡す限りの荒野だが、ＭＡＰで見るとちょうどこの辺りがエルド共和国とボースハイル帝国の国境線辺りになる。

ここまでは夜も馬車を走らせていたけど、ここからは怪しまれないようにそれを控える予定だ。

ルリカたちの話では、ここから一番近い町のドロースには、国境を監視するための監視塔があるとのことだ。

「なあ、ミア。黒い森に行くけど本当に大丈夫か？」

ここまで来て今更だと思うが、どうしても遺跡で見たユタカの本のことを思い出してつい聞いてしまった。

ユタカの本によれば、魔王が倒されない場合、女神がこの世界に降臨する可能性がある。

その時女神の依り代として選ばれるのは、女神と親和性の高い神聖魔法の使い手という記述があり、依り代となった人は女神が消えたあと死んでしまうともあった。

俺には魔王を討伐したいという意志はないし、そもそもイグニスとの制約で魔王に危害を加えることが禁止されている。

「突然どうしたの？」

「あ、ああ。いや、アドニス……聖都でミアを殺そうとした魔人のことを思い出してさ」

咄嗟《とっさ》に嘘をついた。

俺の言葉にミアが嫌そうな顔をした。

聖都でのことを思い出させてしまったのかもしれない。

「……確かに黒い森には魔人が住んでいるって話は聞くけど大丈夫よ。だってソラが守ってくれるでしょう？」

そんな風に言われたら何も言えない。

この世界に召喚されて多くの魔物と戦い、ダンジョンにも行って経験を積んできたけど、今の俺が、あのイグニスと戦えるかは未知数だ。女神の方はなおさらだ。

そもそも女神が降臨する条件も詳しくは分かっていない。

例えばその条件に魔王から一番近くにいる神聖魔法の使い手というものがあれば、魔王に近付かなければ回避出来るけどその保証もない。

女神がどのような力を持っているかも分からないし。

「もちろんだよ」

それでも俺はミアを不安にさせないように答えた。

もし魔人たちがミアを狙うなら、その時は力の限り抵抗する。

ウォーキングスキルで色々なスキルを習得しているし、守りに徹すればきっと大丈夫なはずだ。

それを聞いたミアは嬉《うれ》しそうに微笑《ほほえ》んでいた。

夕食の時に改めて皆と今後の方針を話した。

このまま街道を進んで帝国領に入ると、まずあるのがドロースという町。ドロースからさらに北上するとアストゥースの町があり、そこから北西に防衛都市ノーブ、西に帝都ハイルへと続く街道が通っている。

俺たちはアストゥースの町を目指し、ここから北方面に進み黒い森に入る予定だ。

ドロースに到着したのは、それから四日後だった。

「目的は？」

門番にギルドカードを見せると、ジロジロとした目で見られた。品定めされているみたいだ。

その時の門番の一人の、ヒカリとセラに対する態度は最悪だった。特にセラには小馬鹿にしたような笑みを浮かべて、それを隠そうともしなかった。

その隣で同僚の門番がため息を吐《つ》いていたから、あくまでその個人の問題だと思うけど良い気はしない。

「防衛都市のノーブにポーションを届けに行く予定です。彼女たちは護衛と……つ、妻になります」

俺の言葉にミアが頬を染めた。

今回帝国領に入るにあたり、ルリカから心配されたことがあった。

それはミアの身分だ。

ルリカたち冒険者組とヒカリは護衛で押し通せる。

俺は商業ギルドのギルドカードがあるが、ミアは通常の身分証しかない。そうなると町に入場する際に、この面子《メンツ》の中に町人が一人いることに難癖を付けてくるかもしれないと言った。

それに関してはクリスも同意見だったため、ミアは俺の妻として同行していることにした。

俺の説明に門番が押し黙り、俺たちの顔を何度も見比べていた。

沈黙の時間が長くなるにつれて俺の心臓が早鐘を打った。

「行っていいぞ」

最終的に許可が下りた時に思わず安堵《あんど》のため息が出そうになったが、それは我慢した。

ただルリカたちは明らかに口角がつり上がっている。

それは別に町に入れないと思っていたからではない。笑いを堪《こら》えていたからだ。

その原因は俺の顔にある。

現在俺は仮面をしていない。こちらも町に入る時に難癖を付けてくる門番もいるかもしれないということで。本当に疑《うたぐ》り深い国だ。

たださすがに素顔をそのまま晒《さら》すわけにはいかないから、変化の魔法で顔を少し変えている。

主に髪の色と目元だ。他の人にはつり目に見えているらしい。

それが可笑《おか》しいらしいけど、これにしようと言ったのは君たちだからね？

「何であんなに時間がかかったんだろう？」

ある程度門から離れたところでミアは頰を膨らませた。

ちょっと不満気だ。

「確かに私たちが最初に来た時も結構入場するのに時間かかったよね」

とルリカも当時のことを思い出したのか、うんざりした顔でため息を吐いていた。

予《あらかじ》めルリカたちからは帝国がどんな場所かを聞いていたけど、その応対は想像以上に悪かった。

しかし……俺は改めて町の中を眺める。

共和国に隣接しているというだけあって、防壁も高く警備は厳重だ。複数ある監視の塔には監視員らしき者の反応はあったし、防壁の上にも等間隔に人が配置されていた。

町も活気がなかった。

気配察知で人の反応を確かめた時から薄々感じていたが、町の大きさに対して人の数が少ないようにも感じた。

ひとまず門の近くにある預り所で馬車を預けることにした。

俺は馬車を預ける時に、影に触れて魔力を付与する。

出発は明後日だけど、これで不測の事態が起こらない限り影の魔力が切れることはない。

ヒカリが別れる時に影の頭を撫《な》で、シエルも耳を振っている。

「……それじゃ次は宿ね。お勧めのとこがあるのよ」

「うん、女将《おかみ》さん元気かな」

ルリカとクリスが懐かしそうに話すのは、以前二人がドロースの町の宿屋でお世話になった女将のことだ。

二人は料理の基礎をその女将から教わったそうだ。

「それじゃそこに行くさ」

「うん、二人の昔話を聞く」

ヒカリの一言で顔を引き攣らせていたけど大丈夫か？

宿を目指しながら、ルリカの案内で町の中を進んでいく。

建物自体は聖王国や魔導国家と同じような石造りの家が目立つが、全体的に黒い色で見ているだけで気が沈んでいくような気がする。

活気のなさもそれに拍車を掛けているのかもしれない。

中央通りには店も並んでいるけど、店主が暇そうにしているところもあれば、営業自体していない店も目に付いた。

俺たちが近くを通ると誰もが見てきた。

「中央にあるあの建物が帝国兵の詰め所になっていて、彼らが町を治めているのよ」

領主は別にいるけど、基本その人たちは帝都に住んでいるため、派遣された階級の高い帝国兵が代理として働いているそうだ。

ルリカはそう説明すると、大通りから逸《そ》れて横道に入った。

何度か角を曲がって抜けた先に目的の宿があった。

「ここが私たちが昔利用していた宿よ。冒険者ギルドもこの近くにあるの」

ルリカは「変わってないな」と懐かしそうに呟《つぶや》いた。

今まで立ち寄ってきた町では、ギルドとかは町の中心地や人通りの多い大通り、町の出入り口の近くにあったけど、ここでは町の隅の方にある。

クリスの話では帝都以外の町ではだいたいこの形だそうだ。

「地方に配属された帝国兵にとって、ギルド……特に冒険者は目の敵なんです」

帝国は身分がものをいう国だけど、実績を積むことで成り上がることが出来る。

しかし地方に配属される者の多くはその機会を奪われ、左遷された者と認識されている。

そのため不満を抱えた者は自由に活動出来る冒険者に良い感情を持っておらず、鬱憤《うっぷん》を晴らすために町の人たちにきつく当たるようになるとクリスは言った。


宿に入ると、屋内は静まり返っていた。

そのせいか扉を開く音が大きく聞こえた。

「いらっしゃい」

音に気付いたのか奥から人が来た。

「お客さんかい？」

その女性は俺たちを見てそう言った。

「はい、六人になりますが泊まれますか？」

俺は一歩前に出て尋ねた。

「大丈夫だよ。見ての通り客はいないからね」

その女性は寂しそうに笑い、そこで大きく目を見開いた。

「……もしかしてクリスに……ルリカかい？」

「はい」

「また来たよ」

女将の言葉に、二人が顔を綻《ほころ》ばせた。

「なんだい。すっかり成長して綺麗《きれい》になって。それで今日はお付きの人はいないのかい？」

お付きの人？　と一瞬はてなが頭に浮かんだが、女将の話を聞いて納得した。

女将の言うお付きの人とは、迷いの森の水源調査に一緒に行ったBランク冒険者のバロッタたちのことで、一時期話題になっていたそうだ。

「大の大人が女の子二人を陰ながら見守っていただろう？　それで二人が高貴な方じゃないかって噂する人がいたほどだったんだよ。ちょっかいかけようとした若いのが連れ去られたことがあったとかって話も聞いたことがあったねえ」

二人はその話は初耳だったらしく驚いていた。

一緒に行動していた時に面白おかしく話していたけど、バロッタたちは一体何をしていたんだ？

「それで部屋はどうするんだい？」

「……大部屋にしてもらっていい？」

女将の言葉にルリカが答えた。

「大部屋かい？　別に空いているから構わないけど……」

女将の目が俺に向けられる。

「私たち、今回彼の護衛の依頼を受けているんです」

クリスが俺を商人と紹介して説明したら納得していた。

護衛対象です、ハイ。

今から食事の準備をするということで、その間部屋で休むことにした。

「なんか息苦しい町だよね」

「うん、見られてた」

ミアがハァと息を吐き、ヒカリも頷《うなず》いている。

それは何となく分かる。悪意ある視線ではないけど、何か落ち着かなかった。

やっぱそう感じていたのは俺だけではなかったようだ。

「きっとボクのせいさ」

「そんなことないよ。帝国内だとある程度滞在して顔を覚えられないと、何処《どこ》もこんな感じだったから」

「そうですね」

セラが申し訳なさそうに言ったけど、ルリカがそれを否定する。クリスもそれに同調して頷いた。

帝国領に入る前に、今の馬車ならある程度の悪路は進めるから街道を進まず、町から離れた場所を移動したらどうかと提案したことがあった。

けどルリカたちの話だと、街道を離れて移動すると不審者と思われる可能性が高く、見つかると拘束されるということでやめた。

帝国内には街道を中心に巡回している警邏《けいら》隊がいる。

そしてこの警邏隊、旅人や商人の安全を守るためではなくて、不審者を捕まえる目的で結成されたとのことだ。

帝国は人間至上主義を掲げて人間には住みやすい国のように聞こえるが、その内情は一部の権力者や、力の強い者のための構造になっていて、弱者はただ搾取されるだけの国らしい。

ただ実力主義の国でもあるから、他の国と比べて成り上がるチャンスも多いということだ。

『だから冒険者の中でも気性の荒い人が集まりやすいのよね』

『はい、この辺りは少ないと思いますが、帝都では多かったです』

ルリカたちが以前、そんなことを言っていたのを思い出しながら休んでいたら、女将が食事の準備が出来たと呼びに来た。

料理に関しては文句なく美味《おい》しかった。

「本当はもっとしっかりした物を出してあげられたら良かったんだけどね」

けど女将としては不満だったみたいだ。

ドロースの町では現在食料品の値段が上がっていて、量も少なく望む物が手に入りにくくなっているそうだ。

「見ての通りお客の入りも悪くてね」

いつもなら冒険者や商人の宿泊客で部屋が埋まるらしい。ただ今は多くの冒険者が依頼で町を離れてしまい、残った冒険者と帝国兵が魔物を狩っているけど食料の供給が追い付いていないそうだ。

「最低限の食料は確保出来ているようだけどね」

皮肉なことに人が減ったからだと女将は言った。

食事が終わってもすぐには部屋に戻らず、女将と女将の夫を交えて話をした。

ルリカたちが旅の様子を話せば、女将たちはルリカたちがこの町で冒険者をしていた時のことを懐かしそうに話した。

ルリカたちは旅の目的を女将たちに話していたようで、セラが探し人の一人だと知ると大層驚いて、それから喜んでいた。

翌日。朝食を済ませた俺たちは冒険者ギルドに向かった。ギルド内も人が少なく活気がない。

俺たちが入るとジロジロ見てきたけどセラが一睨《にら》みしたら一斉に顔を背けた。

視線はセラに限らず俺たちにも向けられるけど、やはり獣人だからかセラに集中しがちだ。

「それじゃ話は私たちが聞いてくるね。セラは今回ソラたちと一緒にいなよ」

それはきっとルリカなりの気遣いだと思う。

俺たちはいつものように依頼票の貼られた壁の前に移動してどんな依頼があるかを確認した。

討伐依頼が多いけど、どの依頼も肉の高額買取の一文が添えられている。

あとは魔王討伐への参加を呼び掛ける依頼が出ている。ここでも参加国の選択が出来るようだけど、帝国側で参加する時の報酬が共和国で見た時の三倍だった。

王国が高いお金を出して帝国の冒険者を募集するなら分かるけど……帝国の方に人が集まっていないとか？　Dランクも歓迎って書いてある。

俺は改めてギルドの中を見た。

冒険者がここまで少ないのは、依頼を受けて出ているのではなくてそもそもいないから？

それを考えると宿が空いているのも納得がいく。

「聞いてきたよ」

ルリカたちが戻ってきたから早々に宿に戻ることにした。

宿に戻ってまずしたのはルリカたちがギルドで聞いてきたことの確認だ。

女将から聞いていた通り、冒険者の多くが町を出ていったそうだ。その理由は魔王討伐。

冒険者ギルドは国とは別の独立した機関だから国の影響は受けないけど、依頼を受けた半数近くが帝国兵に買収されて受けたようだとギルドの受付嬢が言ったらしい。

ギルドとしても確証はないけど、受けないと言っていた人がある日突然依頼を受けて旅立ったためだ。魔王討伐の人員を集めると、帝国兵の点数稼ぎになると噂が流れたのもそう思った理由らしい。

「魔王討伐か……」

これの成否で俺たちの今後の行動も変わるかもしれない。

一番いいのはエルフがいるかもと言われていた町でエリスの所在の確認をして、いてもいなくてもすぐに離れることだと思う。理想はそこにいてくれることだけど、そればかりは行ってみないと分からない。

「それじゃ女将さん、元気でね」

「お世話になりました」

ルリカとクリスが挨拶《あいさつ》をした。

「あいよ。今度は落ち着いた頃に来てくれたら嬉《うれ》しいね。そしたら自慢の料理を振る舞うからさ」

女将たちに見送られて宿を発《た》ち、馬車を迎えに行くと町の中を馬車で進む。

ドロースの町は国境近くの町ということで防壁が横に広がっていて迂回《うかい》出来る道も作られていない。

そのため町の中を進まないと北側に抜けることが出来ない作りになっている。

御者台には俺とヒカリが座り、ミアたちは馬車の中だ。

北門に到着するまで多くの視線を受けたけど、その瞳《ひとみ》には様々な感情が浮かんでいるように見えた。

宿を発つ前、女将に少しだけど食料を譲ることが出来るとルリカたちが話していたけど、女将はいらないと言った。

それは自分たちだけもらうのは他の人たちに申し訳ないというのと、帝国兵に知られると厄介だからという二つの理由があった。

たぶんこの町の……いや、帝国の人たちは、女将のように息を潜めて生きている人が多いのかもしれない。

今が平常時じゃないから、特にそんな風に感じただけかもだけど。

俺たちは北門に到着すると、それぞれ身分証を出して町を出た。

その日は日が暮れるまで馬車を走らせ、夜になったら路肩に停《と》めて野営を始めた。

MAPで確認したけど、アストゥースの町へ行く街道の途中に反応がある。数は一〇人。こちら側に向かってきていることをルリカたちに伝えた。

その数、速度からルリカは警邏隊の可能性が高いと言った。

警邏隊の移動は馬を使っていると言っていたけど、確かに移動速度は普通の馬車と比べても速度が出ていた。

「明日の昼過ぎ頃にすれ違うと思う」

と言うと、食事の時間を早めようということになった。

夕食を食べ終えたら、思い思いに過ごす。

ヒカリ、ルリカ、セラの三人は模擬戦で体を軽く動かし、ミアとクリスは裁縫をしている。

俺は歩きながらスキルの熟練度を上げる。

「主、また見せて」

二時間ほど歩いて馬車に戻ると、ヒカリにせがまれて複製のスキルを使う。

まず複製するのはミスリルの短剣。それを二本だ。

一本は鍛冶《かじ》スキルを習得する前の物で、もう一本は鍛冶スキル習得後の物だ。

鑑定すると情報が表示されるけど、本物と違い時間の表示がある。

この時間がゼロになるとアイテムが消える。

アイテムによって時間は違い、同じアイテムでもその時に籠めた魔力量によって時間に差が出る。

この時間には上限が設けられていて、どんなに魔力を籠めてもその上限を超すことは出来ない。

ただしスキルレベルが上がるとその上限が増えることは分かっている。

「おー」

ミスリルの短剣を手に持ったヒカリは感嘆の声を上げると、色々な角度からそれを見ている。

最初は一人で複製スキルの熟練度を上げていたのだが、それを見たヒカリが色々なものをリクエストしてきて、それを複製するのが日課になっていた。

そんなヒカリの様子を、ミアたちは温かい目で見守っている。

「さ、それじゃそろそろ休みましょう。見張りは任せて大丈夫そう?」

「周囲には人も魔物もいないし、影とエクスで大丈夫だよ」

俺はゴーレムコア・タイプ守り人のエクスを呼び出すと、変化の魔法を使って大きさを俺と同じぐらいの背丈に変化させ、外見も一見すると冒険者に見えるようにした。

あとは馬車に結界術のシールドを張っておけば、奇襲を受けても最初の攻撃を防ぐことは出来る。

それが終わったら俺は二体のゴーレムに任せて、休むことにした。並列思考で気配察知だけは念のため使っておくけど。


翌日、早めの昼食を済ませて馬車をゆっくり走らせていると警邏隊と遭遇した。

御者台に座るのは俺とルリカだ。

ルリカによれば声を掛けられる確率は高いということだったが、その予想通り止まるように命令が飛んできた。

素直に従い馬車を止めると、目的を尋ねられた。

ポーションを売りに防衛都市を目指していることを話したら、途端に態度が変わって解放された。

「何だったんだあれ？」

「しつこく尋問して、防衛都市でソラが警邏隊の態度が悪かったって告げ口するとでも思ったんじゃないの？」

ルリカは共和国からアイテムを売りに来たことも関係しているかもと言った。

それだけこの国の物資の状況は悪いのかもしれない。


その後は何事も起こることなくアストゥースに到着した。ドロースを発ってから五日後だった。

夜にも馬車を走らせればもっと時間的な短縮は出来たけど、通常の馬車でかかる日数で移動することを心掛けたからそれだけの時間がかかった。

アストゥースの町に近付いてまず見えてきたのは農地だ。

「どうしたんだ二人とも？」

「あ、前来た時にはここは農地じゃなかったから驚いたんです」

「そうだよね。ここってただの草原だったよね」

話を聞いたところ、以前来た時は普通に防壁に囲まれた町だったらしい。

しかし今は王国にあった南門都市と同じような感じで、町の周囲に農地が設けられている。あくまで見える範囲でだけど。

ただ違う点は、農地を囲うような柵《さく》……防壁がないため、魔物に攻められたらひとたまりもない点か？

よく見ると農地には最近拡張されたような痕跡《こんせき》があるから、しっかりした柵を設置しようにも出来ないのかもしれない。

「あと外壁に沿って小屋のようなものが見えるから、そこに人が住んでいるのかもです」

「あ、本当ね」

農地を眺めながら入場門に向けて街道を進めば、確かに防壁に張り付くように簡素な小屋が立ち並んでいる。

そしてもう一つは農地で働く人たちの姿。その殆《ほとん》どが奴隷の首輪をしていて、その中には獣人の姿もある。

「ソラ、どうしたの？」

「ああ、奴隷がこれほど集まって働いてるのを見たのはこれが初めてだったからさ」

「あー、他の国だとそうかもね。帝国は多過ぎるのよ。ただエーファ魔導国家では見たかな」

ルリカはマジョリカでは見掛けなかったけど、もう一つのダンジョンのある町であるプレケスでは結構の数の奴隷を見たという。

「たぶんソラが思っている以上に、奴隷の数は多いさ」

セラは何処《どこ》か遠くを見て言った。

戦闘奴隷となった時に、多くの奴隷を見てきたからかもしれない。

奴隷は身の安全を保障されるといっても、あくまで奴隷主が直接奴隷に危害を加えることを禁止しているのであって、その労働環境は決していいとは言えないそうだ。

俺たちは入場門まで到着すると、順番に入場手続きをしていったが、セラがギルドカードを見せた時に門番が目を大きく見開いた。

「……セラ？」

顔を上げた門番は驚きの表情を浮かべ、セラに目を向けると舐《な》め回すように見てきた。

セラは嫌悪感を一瞬露わにしたが、グッと文句を言うのを我慢していた。

「……行っていいぞ」

時間はかかったが特に問題が起こることなく入場することは出来た。

門近くにある預り所で馬車を預けて、俺たちはルリカたちの記憶を頼りに宿を探した。

とりあえずここが黒い森に行く前に寄れる最後の町ということで、ひとまず二日間は滞在して体を休めることにした。

黒い森周辺の情報を集めて、何処から森に入るかを決めないとだしな。距離的に情報の入手は難しいかもだけど。

やはり目撃されないように、街道から離れた場所が望ましいと思っているけど、盗賊や魔物の有無の確認はしておきたい。

宿には先客がいたけど泊まることは出来た。

彼らは商人とその護衛で帝都を目指していると言ったが、ルリカたちを見る目は品定めでもしているような目だった。

「本当に不愉快ね」

「全くよね」

部屋に入るなりルリカとミアが愚痴を言う。

一緒に食堂にいた商人や冒険者たちから何かと声を掛けられたからだろう。

普通の会話なら別にいいけどちょっとね。あと勧誘もしつこかったな。いかに自分が凄《すご》い商人かの自慢話もされて辟易《へきえき》した。

セラは何も言わずにベッドに座り窓の外を見ている。目を細めて睨んでいるようだけど、それだけセラも怒っているということか?

俺はそんな様子が気になってセラに話し掛けた。

「何か気になることでもあるのか?」

よくよく見たら、セラはまるで何かを探しでもしているようだった。

「何か嫌な感じがするのさ」

「嫌な感じ?」

「……そう。門番のあの目が忘れられないのさ。あれ以降もなんとなく……上手《うま》く言えないさ」

セラが言うには、ドロースで向けられたのとは違った視線を感じたそうだ。

あと、あの門番の驚いた表情も気になると言っていた。

「とりあえず今日は寝て、明日皆に相談しよう」

俺が既にウトウトと微睡《まどろ》んでいるヒカリを見て言えば、セラも苦笑を浮かべた。

「そうするさ」

俺は横になるセラから離れて自分のベッドに横になった。

MAPを呼び出し、気配察知と魔力察知を使った。人の反応と、魔力の……たぶんこれは街灯かな？　それが表示された。

俺はそれを見ながら人の反応に目を向ける。

暗くなったのに野外で活動している人たちがまだいるようだ。

この動いているのは町を見回っている人たちかもしれない。

ではこの動かない反応は何だ？

位置的にこの宿の近くで……宿の出入り口を見ることが出来る場所だ。

監視している？

その真意は分からないが、俺はとりあえずその反応を記憶スキルで覚えると、並列思考で気配察知を使いながら眠ることにした。

◇マルクス視点・１

その一報を持ってきたのは、門番をしていた奴《やつ》だった。

そうか……まさかこんな場所で会えるとは……。

あの事件で帝都からアストゥースに飛ばされ、陰鬱《いんうつ》とした生活を送っていたがそれも今日までだ。

右手で頬に触れる。

そこに刻まれた傷。今でこそ痛みはないが、この傷痕を見るたびに怒りが蘇《よみがえ》る。

高額のポーションを使えば治ったかもしれないが、それを父上に止められた。

理由は簡単だ。失態を忘れないためだ。

……違うな、他の兄弟への見せしめだ。兄弟たちから向けられる、見下すような視線を思い出した。

屈辱以外の何物でもない。

門番が聞いた話から、奴ら一行がポーションを売るために防衛都市ノーブを目指していることが分かっている。まさか奴隷から解放されて冒険者になっているとはな。

町の中で因縁をつけて拘束するのは難しい。

今の上官は頭が固く融通が利かない。

それにこれ以上目立つ騒ぎを起こすと、間違いなく帝都に連絡が行く。

それが父上の耳に入ったら……。

ならどうすればいいか？　人知れず始末すればいい。

今の俺は警邏《けいら》隊に所属している。

奴らが出発する時機に合わせて後を追う。

まだ俺の順番ではないが、頼めば快く代わってくれるだろう。

誰もが町の外回りなんて、面倒だと思っているからな。

俺だって出来ればやりたくない。

奴らは自前の馬車で移動しているそうだが、鍛えられた警邏隊の馬で追えば追い付くことは十分可能だ。

町からある程度離れた場所で襲撃し……あの獣人女の前で仲間を……。聞けばなかなかの上玉揃《ぞろ》いみたいだしな。

泣き叫び、許しを乞う姿を見れば多少留飲は下がるかもしれない。あの時誰に逆らったのかを分からせてやる！

「おい、人を用意しろ」

俺は取り巻きの一人に命令を下す。

この計画には奴らがいつこの町を発《た》つのかを調べる必要がある。

それ以外にも人の手配が必要だ。聞けば奴はCランク冒険者という話だ。その仲間も。

なら警邏隊の正規の人数だけで襲うのは分が悪いかもしれない。

俺は頭の中に金に困ってそうな奴らを思い浮かべながら、静かに立ち上がった。

◇◇◇

翌朝目を覚ました時、寝る前と同じ場所に反応があった。

ただ今いるのは別の人間だ。俺はその人間の反応を記憶スキルで覚えて、朝食前に皆と情報を共有することにした。

その前にサイレンスの魔法を使って音が外に漏れないようにするのも忘れない。

魔力的な反応はこの部屋の周囲にないけど念のためだ。そもそも盗聴なんて手段がこの世界にあるかは謎だけど。人の反応は宿の従業員と、宿泊客の商人と護衛以外はない。

「そんなことが……」

「ああ、すぐに発った方がいいと思うか？　それとも少し様子を見るか？」

監視されているなら町からさっさと出るのも一つの手だと思う。

仮に追ってきたとしても影なら速度で負けない自信はある。それがたとえ警邏隊が使っているような訓練を受けた馬でもだ。

「少し様子を見よう。監視されてるかどうかを確認してからの方がいいと思うし。分かってれば対処も出来るしね」

「そうですね。私もルリカちゃんの意見に賛成です」

「主、確認任せる」

「いや、反応を記憶したし俺の方でやるよ。それじゃ今日はギルドに行くか？」

「……今日は一日このまま宿で過ごして、ギルドは明日がいいかな。長旅で疲れたって言えばたぶん宿の人も納得すると思うし。ソラは歩けなくて退屈かもだけどね」

最後ニヤリと笑いながらルリカが言った。

それを見て他の面々も笑みを零した。苦笑している者もいたけどさ。

けどこれはルリカなりに、皆の緊張をほぐすためにわざと言ったんだと思う。

結局その日は思い思いに一日のんびり過ごした。

俺はMAPで覚えた反応の動きを確認しながらスキルの熟練度を上げて、ミアとクリスは裁縫で、残りのヒカリたちはシエルと遊んでいた。

うん、馬車旅と変わらない光景だ。と思っていたら、「あっ⁉」とセラが声を上げた。

「思い出したさ。あの門番、ボクは見たことあるさ」

そう言ってセラが話したのは、まだ戦闘奴隷として黒い森で戦っていた時のことだ。

あの門番は当時のセラの奴隷主の取り巻きの一人だと言った。

それから語られたのはセラが戦闘奴隷として、黒い森で働かされていた時の話だった。

そこは奴隷を人と扱わないような過酷な環境で、危険とみたら自分たちは奴隷たちを見捨てて撤退。重傷を負った時に回復薬があれば助かった命も、勿体《もったい》ないという理由で見殺しにし、さらに死体を餌にして魔物を誘《おび》き出すなど非人道的な行為が横行していた。

それこそ奴隷主の機嫌が悪いという理由だけで、解体ナイフ一本で黒い森で数日過ごすこともあったという。

「セラ、大丈夫か？」

俺はセラの手を見た。

セラは当時のことを淡々と話していたけど、ずっと拳《こぶし》を握り締めていた。少し血が滲《にじ》んでいる。

「そうだよ。辛《つら》いなら話さなくていいんだよ」

ミアはセラの手を取ると、ヒールを唱えた。

「ミア、ありがとうさ」

セラはお礼を言うとコクリと頷《うなず》いた。

「けどそうなると、その本人がいるかもね」

ルリカは眉間《みけん》に皺《しわ》を寄せて腕を組んだ。

「ボクらの動向を探っているならその可能性は高いさ。かなり恨まれているはずさ」

セラは元奴隷主から危害を加えられそうになった時に反撃して逆に負傷させた過去がある。

本来ならそこで処刑されてもおかしくなかったけど、ボースハイル帝国とエルド共和国が停戦協定を結んだ時の、戦争時に捕縛した者を解放するという約束を破っていたこともあって、扱いに困った帝国が国外に送ったという話を奴隷商から聞いていた。

セラの話では半殺しにしたみたいだし、確かに恨まれてそうだ。それにその元奴隷主は貴族ということだし、プライドも高いだろう。勝手な想像だけど。

「町の中で襲ってくることはあるのか？」

「それはないと思いたいけど……問題はそいつが今何をしているのかによるかな？　帝国軍に所属しているのか、それとも無所属でたまたまこの町にいるかによってかなり違ってくると思う」

「取り巻きが門番をやっていたし、たぶん帝国軍、もしくは国の機関所属だと思うさ」

ルリカの言葉を受けて、セラが自分の考えを述べた。

そうなるとその身分を使って不当逮捕みたいなことをしてくるかもしれない。

調査したいところだけど、こちらが気付いたと思われるのは得策じゃない。

なら俺たちがやれることは相手の行動を誘導することか？

「……もし、そいつらが襲ってきたらどうする？」

俺はセラの目を見て尋ねた。

困らせてしまうかもと思ったけど、これはセラの問題だと思ったからだ。

ルリカとヒカリに尋ねたらそんな奴痛めつけるべきと言うだろうしね。セラの話を聞いている途中から二人は怒っていたし。

もちろん俺たちの一番の目的はエリス探し……黒い森の中にある町に行くことが最優先だ。

ただ襲ってきた場合はどうするかを、町にいる間に決めておいた方がいい。

「……ボクは……皆の仇《かたき》を討てるなら討ちたい」

目を見返してはっきり言ってきたセラに俺は頷いた。

「とりあえずルリカたちは明日、冒険者ギルドに行っていつものように情報収集を頼んでいいか？」

「いいよ。その時町の様子を聞いてみるね。ソラはどうするの？」

「俺は預かり所に行って影に魔力付与をしてくるよ。その時いつ出発するかを何気なく伝えるよ」

とりあえず二日間は預けることを伝えてあるけど、延長するならその日数を改めて伝える必要があるからね。

「それじゃ私たちも何気なくギルドでいつ出発するか話せばいいのね」

俺の考えを汲《く》んでルリカが言ってきた。

それから俺たちはこの町をいつ出発するかを話し合い、宿の人たちにも出発日を伝えた。

翌朝俺はヒカリと一緒に預かり所に向かい、ルリカはクリスと一緒に冒険者ギルドに出掛けた。

セラはミアと留守番だ。外を歩いて難癖を付けてくることを警戒してだけど、相手がどう動くかを調べるためでもある。

俺は預かり所に行く間もMAPで相手の動きを追ったが、特に動きは見られなかった。

「……分かりました。それでは料金は……」

俺は預かり所に出発の予定日を改めて伝え、追加の料金を支払った。

俺が預かり所の店主とやり取りをしている間、ヒカリとシエルは影と戯れている。

俺も帰る時に影の頭を撫《な》でながら魔力を付与した。

その時念話で、

『襲われた場合は変化を解いて退避してくれな。ただ馬車に細工する程度なら無視していいからな』

と指示を出した。

馬車に細工して走れないようにされても、それは俺が確認出来るし、すぐに修復出来るから無視しても大丈夫だ。

一番困るのは影が襲われた時だ。

影なら反撃して倒すことは出来ると思うが、そうなると面倒ごとが増えること間違いなしだ。

「それじゃヒカリ、帰るぞ」

ヒカリは頷くと、最後に影の頭を撫でてトコトコとやってきた。

俺たちは特に問題なく宿に到着したが、ルリカたちはまだ帰ってきていない。

宿ではミア先生による裁縫講座が開かれていたようで、セラがウルフの毛皮を手に悪戦苦闘していた。

「あ、ソラにヒカリちゃん」

俺たちに気付いたミアが声を掛けてきた。

セラもその声を聞いて大きく息を吐いてこちらを向いた。

その顔は疲労困憊《こんぱい》といった感じだった。

細かい作業が苦手なセラには辛い時間になったかもだけど、これはミアなりの気遣いだ。

何かに集中していれば、監視のことも忘れると思ったからだと思う。ずっとセラは気にして緊張しっぱなしだったからね。

その後ルリカたちが戻り、ギルドで聞いた話を共有した。

ルリカたちは今いる帝国兵のことも遠回しに聞き出したみたいで、そこに元奴隷主の名前があったようだ。

「かなり問題あるみたいで、ギルドでも評判が悪かったよ」

だから色々聞けたとルリカは言った。

彼らはアストゥースに来てかなりの日数が経《た》っているけど、その間何度も問題を起こしているとのことだ。

近頃は町の外で活動する警邏隊に回ったからか、町で騒動を起こすことがなくなったという話だ。

「そうなると町を出た後に襲撃される可能性が高そうだな」

俺の言葉に皆が頷いた。

その言葉通り、監視は続いたけど結局奴《やつ》らに大きな動きはなかった。

町にいる間、俺たちがあまり宿から外に出なかったというのもあったかもしれない。

一応ポーションを売りに防衛都市を目指しているということで、のんびりしていると不審に思われると思い、ミアが体調を崩したことを宿の人には伝えた。

そのせいでミアは一歩も外に出られなくなってしまったが、本人は気にした様子もなく長旅でほつれてきた服の修繕や、毛皮を使った毛布を作ったりしていた。シエルが膝上《ひざうえ》で寝ているから、ルリカたちも手が空くとミアを囲んで装備の整備をしていた。

聖女時代も似たような感じだったと懐かしそうに言っていた。それに今は皆がいるからとも。

俺が楽しそうに話すミアを見ていたら、

「あ、ソラ、せっかく時間が出来たし水をたくさん用意してもらっていい？　今のうちに聖水を作っておきたいから」

と言ってきたほどだ。

そして三日後、俺たちはギルドや預かり所、宿の人に伝えた通りアストゥースを発った。

町を出てある程度離れたら自分にかけた変化の魔法を解いたのは言うまでもない。

ずっと顔を突き合わせていたから慣れたようだけど、やっぱ普通が一番だよね。

第2章

「それでどう？」

「今のところまだ町の中にいるようだ。ただ、来る可能性は高いんじゃないかな？」

その日の夜。俺はMAPを見ながらルリカに答えた。

MAPでは俺が記憶スキルで覚えた反応が忙しく動いているのを確認した。

「どの辺りで仕掛けてくると思う？」

アストゥースから防衛都市ノーブに行くには二つのルートがある。

一つは直接向かうルートで、もう一つは帝都を経由して行くルートだ。

アストゥースから直接行くならまず北上し、途中から山沿いを西に進むことになる。

「町の近くで襲うことはないだろうから、たぶんこの辺りじゃないかな」

俺がMAPを基に作成した地図を見たルリカは、おおよその位置を指した。横を見るとクリスも頷いている。

このままのペースで進めばだいたい三日後か。向こうは細工の件もあるから、もっと早く追い付けると思っているかもしれない。

「それじゃその手前辺りから街道を離れて、荒れ地を進んで黒い森を目指せばいいか？」

ノーブを経由せずに黒い森に入るルートもある。街道の右側に広がる荒野を真っ直《まっす》ぐ進めばやがて黒い森に到着するみたいだけど距離が離れていてここからは見えない。

「そうね。街道で反撃して目撃されるのも嫌だし、予定通り黒い森で決着を付けたいわね。そこまで追ってきたならだけど。セラはどう思う？」

「執念深い奴さ。きっと無茶な命令をしてでも追ってくるはずさ」

相手が追ってきた場合、黒い森までついてくるようならそこで決着を付けようと決めていた。

そこまで執拗《しつよう》に追ってくるとなると、相手のセラに対する執着は余程のものだと思うから、今後のことを考えて対処する必要がある。

今回改めて元奴隷主の話を聞き、ルリカたちも憤りを覚えているようだった。あの温厚なクリスさえも怒りを露わにしている。

シエルも怒っているのか、目を吊《つ》り上《あ》げて耳で相手を叩《たた》くような仕草を繰り返している。

食事と話し合いが終わると、俺は早速馬車の整備をする。

影が襲われることはなかったけど、馬車には細工がされていた。これも相手が追ってくると予想した理由の一つだ。

車輪には目立たない傷がついていて、このまま何もしなければ徐々に亀裂が広がり、途中で完全に壊れたはずだ。それこそ町から十分に離れた辺りで。

きっと相手もそれを狙って、すぐに壊れないように細工したんだと思う。

ちなみに俺がそれを知っていたのは記憶した反応が預かり所に行くのをＭＡＰで見て、影と同調してその様子を見ていたからだ。

俺は細工された車輪を一度外すと、新しい車輪を作って付け替えた。

うん、これで大丈夫だ。
その後は交替で見張りをして俺も休むことにした。
俺は寝る前にステータスを呼び出した。

名前「藤宮そら」　職業「魔導士」　種族「異世界人」　レベルなし
HP690／690　MP690／690（＋200）　SP690／690
筋力…680（＋0）　体力…680（＋0）　素早…680（＋0）
魔力…680（＋200）　器用…680（＋0）　幸運…680（＋0）

スキル「ウォーキングLv68」
効果「どんなに歩いても疲れない（一歩歩くごとに経験値1＋α取得）」
経験値カウンター　762117／2050000
前回確認した時点からの歩数【497380歩】＋経験値ボーナス【415499】
スキルポイント　1

成長したスキル
【変化Lv6】

上位スキル

【解析Lv8】【複製Lv4】

ルコスを発って二〇日以上経っているけど、馬車移動に加えて帝国領に入ってからは町でもあまり歩けなかったこともあって歩数の伸びはイマイチだ。

それでもウォーキングスキルのレベルは67から1上がって68になっている。

帝国兵の襲撃を警戒しているのもあるけど、黒い森に入るから一度職業をスカウトに変更しておくか。

MPの補正がなくなるとスキルの使用回数が減るからレベルの上がりも遅くなるけど仕方ない。安全が優先だ。

俺は職業を魔導士からスカウトに変更した。

翌日。馬車の中で熟練度を上げる傍ら呼び出していたMAPに動きがあった。

「出てきたよ」

「結構遅かったわね」

御者台に座るルリカたちに声を掛けたら、呆《あき》れ混じりの返事があった。

もう昼過ぎだし、朝一で出てくると思っていたからね。

車輪が壊れるから余裕で追い付けると思っているからかもだけど。

ただ移動速度はそれなりに速い。

「セラ、少しだけ速度を上げてもらっていいか？」

「分かったさ……このぐらいでいいさ？」

「ああ、大丈夫だ」

この速度を維持すれば追い付かれることはない。

相手が想定している場所で俺たちを捉《とら》えることが出来なければ、きっと馬を酷使して追いかけてくるはずだ。焦らせることで冷静な判断力を奪うという狙いもある。

結局その日は向こうが馬を走らせている間はこっちも馬車を走らせたから、差は変わらないままだ。

その日の夜。俺は見張りのため御者台に座っていた。

日が完全に落ちると気温が一気に下がるけど、クリスの精霊魔法のお陰で寒さを一切感じない。

火の精霊魔法で暖を、風の精霊魔法でその熱が霧散しないように包み込んでいるらしい。魔力察知を使うとドーム状の魔力に覆われていることが分かる。

クリス曰《いわ》く精霊魔法というよりも、精霊に頼んでいる感覚に近いと言っていた。

これも精霊樹の加護と、共和国の迷いの森の先の洞窟《どうくつ》に住んでいる、水の上位精霊のルミスのお陰だとクリスは話した。

「向こうの様子はどうですか？」

今日の見張り当番の相棒はクリスだ。

「休んでいるよ。見張りが数人いる感じかな？」

ＭＡＰ上で時々動く反応があるけど、それがたぶん見張りだろう。

「人数は三三人なんですよね？」

「ああ、反応からして間違いないと思う」

「……警邏《けいら》隊は普通十人一組で行動していました。例外はあるかもしれませんがそれにしても数が多過ぎます。やはり私たちを……セラちゃんを襲うためだと思います」

明らかに怒っている。あの温厚なクリスが。

「やっぱ許せないか？」

俺の問いにコクリとクリスは頷《うなず》いた。

「本来なら停戦協定が結ばれた時に、戦争の時に連れ去られた人たちは戻ってくるはずだったんです。それを破っただけでなく酷《ひど》い扱いをして……」

だからこそ帝国は今、その報いを受けていたりする。

それが魔王討伐の依頼だ。

ギルドの募集で人が集まらないから報酬の額を吊り上げてでも人を確保しようとしている。

これは依頼を受ける人の殆《ほとん》どが王国所属での参加を選んでいるためだ。

「それよりもソラ、何かあったんですか？」

突然のクリスの言葉に、何を言っているのか分からず首を捻《ひね》った。

「近頃ミアのことをよく見ているから……その……」

クリスは共和国の遺跡を発《た》って以降、俺がミアを心配そうに見ている時があると言った。

それを聞いてドキリとした。心当たりがあったからだ。

俺は答えようとして、口を噤《つぐ》んだ。

相談出来ることではなかった。

もし聞いてきたのがルリカだったら、答えていたかもしれない。

「ごめん。詳しくは言えないんだ」

俺は遺跡で見つけた本を書いた、ユタカが辿《たど》った過去を思い出していた。

世界の真実を知った人たちが迎えた末路を。

特にエルフは長寿種族だ。

これを知ったクリスにどんな災いが振りかかるか分からない。

クリスは一瞬寂しそうな表情を浮かべたけど、それ以上聞いてくることはなかった。

気まずい雰囲気で空気が重い。

この空気を変える何かが必要だ。

……そうだ！　一つ聞きたいことがあった。

「な、なあクリス。魔法で一つ聞きたいことがあるんだけど教えてくれるか？」

「魔法、ですか？」

「うん、闇魔法がどんな魔法か知りたいんだ」

女神のことがあって、色々考えた。

一般的な神のイメージは聖なる者というもの。神聖魔法の使い手に女神は降臨するということだし、あながち間違っていないと思う。

やっていることは清く正しくからかけ離れているみたいだけど。

女神と戦おうとは思っていないけど、いざという時の対策は必要だ。

そこで考えたのが闇魔法だった。

実際のところ今の俺では習得出来ない。そもそも習得リストの中にはなかった。

ただ解析で調べたら今は表示されていないだけだと分かった。

解析でさらに詳しく視《み》たところ『条件を満たしていません』という表示が浮かび上がった。ちなみに習得に必要なスキルポイントは3だった。

そんなことを考えていたら、クリスの魔法講座が始まった。

「闇魔法は私もあまり詳しくないんです。お婆ちゃんもよくは知らなかったみたいで」

そう切り出したクリスの話によると、闇魔法は使い手が少ないため、謎の多い魔法とのことだ。

「お婆ちゃんが、闇魔法は使えてもそのことを隠す人が多いって言っていました」

今分かっている闇魔法の多くは、精神に働きかけて相手をコントロールするものが多いらしい。

そのため忌避する人もいて、厳しい取り締まりを受けた時代もあったとのことだ。

「奴隷の首輪も、闇魔法を研究した結果出来たという説もあるらしいです」

クリスに攻撃魔法があるか尋ねたら、いくつかあるとの答えが返ってきた。

魔法のことを話すクリスは一生懸命で、いつも通りの空気に戻ったことに少しの罪悪感を覚えながらも、ホッと胸を撫《な》で下《お》ろした。

その後も魔法の話は続き、見張りの時間は過ぎていった。


アストゥースを発って五日が経《た》った。

左手に見えるのは山というよりも、傾斜角がきつく絶壁といった感じだ。岩でも落ちてきたらひとたまりもないな。

登山スキルで登れるか見てみたら、道具を使えば一応行けるみたいだ。

「ソラ、どんな感じ？」

「昨夜は夜遅くまで馬を走らせていたみたいだったな」

相手もなかなか追い付けないのに焦ったのか、ここ二日間は結構遅い時間まで馬を走らせていた。それを見て俺たちも同じように馬車を遅くまで走らせるから、差は一向に縮まらない。

「ただここから先は少し差が縮まるかもしれないな」

右手に広がる荒れ地を調べて分かったが、凹凸が激しく馬車では速度がそれ程出せない。吸収のスキルのお陰で進めないことはないと思うけどね。

相手が荒れ地を追ってきた場合だけど、その速度によっては夜通し馬車を走らせる必要が出てくるかもしれない。

「私としては目視出来るところまで来てもらった方が嬉《うれ》しいかな。途中で諦《あきら》めて引き返されるよりは、ね」

ルリカは淡々と言ってニッコリと笑った。

怒っているな。それを見たシエルが恐怖に身を震わせると、ルリカはアタフタとしていたけど。

翌日。お昼を過ぎたあたりで俺たちは進路を変更した。

街道から荒れ地へと入ると、途端に馬車は右に左にぐらぐら揺れるようになった。

衝撃は吸収されているけど、まるで荒波にもまれた船に乗っているみたいで酔いそうになる。

俺は影に指示を出して振動が収まるところまで速度を落とさせた。

「主、遅い」

「そうだな。街道を走ってた時と比べて半分以下だし、このままだと追い付かれるだろうな」

あとは向こうの馬がこの悪路をどれぐらいの速度で走れるかだけど、それよりも街道を外れた俺たちを追ってくるかだ。

「明日から影には頑張ってもらわないとだな」

「うん、影頑張る」

ヒカリの声援を受けて影が速度を上げようとしたから、慌てて速度をキープさせた。

振動が強いとクレームが飛んでくるからね。

結局夜中MAPを確認したら差は縮まっていた。

今までの速度を考えると、明日の昼前には俺たちが荒れ地に進路を取った場所には到着しそうだ。

遠方を見る魔道具を持っていたらもっと早くに俺たちが荒れ地を進んでいることに気付くかもしれない。

「しかし……」

俺が一番驚いているのは、向こうが使っている馬のタフさだ。

俺はアストゥースに行く途中で会った警邏隊が騎乗していた馬を思い出す。

確かに一般の馬と比べると大きかったし、精悍《せいかん》な顔つきで気力が充実していた。

今もかなり酷使されているはずなのに、速度の衰えはMAPの反応からは感じられない。

「いっそ罠《わな》を仕掛けるのもありか？」

そんなことを考えながら目を閉じた。

◇マルクス視点・2

「おい、まだ見えないのか！」

俺の言葉に、魔道具の遠見筒を手に持った者が慌てたように確認している。

この言葉は今日だけで三回言った。

町を発ってから既に三日が経っていた。

予定では追い付いているはずだった。

それもこれもすべてあの上官のせいだ。

難癖を付けて関係のない仕事を回してきたから出発が遅れた。

それでも車輪の細工に成功したと報告を受けていたから大丈夫だろうと思っていたのに、まだ追い付けない。

奴《やつ》らの運がいいのか、細工が上手《うま》くいっていないかだが……馬車に追い付いたら確認が必要だ。

後者だった場合はどうなるか、今一度思い知らせる必要がある。

以前は……アストゥースに来た頃は取り巻きたちの態度も違った。

それが日に日に変化していった。

バレていないと思っているようだが俺の目は誤魔化《ごまか》せない。隠れて不満を洩《も》らしているという声も耳にした。密告してくる奴がいるからな。

所詮《しょせん》あいつらが従っていたのは俺じゃない。俺があの家の第一後継者だったからだ。

もっとも今更俺のところを離れても、行き場がないことは奴らも分かっている。

だから俺はあの獣人を利用する。怒りを向ける相手として。

それに、あの獣人が護衛している商人は防衛都市にポーションを売りに行くという話だ。

わざわざ共和国から目指すんだ。旨味がないと行かないはずだ。

それを奪えばきっとかなりの稼ぎになる。

いや、それを俺たちが代わりに納品すれば軍上層部に恩が売れるかもしれない。

物資はいくらあっても困らないのだから。

俺はそのことを休憩している時に話した。

明らかに取り巻きたちの顔色が変わった。

むしろその程度のことも考えられないことに失望を覚えたが、それは心の奥底に隠す。

馬鹿な方が操りやすいからだ。

その日から追跡の時間を延ばすことにした。

疲労が見えた馬には特製ポーションを使う。副作用もあるが今は追い付くこと優先で無視する。

最悪町に戻るまで保《も》てばいいわけだからな。

そしてその甲斐《かい》あってか、ついに奴らの背中を捉《とら》えた。

「荒れ地を走ってる?」

最初その報告を聞いた時は馬鹿な、と思った。

けど実際に遠見筒で確認すると、報告通り一台の馬車が荒れ地を走っている。

一瞬別の馬車かと思ったが、間違いなくあの獣人たちが使っていた馬車だという。

何故《なぜ》？　と思うが、むしろ好都合だ。

防衛都市に向かうと言っていた奴らが街道を外れて荒れ地を走る。

それだけで拘束する理由になる。明らかに不審な行動だからだ。

「よし、行くぞ！」

俺の声に一行は再び馬を走らせる。

いよいよだ。俺は沸々と湧き上がる怒りを抑えるように、大きく息を吐いた。

◇◇◇

「主、敵？」

馬車の後部にヒカリと並んで座っていると、遠くに黒い影が見えた。

俺はＭＡＰで分かっていたけど、ヒカリもすぐに気付いた。

まだ小粒程度の大きさなのに凄《すご》いな。

結局奴らは荒れ地に入っても追ってきた。

町で聞いた話やルリカたちが集めた情報から帝国兵は上下関係が厳しく、規律も厳しいということだった。

それなのに逸脱した行動を取っていることから、奴らの……元奴隷主の怒りと執念を感じる。

「ああ、例の追っ手だ」

「そう」

ヒカリが頷《うなず》くと、その反動でヒカリの頭に乗っていたシエルが滑り落ちた。

落下したシエルはヒカリの膝《ひざ》でバウンドし、馬車から落ちる寸前でヒカリにキャッチされた。

驚いたシエルはキョロキョロとしていたが、きっと転寝《うたたね》していたんだろうな。

俺たちは街道から荒れ地に進路を取ってから、北東方向に進んでいる。

それは出来るだけ防衛都市と離れたところから黒い森に入るためだ。

「けど黒い森に入って追ってこなかったらどうするんだ？」

セラにそう尋ねた。

今追ってきている全ての者のレベルは分からないが、正直言って高レベルの者はいなかった。

少なくとも確認出来ている十数人は、セラ一人にも敵《かな》わない。

そんな者たちが凶悪な魔物が出るという黒い森の中に入ってくるのか疑問に思ったが、

「それはないと思うさ。きっと追いかけてくるさ」

とセラは言い切った。

そして翌日、ついに目の前に広大な森が見えてきた。

迷いの森とはまた違った空気を感じる。

「あれが黒い森……」

ミアが息を呑《の》んだ。

まだ日が昇っていて雲一つないのに、森の方は暗くなっている。まるでそこだけ夜になっている
みたいにも見える。ちょっと不気味だ。

強い魔力反応を感じるけど、森全体を囲んでいるというわけではなさそうだ。

実際MAPで確認したけど、迷いの森の時みたいにMAPが表示されないということはない。

その夜。俺は錬金術で馬車を製作した。

側《ガワ》だけ似せたもので、壊れた車輪も忘れない。影も一度ゴーレムコアに戻した。

明日からは歩いて黒い森を目指すことになるからだ。

森に入るにあたり、馬車をどうするかという話になり、それならいっそ馬車が壊れたことにして乗り捨てていこうということになった。

今使っている馬車は高性能だから勿体《もったい》ないのと、奪われるのが嫌で放置用の物を新たに作った。

そうすることで相手に〝足がなくなったから追い付ける〟と思わせるのも狙いの一つだ。

ここまで追ってきている以上、諦めて引き返すなんてことはないと思うが念のためらしい。


「はあ、やっぱ歩きは落ち着くな」

思わず出た言葉に、ミアたちがクスクスと笑った。

「ミアだって嬉しそうじゃないか」

「ま、まあ。馬車は楽だけど、やっぱり座りっぱなしはね」

普通の旅なら休憩中に模擬戦などをして体を動かすこともあるけど、今回は自粛していたからね。

解放感から和気あいあいと喋《しゃべ》りながら歩くけど、警戒は怠らない。

といっても遮るもののない荒野は見通しがいいから不意打ちされることはない。

そもそも反応は背後からの追っ手以外ないし、黒い森に着く前に追い付かれることはないはずだ。

「一度中に入って確認するか？」

もうすぐ日が落ちるというところで、俺たちは黒い森に到着した。

森の浅い場所には魔物の反応もないから森の中での野営は可能だ。

ただ一歩森の中に入ったら急に気温が下がった。吐く息が白い。

「これじゃ馬で入るのは無理だろうな」

入り口近くの木の間隔は狭く、馬を走らせるのは難しい。探せば開けた場所もあるかもしれないけど、木の根が地表まで出ているところが多い。

これでは普通に歩いても気を付けないと足を引っ掛けるかもしれない。

これが奥まで続くと厄介だ。

「森の中は場所によって木が密集しているところがあるのさ。動きにくいけど、そういうところは大型の魔物があまり入ってこられないから安全地帯として利用するのさ」

セラが目の前の木に手を添えながら教えてくれた。

セラが実際に見て回ってきた黒い森は、様々な顔があったという。

このように木が密集した場所があれば、開けた場所もある。暑い場所もあれば、寒い場所もある。

森が一つのダンジョンみたいで、境界線を越えるとダンジョンでいう階が変わった時のように森の様子が変わったと、遠い目をして言った。

「魔物はその境界線を越えて移動するのか？」

「たぶん移動していたさ。それに狩っても狩っても、魔物が減らなかったさ」

「色々な魔物出る？」

「ウルフも出ればオークも出たさ。ボクたちは遭遇したことなかったけど、トロールやアンデッドを見たって話も聞いたことあったさ」

他にも名前を挙げたらきりがないとセラは言った。

うんざりした表情のセラとは対照的に、ヒカリの目は輝いている。

「ヒカリちゃん、何でそんなに嬉《うれ》しそうなの？」

「だってルリカ姉。新しい魔物と遭遇するかも！」

ヒカリ曰《いわ》く、それは新しい肉との出会いだそうだ。

それを聞いたシエルも目を光らせて、キョロキョロと周囲を見回している。

いや、この辺りに魔物はいないからね。

「ヒカリちゃんらしいね」

ミアの言葉を否定する者はいない。皆意見は同じ。

「それでどうする？　野営をする場所だけど」

「入り口に足跡を残しておいて森の中で休まない？　この辺りには魔物もいないみたいだし」

足跡を残すのは俺たちが何処《どこ》から森に入ったかを分かりやすくするためか。

それが終わったら待ち伏せ出来る場所を探すのもいいかも。

俺は確認の意味を込めて影とエクスを呼び出した。

うん、迷いの森と違って普通に呼び出せる。

せっかくだから二体を呼び出したまま森の中を歩く。

この辺りはもう殆《ほとん》ど夜と変わらない。

枝葉がぎっしり上空を覆っているから光が一切射し込まない。

だから皆、マジョリカのダンジョンで使っていた暗視効果のある魔道具を装着している。

「ここはどうですか？」

森に入って三〇分ほど歩き回って、やっと開けた場所を見つけた。

ちょっと狭いけど一応馬車よりも広いし、周囲の木を何本か伐採すれば広くなる。

それ程長い時間歩いたわけじゃないけど、皆に疲れが見え始めた。

これは黒い森の中を歩いているという影響かもしれない。

魔物は近くにはいないけど、息苦しさを感じた。

セラと一緒に木を伐採すると、そこに土魔法で家を作る。

調理場と食堂兼寝床、ついでにお風呂《ふろ》も作るか。やっぱり疲れを取るならお風呂が一番だしね。

こんな場所で！　と他の冒険者が聞いたら驚くと思うけど、これから先、いつゆっくり出来るか分からないからね。休める時に休むのは大事なことだ。

影とエクスに見張りを頼んで、家をシールドで囲えば完了だ。

影とエクスの魔力補給はクリスとミアの二人に任せた。

スカウトにしたからＭＰの補正がなくなったというのもあるけど、家を作るのにそれなりにＭＰを消費したからね。

「それが竜王様の言っていた通行証ですか？」

食事を終え、お風呂に交代で入り終わったらアイテムボックスから木箱を取り出した。

開けると中にはペンダントが入っていた。チェーンの先端には円柱の小さな筒が付いている。

確かアルザハークは魔力を流すと黒い森の中にある町へ導いてくれると言っていた。

試しに魔力を流すと、筒が淡い光に包まれて、やがて光の筋が伸びた。

それは右方向に……北の方の壁に吸い込まれていった。

俺がそちらの方に視線を向けると、

「主、どうしたの？」

とヒカリに聞かれた。

最初何を言われたか分からなかったが、

「この筒から光が出てるんだが、見えないのか？」

と尋ねたらヒカリだけでなくクリスたちも頷いた。

どうやらペンダントに魔力を流した本人しかこの光の筋は見えないようだ。魔力自体も少量だけど流し続けないと駄目みたいだな。

通行証の使い方が分かったからひとまずそれはアイテムボックスに仕舞った。

「それで追っ手に関しては最終的にどうするんだ？」

方法はセラたちに任せてある。

話を聞いて憤りは覚えたけど、こればかりは一番の被害者であるセラの意見が大事だと思う。

あとは相手がどうしても人ということを考えると、個人的には及び腰になってしまうというのもある。

「うん、それだけど……」

チラリとルリカがセラを見た。

「仲間たちがされたことをそのまま返そうと思っているさ。あとは……ボクの手で決着をつけるさ」

セラが出した結論は、彼らを、元奴隷主と取り巻きたちを直接殺すというものではなかった。

けどそれはある意味殺される以上に、相手にとっては辛《つら》いことになるかもしれないとも思った。


翌朝家を魔法で土に戻し、足跡を残しながら移動した。

ここで野営をしたと分かるように焚火《たきび》の跡も残した。

俺はそこから先頭に立つと、罠《わな》を仕掛けるのに望ましい場所を探しながら森を進んだ。

もちろん進む方向は昨夜通行証が指し示した光とは別方向だ。

そして見つけたのは一時間ほど歩いた先にある小さな広場。

この周辺の木は森の入り口よりも間隔が広がっていて、数人が並んで通ることが出来る。

ただしそれは俺たちが進んできた側だけで、あとの三方向は狭くなっていて華奢《きゃしゃ》なルリカたちなら通れるけど、大柄な男だとちょっと難しいかもしれない。

「ここに閉じ込めるってことでどうだ？」

「そうね。近くに魔物もいるしいいかも。セラ、どう？」

「ここでいいさ」

場所が決まったら罠を仕掛けていく。

今回セラたちから頼まれたものは殺傷能力の低いもので、相手を無力化するもの。

ダンジョンや旅の途中で拾ってきた素材や、魔物の素材を使って作った罠を設置する。

植物の蔓《つる》を使った拘束具や、毒キノコなどを使った毒を付与する粉など色々なものを作った。なんかマジョリカのダンジョンでシャドーウルフから逃げていた時のことを思い出す。

「頼んでおいてあれだけど、楽しそうね」

俺を見たルリカの一言がそれだった。

作っているものはちょっと問題ありそうなものだけど、何かを作るっていうのは楽しいからね。

「こっちも準備出来ました」

クリスが広場の一部を魔法で沼地にすると、そこにミアたちが拾ってきた落ち葉を敷いている。

「それでソラ、向こうの様子は？」

「森に入ってきている。誰かを残すかと思ったけど全員で行動してるな」

森の外に残った反応は馬のもので、人の反応は全て森の中だ。

「好都合ね」

「ああ、それと昨日俺たちが辿《たど》った場所を通ってきている。もしかしたらスキル持ちがいるかもだ」

途中途中で立ち止まっているけど、正解の道を進んできている。追跡系のスキルというのがあるか、今度スキルリストを確認してみるか。

「ならここにも到着出来そうね。けど慎重に来られると罠の効果が半減しそうね」

「分かったさ。ボクが囮《おとり》になって連れてくるさ」

「主、私も行く！」

「……分かった。頼んだぞ」

セラ一人だと心配だし、森の中ならヒカリが適任か。木の上を伝って移動出来ちゃうほどだしな。

「うん、任せる！　セラ姉行こう！」

ヒカリに手を引かれていくセラの後には、何故《なぜ》かシエルもついていった。

一度振り返ると、真剣な表情で二人のことは任せろとでも言っているのか、耳を力強く一振りしていた。

そんな二人と一体を見送った俺たちは、まずは影とエクスを呼び出すとエクスに変化の魔法をかけてセラに似せると、広場の奥に立たせた。

影は太い幹の枝の上に待機させた。

何かあった時は遠距離から特殊攻撃の影を使って援護してもらう。

それが終わって準備が整ったら、俺たちは木陰に身を潜めて二人が標的を連れてくるのを待った。

といっても俺がMAPを呼び出して状況を伝えているから、ミアとクリスも今は緊張していない。

ルリカは探索スキル持ちだから自分で分かるからね。

そして待つこと二時間。ついに動きがあった。

「来たわね」

ルリカの言う通り、ヒカリを先頭に二人は森の中を駆けて……速度を落としながら戻ってきている。

たぶんついてこられなかったから、わざと速度を落としたんだと思う。

二人だけならきっと一〇分もかからなかったのに、最終的に三〇分かけて到着した。

二人は広場に入ってきた瞬間、ヒカリはそのまま木の上に飛び移り、セラは俺たちの方にやってきた。

合流したところで隠密スキルを使って気配を消す。

そして遅れて広場にやってきたのは、警邏《けいら》隊の制服を着た一〇人の男たちと、冒険者風の恰好《かっこう》をした二三人の男たちだった。

広場に入った男たちは正面のエクスを見て叫び声を上げて突っ込んできた。

かなり怒っているようだけど何があった？　横から見えた表情だけど、誰も彼も目が吊《つ》り上がっているぞ。

木陰に隠れる必要も、隠密のスキルを使う必要もなかったかもと思ったほどだ。

思わずセラを見ると苦笑していた。

あー、きっとヒカリが何かをしたに違いない。その様子をノリノリで応援していたシエルの姿も容易に想像出来た。

注意してよく見れば衣服に汚れが見えた。全員じゃないけどね。

そして我を忘れた男たちはクリスの作った泥濘《ぬかるみ》に足を取られ、顔からダイブした。ピシャンという音と呻《うめ》き声が聞こえてくる。

それを見た後続が止まろうとするが、勢いがついていて止まれない。

なかには倒れている者を足場代わりに沼地を越そうと試みるが、そこには細い糸が張りめぐらされていて、それに触れると次の罠が発動した。

丸太で作られた鈍器が飛来して吹き飛ばしたり、蔓が伸びてきて宙吊《ちゅうづ》りにしたり、毒の粉が振りまかれて悶《もだ》えたりと、多種多様な罠が男たちに襲い掛かる。大きな音を鳴らすというのもあった。

ルリカ曰く、ビビらせるためらしい。

逃げようとする者は影によって強制的に沼地へと押しやられている。いや、なんか叩《たた》き付けるように投げ飛ばしている。

最初は喚《わめ》き散らして文句を言っていた輩《やから》が何人かいたが、広場に入ってきて三〇分後には言う気力もなくなったのか、ぐったりしている。

這《は》うように沼地から出てきた奴《やつ》らを前に、セラがゆっくり近付いていった。

奴らの視線がセラに集中したが、セラは臆《おく》することなく歩を進める。

そして近くまで行くと歩を止めて手に持つ斧《おの》を一振りした。

「……決着をつけるさ」

その一言に帝国兵のうちの一人だけがどうにか立ち上がると武器を構えた。

◇マルクス視点・3

「馬車を乗り捨てた?」

遠見筒で確認をしていた者から奴らが馬車を乗り捨てて歩いていく後ろ姿を見たという報告があった。

我慢した甲斐《かい》があった。

奪うようにして遠見筒を覗《のぞ》いたが、確かに馬車は置かれたままだ。

一日進んで昨日よりも距離は縮んでいる。

それなのに素直に喜べない事情があった。

荒野を進んでいる時から薄々は感じていた。

奴らは間違いなく黒い森を目指している。
俺は黒い森にいた頃を思い出した。
父上の命令で派遣され、そこで奴隷たちを使っての開拓を行った。
いずれ来るであろう、魔王討伐のための前線基地を構築するためだ。
奴隷たちを利用して成果を挙げた。満足のいくものだった。
甘い言葉に騙《だま》されて、獣人どもが死んでいくのを見るのは爽快《そうかい》だった。
ただ一つの汚点を除けば。
そうだ。あいつの、あいつのせいだ。
黒い森？　そんなの関係あるか。
奴を、奴を、奴を！
傷痕が疼《うず》く。
「本当に行くんですか？」
何人かが奴らの行き先を見て不安そうな表情を浮かべるが、叱咤《しった》する。
不満げな態度をとる奴にはこう言う。
「貴様らが怪しい奴らを前に逃げた、と報告するぞ」と。
そう言われたら従うしかない。
「それにあいつらを自由に出来るんだ。楽しみだろう？」
それを聞いて下卑た笑みを浮かべる奴らもいた。
聞けば見目麗しい女が多いという話じゃないか。しかも助けの来ない黒い森だ。

終わった後にそのまま処分するもよし、怪しい行動を取ったとして奴隷にするのもいい。

まあ、あの獣人だけはただでは殺さないけどな！


奴らが黒い森に入った翌日。俺たちも黒い森の手前までやってきた。

ここからは残念ながら徒歩だ。


「どうだ？」

手の空いている奴に馬を任せ、俺は尋ねた。

この冒険者は追跡系のスキルを持っている。俺の取り巻きじゃないから高い金を払って雇った。

「ああ、大丈夫だ。それですぐに追うのか？」

言葉遣いが悪いのには目を瞑《つぶ》ろう。

今はこいつだけが頼りだ。

いや、それが分かっているからこそ、雇い主の俺に対してもこんな口の利き方をするんだろう。

自分の価値を分かってやがる。

俺は馬をロープに繋《つな》げ終わったのを確認すると森の中に入った。

森の中は相変わらず陰鬱《いんうつ》としていて、落ち着かない。

それでも俺は昔の経験からそれほど負荷を感じない。

だが黒い森に入ったのが初めての奴らは腰が引けている。

そいつらのせいでなかなか進む速度が上がらなかった。

「けどこんなに暗かったですかね？」

そいつの言う通り、森の中はまるで夜と同じだった。

以前いた時は日の光が射していたし、ここまで暗かったイメージはない。

場所が違うからか？

ただ日が一切射し込まず薄暗いが、進むのは問題ない。

夜中も行動出来るように暗闇でも視界が確保出来る魔道具を所持していたからだ。

「おい、あれ」

焚火の跡を見つけ、さらに奥へと進む。

どれぐらい時間が経《た》ったか感覚も狂ってきた。腹が減っている気もするが、食事は前いつ摂《と》った？

そんなことを考えていた時に目の前に奴が現れた。獣の耳と尻尾《しっぽ》を生やしたアイツだ！

俺たちを見た奴は驚いた表情を浮かべると踵《きびす》を返して走り出した。

「追え！」

俺の声に一斉に走り出す。

すると途中で何かが飛んできた。

俺はすんでのところで躱《かわ》したが、当たった奴らが「臭い」「痛い」など呟《つぶや》いて悶えている。

チッという舌打ちが聞こえた気がしたが気のせいか？

「逃がすな！」

と怒号が響き、我先にと駆けていく。

俺も遅れないように走る。ここで捕まえるつもりで。

そして奴が飛び込んだ先は行き止まりだったようだ。

その場に立ち尽くしている。

馬鹿め。自ら袋小路に逃げ込むとは！

思わぬ好機に気が高ぶる。

そしてそれは俺だけでなく、皆も同じだった。

けど、それは全て間違いだった。

先頭を走っていた奴が地面に倒れ、続く者は丸太が飛んできて吹き飛ばされた。蔓《つる》のようなものに絡まれて宙吊りになった奴もいる。

俺は黒い何かに捕らわれて身動きが出来ない。

俺は動かない体で目の前の奴を見た。

途端、その姿は変わった。

奴ではなく黒い何かになった。

それを見た瞬間悟った。俺たちは誘い込まれていたと。

力なく倒れていると、今度こそ本物の奴が姿を現した。

その冷たい目を見て俺は理解した。

間違いない。奴は俺を、俺たちを殺しに来たと。

ここで抵抗しないと殺されると。

俺は重い体に鞭《むち》打《う》って立ち上がると、武器を引き抜いた。

◇セラ視点

ボクの目の前でマルクスがただ一人立ち上がった。他の人たちと違って手加減されたからだ。

たぶん、影がソラから指示を受けていたんだと思う。

「き、貴様。こんなことをしてただで済むと思っているのか！　て、帝国軍が黙っていないぞ！」

ボクはその言葉を無視して斧を振り下ろした。

受け止めようと剣を振るってきたけど、触れた瞬間その剣は明後日の方向に飛んでいった。剣もまともに握れないのか……。

ボクがマルクスを見ると、唖然《あぜん》とした表情で自分の手を見ていたけど、ボクの視線に気付いたのか顔を上げると、瞬く間に恐怖でその顔が歪《ゆが》んだ。

何かを言おうと口を開いたけど、その前に斧の腹で殴ると、悶絶《もんぜつ》して倒れた。

「た、助けてくれないか。マルクスの奴に命令されて仕方なかったんだ」

「お、俺たちはただ金で雇われただけだ」

呆気《あっけ》なく勝負が着くと、取り巻きを含む冒険者の恰好をした者たちが口々に命乞《いのちご》いをしてきたけど許すつもりはない。

お金で雇われたと言っているけど、何をしようとしていたかは理解していたに違いないのだから。

……ボクは大きく息を吸った。

皆優しかった。

ボクがこれからすることをもしかしたら咎《とが》めるかもしれない。自分たちのためにそんなことをする必要なんてないと言うかもしれない。

それでも……優しい皆に酷いことをしたこいつらを許すことが出来ない。

せめて皆が味わった苦痛を、その身に受けて償うべきだ。

ボクは斧を仕舞うと、腰に差した短剣を引き抜いた。

これはヒカリちゃんから借りた短剣だ。

「こ、こんなことをして！　ただで済むと思ってるのかこの獣人が！」

「あ、ああ、生きて帰ったら必ず殺してやる！」

ボクが助けないと分かったのか、今度は罵詈《ばり》雑言《ぞうごん》を浴びせてきた。

この期に及んで自分たちが助かると思っているのか……正直呆《あき》れた。

「君たちはここから生きて出られないいさ。運が良ければ、もしかしたら助かるかもだけどさ」

ボクは短剣で一人一人斬っていく。

抵抗しようと反撃した者がいたけど、そいつは殴り飛ばした。

鼻が潰《つぶ》れ、血が流れ続けた。息が苦しそうだけど治療するつもりはない。

ボクの言葉にマルクスが睨《にら》んできたけど、異変を感じ取ったようで表情を一変させた。

「この短剣は斬った相手に麻痺《まひ》の効果を与えるのさ。そしてその効果は三日続くのさ」

ヒカリちゃんは短くてもそのぐらい効果があると言っていた。

「ボクは君たちを殺さないさ。けど、魔物はどうだろうね？」

麻痺が回っているのか、もう反論の言葉すら出ないようだ。言葉にならない呻き声は聞こえてくるけど。

これで三日間。黒い森で動けないまま過ごすことになる。

それは恐怖だ。

ボクたちが何度も何度も味わった恐怖。身を寄せ合い、朝日をまた見ることが出来た時の安堵《あんど》。

そうやって、何日も何日もボクたちは過ごし、皆先に逝ってしまった。

多くの仲間と友達を看取った。

どんなに痛みに苛《さいな》まれても、最後の瞬間だけ、皆穏やかな表情を浮かべたのを今でも覚えている。

あの過酷な中で安らぎを得られるのは、死ぬ時だけだと思っていた。

だから皆、あの時こう思ったに違いない。

やっと解放される……と。

マルクスを見ると、何かを必死に訴えかけようとしている。

他の者たちもそうだ。なかには情けない顔をした者もいる。

麻痺で体が動かないようだけど、表情を動かすことは出来るんだと、どうでもいいことを思った。

死なない程度に息をすることが出来るわけだから、全ての機能が麻痺するわけじゃないのかもしれない。

ボクは彼らの装備を回収すると、その傍らにナイフを人数分放り投げた。

それを見た何人かが絶望した表情を浮かべた。

もしかしたら、ボクたちにしたことを思い出したのかもしれない。

「あれでいいの？」

「ああ、いいさ。それにもう死んだも同然だからさ」

ボクが皆のもとに戻るとルリカが聞いてきた。

ボクは知っている。この黒い森がどんなところかを。

奥に比べて浅い場所だけど、それでも少なくない魔物が次々と現れる。ここはそういう特殊な場所だ。

これだけ濃密な血の臭いが立ち込めていたら、きっと魔物は寄ってくる。

その時が、マルクスたちの最期だと確信している。

だから死ぬまでのその一時を、ボクたちが体験したのと同じような恐怖を感じながら過ごせばいいと思った。

閑話・2

魔王討伐に向けてエレージア王国の王都を発《た》ち、城塞《じょうさい》都市に到着した。

そこには多くの騎士と冒険者が集まり、忙しく動いていた。その人数は優に万を超えている。

町に入りきれなかった者たちが、外で一時的なキャンプ地を築いている程だ。

「先輩、疲れていませんか？　大丈夫ですか？」

俺の問い掛けに聖騎士の職業であるカエデ先輩は小さく頷《うなず》いた。

額面通り受け取れば大丈夫なんだと思うが、今はその表情が窺《うかが》えないから分からない。仮面をしているからだ。

そしてそれはカエデ先輩だけでなく、剣王のシュンと魔導王のシズネも同じだ。いや、俺もそうか。

俺が目元に触れると、そこには仮面があった。

城塞都市に到着して馬車を降りる時に渡されたのがこれだ。

別々の馬車で移動していた俺たちが合流した時には、既に三人は仮面をしていた。

「何故《なぜ》仮面を？」

「剣聖様たちの素性を隠すためです。魔人に襲撃された以上、顔は知られていると考えた方が良いでしょう。狙われる危険もあります。あと、それは特殊な魔道具になっていて、装着すると身体能力が向上するとのことです」

試しに装着すれば、確かに体が軽くなったような気がする。

ただそれならもっと早く渡してほしかった。急に身体能力が上がると、動きに小さな齟齬《そご》が生まれる。

これは普段の生活なら困らないが、強い敵との戦いではその差で命を落とすことだってある。

「申し訳ございません。完成したのが時間ギリギリだったもので」

思わず愚痴を言ったらその騎士が恐縮して謝ってきたのを覚えている。

俺は一つ息を吐いて思考を戻し、同席する面々を見た。

ここには今、騎士団を統括する第一騎士団の団長と、第四騎士団の団長、魔法兵団の魔法長のほかに俺たち異世界召喚された四人と、同じように仮面をした黒衣の男の八人が集まっている。

本来なら第二騎士団の団長の姿もあるはずだったが、魔人の襲撃で死傷者が多く出たため今回の作戦からは外されたそうだ。

集まったのはこれからどう動くかを、俺たちに説明するためのようだ。

「魔導王様には事前に伝えたが、第四騎士団に同行してもらい、冒険者と共にこちらのルートで進んでもらう」

第一騎士団の団長は、広げた地図の上をなぞりながら言う。

地図にはいくつか印が付いている。

魔導王のシズネが担当するのは城塞都市から魔王城があると思われる方向へ真《ま》っ直《す》ぐ進むルートだ。

シズネの強さは理解しているが心配だ。

「お任せください。魔導王様は私たち第四騎士団が命に代えてもお守りします！　それに冒険者たちも高ランクの者が同行します。ご安心ください」

「大丈夫、心配ない。それに私たちが目立てばその分姉さんたちが自由に動ける」

「そうよ。私たちの目的を忘れたの？」

シズネの言葉にカエデ先輩も頷いた。

そこに違和感を覚えた。

昔のカエデ先輩だったらこんなことを言わなかった。

少しでも危険と思ったら反対していた。少なくとも俺たち異世界に一緒に召喚された者たちが離れ離れになるのを容認しなかったはずだ。

それに二人の口調も少し普段と違うような気がする。魔王討伐で緊張しているからか？

全てはあの日……魔人の襲撃を受けた日から変わってしまった。

精霊魔法士のコトリが連れ去られ、聖女のミハルは今も治療を受けている。

王都に戻った頃は、カエデ先輩は会うたびに後悔の念を口にしていた。

そしてその言葉が、やがて途中から怒りを帯びたものに変わっていった。

「あなたはどうなの？」

「決まっている。魔王は殺す！」

俺への問い掛けに、シュンが横から割り込んできて叫んだ。

怒ってテーブルを叩《たた》くと、その表面が破損した。

「剣王様落ち着いてください。それと剣聖様、これが一番皆の命が助かる方法なのです。どうか我々を助けてください」

騎士団長が頭を下げれば、他の三人も頭を下げてきた。

俺がそこで何も言えなくなると、作戦の説明が再開された。

俺たちはこの黒衣の一団と共に、シズネたちのルートとは別のルートで進み魔王城を目指す。

「いかに消耗せずに剣王様、剣聖様、聖騎士様を魔王城に送り届けるのかが我々の仕事です」

騎士団長のその言葉で、この会は解散し、その翌日。俺たちは黒い森の中に入っていった。

第3章

「それじゃ行くさ」

すっきりした顔でセラが言った。

長いこと抱えていたものから解放されたからかもしれない。

その晴れやかな表情を見たルリカとクリスの二人も笑みを浮かべている。

結局、マルクスたちはその日のうちに魔物に襲われたようで、寝る前にはＭＡＰから反応が消えていた。

影とエクスに警戒させていたけど、その魔物がこちらまで来ることはなかった。

全ての人の反応が消えた後は、まるで住処《すみか》に戻るように何処《どこ》かに行ってしまった。

俺は家を土に戻すと、ペンダントをクリスに渡した。

話し合いの結果、通行証の管理はクリスに任せることにした。

この中で一番魔力に余裕があるからというのが理由だ。

クリスの指示に従い俺たちは森の中を進んだ。

これからが本格的な探索の始まり……黒い森の中にあるという町を目指す。

黒い森には本当に色々な顔があった。

「主、あのキノコはどう？」

「あー、あの白いやつはやめておこう。一応美味《おい》しいみたいだけど、笑いが一定時間止まらなくなるそうだ」

美味しいという言葉に反応したシエルが、悲しそうにその白いキノコを見つめる。

かなり葛藤《かっとう》した様子が窺える。プルプルと体も震えている。

「あのピンクのキノコは食べられるみたいだな。癖があるから下処理をしっかりする必要があるみたいだけど」

解析と料理スキルのお陰で料理の仕方も分かるから助かる。

けど色合い的にちょっと抵抗がある。ヒカリたちは俺の説明を受けて、期待に胸が一杯といった感じだけど。

そんな食材集めをしながら進む時もあれば、魔物と遭遇することだってあった。

ウルフにオーク、オーガとも遭遇した。かつての強敵タイガーウルフとも戦った。

けど今の俺たちの行く手を阻むほどの魔物では既にない。確かに普段戦う時よりは強く感じたけど、それでも苦戦することはなかった。

ミスリルの武器を強化したお陰で、オーガも簡単に倒すことが出来ている。ヒカリの短剣でも厚い皮膚を簡単に斬り裂き、致命傷を与えられた。

それでもここは黒い森だ。マジョリカダンジョンの下層で戦ったような強敵と普通に遭遇する。

その中でもサーベルタイガーには苦戦を強いられた。

タイガーウルフの上位種的な魔物で、その牙《きば》は鉄の鎧《よろい》をも貫くとクリスは言った。本で読んだ知識だそうだけど、さすがクリスだ。色々知っている。

けど本当に厄介なのはその攻撃力ではなく防御力だった。

サーベルタイガーの毛皮はミスリルの武器でも傷を付けることが難しいほどだった。

元々高い耐久力がある毛皮を、攻撃を受ける直前に魔力で強化するため攻撃が効かず、サーベルタイガーの魔力が弱まるまで戦うことになった。

「私たちもまだまだね」

「一体だけで良かったです」

ルリカは肩で息をして、クリスも額の汗を拭《ぬぐ》っている。

クリスの言う通り複数体で出てこられたらさらに苦戦していたに違いない。

ただ今回の戦闘で俺たちもサーベルタイガーとの戦い方を経験出来たから、次はもっと上手《うま》く立ち回ることが出来るはずだ。

「主、これ食べられる？」

強い魔物はそれだけで美味しいというのがこの世界の一般的な常識だ。稀《まれ》にハズレもあるけど。

けどそれを聞いたクリスはビクリと反応した。何かあるのか？

俺がクリスを見ると、クリスは一度ヒカリを見て口を開いた。

「サーベルタイガーは美味しいそうなのですが、調理が難しいと本で読んだことがあります」

何でもサーベルタイガーの肉は硬く、ただ焼いただけでは正直食べられたものではないそうだ。

クリスも美味しく食べるための調理方法までは知らないということだった。

ヒカリはそれを聞いてその日の夜に焼いていたが駄目だったみたいだ。俺も一口もらったが……

うん、これは無理だ。無理に噛《か》むと歯が折れそうだ。

「痛い……」

ヒカリとシエルも涙目だ。

けどサーベルタイガーの肉が美味しいと本に書いてあった以上、それを食べられるように調理した事実はあるということだ。それが嘘ではない限り。

俺は解析を使いながら料理スキルでサーベルタイガーの肉を調べる。

……なるほど。これは確かに難しい。

三〇時間以上一定の温度を保って煮込む必要がある、か。

これはあくまで入り口で、さらに美味しくするには五〇時間以上引き続き煮込む必要がある。

これは大変だ。向こうの世界と違って設定一つで火力を調整出来る道具が殆《ほとん》どないからだ。

調理用の魔道具こそ存在するが、あれは長時間連続使用が可能なのだろうか？　燃料となる魔石の消費も馬鹿にならないと聞くし。

一方で俺は思う。食に強い関心を持つ者の探求心の凄《すご》さに。きっと食べるために血の滲《にじ》むような研究がされたんだと思う、きっと。

「ヒカリ、時間はかかるけど料理出来そうだぞ」

俺の言葉に、ヒカリは涙を拭《ふ》いて、

「本当に？」

と首を傾《かし》げた。

その眼差しには疑いと警戒の色が見て取れた。

「ああ」

俺は鍋《なべ》を火にかけてある程度温まったら肉を投入。まずは肉の色が変わるまで焼いて、色が変わったら適量の水を注いだ。全て料理スキルの示す通りに。

これで第一段階は終了。あとは一定時間煮込みながら、随時タイミング良く調味料を投入していくだけだ。

もっともその工程が一番大変だし、本来なら野営ではなくてしっかりした場所で調理する必要がある。

ただし俺の場合は裏技がある。

そう、調理が出来ない時間はアイテムボックスに収納しておけるというやつだ。

その間時間は進まないから、取り出す時に同じような環境を整えてやれば問題ない。

俺には料理スキルと記憶スキルがあるから、火力も完璧《かんぺき》に再現出来る。

唯一の問題は、

「主、いつ出来る？」

と楽しみに鍋を見つめるヒカリとシエルの存在だろう。

そんな期待に満ちた眼差しを向けられると時間より早く進めと願ってしまう。

って、時空魔法で時間を早めることは可能か？

領域内で俺以外のものを遅くする効果に着目していたけどどうだろう？　そもそも周囲が遅くなるわけで、早くなる必要はないから考えていなかった。

スキルの確認をしたら……出来るな。レベルが上がったから出来るようになったのか？

ただ指定して時間を早めるのは消費するＭＰが多めに必要なようだ。あ、これは変換の効果も必要だからか。変換で速度を遅から早に反転させるのか。

俺は試しに鍋を指定して時空魔法を発動させた。うん、表示されていた完成までの時間が減った。

それを何度か繰り返せばＭＰが底を尽いた。

まだ完成まで半分以上の時間が残っているが、予定よりも早く食べることは出来そうだ。

「すぐには無理そうだから、待っててくれな」

「うん、分かった」

俺が説明すると一人と一体は素直に頷《うなず》いてくれた。


光に導かれるまま黒い森を進むこと六日目。

魔物と戦いながら進んでいるけどかなりの距離を歩いた。

「あ、そっちに伸びています」

クリスの指示に従い進んだ先には、一つの大きな石があった。

ペンダントから伸びる光は、その石に吸い込まれていっているそうだ。

それは自然の中に溶け込むように存在していたが、近くまで寄ったら違和感を覚えた。

魔力察知を使えば、その石自体から強い魔力を感じる。

けど触った感触は岩そのものだ。ゴツゴツしている。

それは俺だけでなくルリカたちも同じなようだ。

けどクリスが同じように石に触れたら、ペンダントが一際大きく輝き、その石の隣の空間が一瞬歪《ゆが》んだ。

そこには確かに木が存在するが、手を伸ばすと木を通り抜けて向こう側に進めそうだ。

これがペンダントの効果かどうか分からないため、盾を構えたエクスを先頭にセラとルリカがまず先に進み、何事もないことを確認したら続いてヒカリたちが入り、最後に俺が続いた。

そして木の向こう側に進んだ瞬間。表示していたMAPが突然消えた。

再びMAPを呼び出そうとしたが、『失敗しました』という表示が突然目の前に現れた。

MAP上が黒くなって見えなくなることはあったけど、MAP自体を呼び出せなかったのはこれが初めてかもしれない。

「どうしましたか?」

戸惑っているとクリスが声を掛けてきたから正直に答えた。

周囲を見た限り森が広がっているから、黒い森の中だとは思うが……。

その時、警戒して使っていた気配察知と魔力察知に引っ掛かる反応があった。

まだ遠いが、物凄《ものすご》い速度でこちらに近付いてくる。

ヒカリとルリカもそれを感じたのか、慌てて武器を構えた。

それを見たセラたちも警戒レベルを上げ、俺はエクスの横に並び、影がクリスとミアの護衛に回った。

そして緊張する俺たちの前に現れたのは、生い茂る枝葉を避けて舞い降りた、二人の魔人だった。

彼らは武器こそ手にしていたけど、いきなり襲い掛かってくることはなかった。

ただ眉《まゆ》を顰《ひそ》めて戸惑っているのが俺にも分かった。

もっともそれは俺たちも同じだった。

突然の遭遇で武器を構えたまま動けない。

敵意は感じないが、敵かどうかの判断がつかない以上、下手《へた》に動けない。

俺は警戒しながら二人の魔人を改めて見た。

二人の魔人は肌が浅黒く、顔も似ている。双子か？　と思えるほどだ。角の生え際が額の右寄りか左寄りかという違いがあったけど。

「……主！」

ヒカリの焦ったような声で我に返った。

どうやら目の前の魔人たちに集中し過ぎて気付けなかった。

物凄い速度でこちらに近付いてきている新たな反応があった。

そしてその反応は俺たちの上空で停止した。

見上げればそこには二本角の魔人がいた。

「秘密の回廊から侵入した者がいるとの報告を受けて来てみたら……そのペンダント、見覚えがあるな。それを何処で手に入れた？」

その魔人は宙に浮いたまま、俺たちを睥睨《へいげい》していた。

その魔人から放たれた殺気に思わず一歩下がりそうになった。

ミアとクリスは耐えられなかったのか、蹲《うずくま》ってしまった。

ルリカとセラも息を呑《の》んで硬直している。ヒカリも体を震わせている。

気をしっかり持たないと俺も呑み込まれそうだ。

グッと腹に力を入れて相手を見る。

顔立ちは違うが雰囲気は何処かイグニスに似ている。細められた目は俺たちのことを観察でもしているようだ。

「俺たちはある人を探す旅をしている。あれはルフレ竜王国の王……アルザハークから譲ってもらったものだ。これがあれば黒い森の中にあるという町に行けると教えてもらった」

叩《たた》きつけられるような殺気に逆らうように、大声を張り上げた。

下手な言い訳はしない方がいいと思い目的を話した。

「アル……爺《じい》さんか。爺さんがそれを渡したってことか……」

その魔人は興味深そうに呟《つぶや》くとゆっくりと地上に下りてきた。

すると二人の魔人が武器を持ったまま姿勢を正した。

俺たちと会った時よりも緊張しているように見える。

魔人が地に足を着けると同時に、先ほどまで発せられていた殺気が嘘のように消えて思わずため息が出た。

けど油断はならない。

力を抜いているような佇まいだけど、その魔人には隙が一切ない。

やはりこの感じ……イグニスに近いものを感じる。底が知れない。

「確かに見覚えがあるな。爺さんから奪うなんてことは出来ねえだろうから本当なんだろうな。俺はギード。で、お前がソラか？　話はイグニスたちから聞いた。それとそっちが聖……お前がエルフか？」

今聖女と言おうとしたのか？

ミアもそれに気付いたようでビクッと肩を震わせた。たぶんアドニスのことを思い出したに違いない。

それはエルフと言い当てられたクリスも同じだ。手にしていた杖《つえ》をギュッと握っている。

変化の魔法は解けていない。

それともそれを見破る目をギードは持っているというのか？

……可能性はある。イグニスは俺が異世界人だと見破った。ギードが鑑定系のスキルを持っていても不思議ではない。鑑定阻害と偽装のスキルを付与した魔道具は持たせてあるけど、それだって完璧ではない。

それを聞いた二人の魔人は驚き目を見開いているけど。

「な、何で私をエルフだと思ったんですか？」

クリスが震える声を抑えながら尋ねた。

「……っ、強い精霊の気配を感じてな。そうそう、イグニスの奴《やつ》からもソラの同行者にエルフがいると聞いてたからな」

尋ねられたギードは一瞬焦ったように見えた。気のせいか？

というかイグニスは俺たちの行動を知っているということになるのか？

だからミアのことも知っていた？

聖女であるミアが生きていることを知っていて、魔人たちが手を出さなかったのは何でだ？　あれはアドニスの独断専行だった？

新たな疑問が次々に浮かんでくる。並列思考をもってしても追い付けない情報量だ。

しかし精霊の気配か……俺も魔力で多少は感じることが出来るからそれで分かったのか？

そう思う俺とは別に、その発言に興味を示したものがいた。シエルだ。

ススーとギードに近付くと目の前で止まり、変顔を作ったり耳を振ったりと自己主張している。

色々な人と接してきて、自分を認識してくれる人と会うのが楽しいのかもしれない。誰も彼も友好的で甘やかしてくれるから。

けど残念ながらギードは全く反応しない。

さらに激しく動き回るけど無反応だ。

ルリカがそれを見てハラハラしている。

『シエル。あくまで感じることが出来るってだけで、精霊が見えているわけじゃないと思うぞ？』

俺がそんなシエルに念話で指摘すると、そこまで考えていなかったのか驚いていた。

そして今一度ギードの目の前で耳を振って反応がないことを確認すると、残念そうにヒカリの頭の上に乗った。

「……それで何しに町に行くんだ？　ああ、人探しだったか？」

「は、はい。そうです。私のお姉ちゃんを探しています」

クリスがよろよろと立ち上がりギードに言った。

「エルフか……確かいたな……」

「本当ですか！　お姉ちゃん……エリスって言います」

クリスはエルフがいると聞いて詰め寄った。

それをルリカが慌てて抱き留めて押さえた。

確かに話は通じていたし俺たちのことを知っているけど、ギードたちが敵対者ではないとはまだ言い切れない。

それにミアが聖女だと認識されている。今は敵意が向けられていないけど、何かの拍子にアドニスと同じように襲い掛かってこないとも限らない。

もっともそれは俺たちにも言えることだけど、ギードのクリスを見る目だけちょっと違うような気がした。

「町にいるエルフの名前までは知らねえ。俺は別にそこに住んでるわけじゃねえしな。まあ、爺さんが認めたみたいだし……おい、お前たち、こいつらを案内してやれ。俺は城に戻るついでにお前たちのことを町の奴らに伝えておいてやる」

「い、いいのですか？」

「構わねえよ。それにお仲間もいるみたいだしな。ただし……」

ギードは俺の方をチラリと見て、二人の魔人に何事か耳打ちした。

魔人たちも俺とヒカリの二人を交互に見て何故《なぜ》か納得顔だ。

「ま、機会があったらまた会おう。そん時は一度戦おうぜ」

ギードは拳《こぶし》を突き出し言ってきたが、それを聞いた魔人二人は何故か震えていた。

結局最初の時以外は特に敵意も見せず、ギードは一方的に言って飛び立ってしまった。

残された俺たちは困ったが、

「い、行きますか？」

と魔人に言われて素直に頷くことしか出来なかった。

だって目的地に連れていってくれるみたいだしね。

警戒だけは怠らないようにするつもりだけどさ。


魔人の二人はイルとルイと言った。紛らわしいと思ったけど口にはしない。

イルが姉でルイが弟だそうだ。普通に二人とも男だと見た目で勘違いしていた。

最初警戒していた俺たちも、二人に案内されて話すうちに多少打ち解けた。

どうも魔人たちは目的地の町に住んでいるものと、魔王城に住むものとに分かれていて、ギードは魔王城に住んでいるということだ。町に住む魔人は比較的若い世代が多いそうだ。

「角の数が二本以上の人が古い世代になるの」

とイルが教えてくれた。

他にも町の様子を教えてくれて、人種《ひとしゅ》から獣人、ドワーフに魔人と色々な種が共存して生活していることも分かった。その中にはエルフもいるという。

「エルフの皆には感謝しているのよ」

そう話すのは、黒い森の環境が関係していた。

黒い森では肉類や木の実、果実は森の中で魔物を狩ったり採取すればいいけど、野菜は栽培しないといけない。

ただ野菜を栽培出来るスペースはどうしても限られてしまうため、本来なら町の人たちの分を賄う量を作ることが出来ないらしい。

それを可能にしているのはエルフたちの使う精霊魔法のお陰だと、イルは言った。

エルフに精霊か……共和国のフィスイの町のような感じかもしれないな。

「本当は飛んでいければ町まですぐなんだよな」

野営の準備を終え休憩した時に、ルイがため息交じりに言った。

途中魔物と遭遇したのもあるけど、早めに野営することになった一番の理由はイルたちの体力だった。

「いや、普通はこんなに長時間歩いたりしないからね。それに何でソラは全く疲れてないのよ」

とイルから文句を言われたけど、もちろんウォーキングスキルのお陰だ。

「あと何よこれ！　家？　それにこれはゴーレム⁉」

それと魔法で家を作ったら驚かれ、ゴーレムを呼び出した時は警戒して恐る恐る触れていた。

ちなみに歩いて町まで行くとなると数日かかるだろうとのことだ。

正確な日数が分からないのは、基本遠くに行く時は森の中を歩かないからみたいだ。

話を聞くと上空を飛んでいけば半日もかからず目的の町に到着出来るらしい。

ただ二人が言うように空を飛ぶ魔物もいるため単独行動はしないように注意しているそうだ。

「ギード様たちみたいに強い人は例外だけどな」

ルイはギードが憧《あこが》れの一人だと話した。

あとイルたちが俺たちのもとにすぐに駆け付けたのは近くを見回っていた時に強い魔力の揺らぎを感じたからだそうだ。

「何で町から離れた場所にいたんだ？」

「近頃魔物の動きが活発でね、それで見回りをしていたの。あと魔王城から、そろそろ人が攻めてくるかもって話を聞いたのよね」

魔人は魔物を使役するなんて話を聞いたけど、魔人と魔物は友好的な関係ではないみたいだ。

「イルたちは魔王城が攻められたら人と戦うのか？」

「……私たちは戦わないわね。自分たちの生活が脅かされたら別だけど。聞いた話だと魔王様も反対しているって話だし、そもそも魔王城には行けないのよ」

魔王城は町から遠く西側の方向にあるらしいけど、その間には深い谷があり、普通の人ではそこを越えるのが難しいとのことだ。

なら空を飛べるイルたちはどうかと尋ねたら、

「竜種が谷の周辺を縄張りにしているらしくて、近寄らないように昔から注意を受けているの」

と言われた。

それがあるから魔王城を目指す人たちがこちらに来ることは殆《ほとん》どないけど、絶対ではないため警戒はしているという。

他にも黒い森は魔力が溜《た》まっている場所が点在していて、そこに魔物が集まりやすいため定期的に見回りが必要らしい。場合によっては狩る必要もあるとのことだ。

またこの見回りはイルたち魔人が町の遠方を、近場は人間や獣人などが担当することが多いそうだ。

他の人たちは大人なら農業などの労働に就いていて、皆協力して生活していると話していた。

「そういえばイルたちが住んでいる町には名前があるのか？」

「名前？　特にはないけど……あ、けど昔町を訪れた人が『最果ての町だな、ここは』と言っていたって聞いたことがあるかな？」

イルの話では黒い森に町はここしかないから、名前がなくても不便はないということだ。けど最果ての町か……確かに外から来た人がそう呼ぶのは納得がいくかも。黒い森の奥深くに町が存在するなんて、想像出来ないだろうからね。

俺たちだってアルザハークに聞かなければ来ることはなかった。

色々な質問に答えてくれたイルたちだったけど、エルフに関することだけは口が堅かった。

エルフが町に何人いて、何て名前の人がいるかを最後まで教えてくれなかった。

「話に聞くのと、実際に見るのとじゃ全然違うわね」

「うん、ボクも少し魔人に関しての認識が変わったさ」

イルとルイのコロコロと変わる表情や気さくな性格もあって、ルリカたちの魔人への印象はかなり変わったようだ。

野営をする時には二人とも無防備に寝ていたからね。警戒心がないというか、疑うということ知らないのか？

ルリカたちは驚いていたけど、ミアとヒカリは複雑な表情を浮かべている。

ミアはアドニスに酷《ひど》い仕打ちを受けたし、ヒカリはイグニスを相手に戦った記憶があるからだろうな。

イルたちと出会って四日後、広場のような開けた場所に出た。

やっと森を抜けたと思ったけど、この先にはまだ森が広がっている。

そう思い広場を横切っていると突然目の前の景色が変わり、目の前に防壁が現れた。

思わず足を止めて驚く俺たちを見たイルとルイは、してやったりといった表情を浮かべて満足そうに頷《うなず》き、

「さ、こっちよ」

と門のある方に歩き出した。

「話はギード様から聞いている。そっちの者たちがそうだな」

イルたちが頷くと、特に身分証の確認もなく俺たちは町に入ることが出来た。

ただ余所者《よそもの》が珍しいようで町を歩くと多くの視線を受けることになった。

ただそれは不快なものではなく、興味津々といった感じのものだった。

「それで何処《どこ》に行くの？　エリス姉さんはいるの？」

「ルリカ、落ち着いて。今から行くのはエルフの……スイレン様の家よ。そこでエルフの皆さんと子供たちが一緒に暮らしている」

ここ最果ての町には現在エルフが一〇人住んでいて、共同生活を行っているそうだ。

町に到着して初めてイルがエルフの情報を口にした。

一緒に暮らしている子供たちは色々と事情がある子たちらしい。

他にも仕事で忙しい子供たちの面倒を見たり、勉強を教えたりもしているそうだ。

俺は話を聞きながら改めて町の中を見る。

町には六つの塔が立ち、その六つの塔を繋《つな》ぐように壁が作られている。

壁は五メートルを優に超え、その上部には武器……バリスタのようなものが設置されていた。先

端が見えただけだから詳しくは分からなかったけど、鏃《やじり》のようなものが見えたからたぶんそうだと思う。

あの塔の上部からは強い魔力が放たれていて、聞けば町の上空に結界と、周囲に幻影を見せているという話だった。

だから最初町に到着した時、突然景色が変わったのか。景色が変わるまで町があることにも気付けなかったんだよな。

「ここがスイレン様の家よ。失礼のないようにね」

振り返り言ったイルの言葉に、

「ふふ、あのお転婆だったイルからそんな言葉が出るとは、時の流れを感じますね」

と言う言葉が返ってきた。

「ス、スイレン様⁉」

「昔のように呼んでくれてもいいのですけどね。それでそちらの方たちは？」

小首を傾《かし》げるその女性……スイレンは見紛《みまご》うことなきエルフだ。その特徴的な尖《とが》った耳がその証拠だ。鑑定でも種族が【エルフ】となっている。

「こちらはお客人です。ギード様から連絡はきていませんか？」

「ギードが町に来たとは耳にしましたが聞いていませんね。わざわざ寄ったなら顔を出せばいいのにね？」

スイレンの言葉にイルは苦笑していた。

「たぶん、ギード様なりに気を使ったのだと思いますよ」

「ギードが気を使う、ですか？　あまり想像出来ませんね。それとお待たせしました。スイレンと申します。そちらのお嬢さんは……同族のようですが外界から逃げてきた、というわけではなさそうですね」

スイレンはクリスを見て驚いていた。

「あ、はい。私はクリスと言います。お姉ちゃんを探しにやってきました」

「お姉さんですか……とりあえず立ち話もなんです。どうぞ家の中に入ってください。今なら静かですからね。それからイルとルイ、貴方《あなた》たちは家に戻りなさい。お家の人が心配していましたよ」

二人はどうするか迷っていたけど、一礼して去っていった。

確かに見回りに出た者が何日も帰らなければ心配する人もいそうだ。たとえ事情をギードから聞いていたとしても。

「では皆さん、どうぞこちらへ」

スイレンに案内されて入った家は、確かに物静かで人の気配がしなかった。

「それで、ええと……」

家の一室に通されて話をしようとして、まずは俺たちの自己紹介から始まった。クリス以外はまだ告げていなかったからね。

「そう、貴方がソラ君ですか……」

俺が名乗った時、スイレンは俺を上から下まで見て呟《つぶや》いた。

何故俺の名前に反応を？

「ごめんなさいね。それでクリスさん、お姉さんのお名前は？」

俺が戸惑っていると、スイレンは一言謝りクリスの方を見た。

「エリスって言います」

「エリス、さんね……ごめんなさい。この町にはその名前の子はいないの」

「そう……ですか」

申し訳なさそうに言うスイレンの言葉を聞いて、クリスの体から力が抜けていくのが分かった。

今度こそはと思いここまでやってきたけど、結局ここでも空振りに終わった。

ある意味最後の希望だと思ってやってきたから落胆は大きい。

それはクリスだけでなくルリカとセラも同じだった。

この町のように、俺たちの知らない町や村はこの世界に存在するかもしれない。

そう言葉を掛けてやることは可能かもしれないけど、俺にはそれを口にすることは出来なかった。

スイレンはそんな三人をジッと見ていた。

そして……ガヤガヤと騒がしい声が聞こえてきた。

それは俺たちのいる部屋の前で一度止まり、勢い良くドアが開け放たれた。

ドアを開けたのはヒカリよりもさらに小さな子で、スイレンの姿を確認すると、

「お母さん！　ただいま！」

と駆け寄って抱き着いた。

「おかえりなさい。けどお客様の前です。もう少し静かにしないと駄目ですよ」

注意しているけどスイレンは笑顔を崩さず、その小さな子の頭を撫《な》でている。

「ごめんなさい。けどお母さんにこれをすぐに見せたかったの！」

子供は素直に謝ると、背負っていたバッグからある物を取り出した。大根？

「それはどうしたのですか？」

「私が収穫したの。おじちゃんに教えてもらったの」

「そう、それは凄《すご》いわね」

スイレンがその子と話していると、他にもゾロゾロと子供がやってきた。その子たちも手に野菜を持っている。

その中には小さな子と手を繋いでいるエルフの姿もあった。

「ですが汚れたまま家の中を走るのは駄目ですよ」

スイレンが注意すると元気よく「はーい」と答えていた。

「私はもう少しお客様と話すことがあります。ですから……」

スイレンが子供たちに言い聞かせようとしたその時、それを遮るように声を上げた者がいた。

「あー、お兄さん⁉」

そこにいたのは黒髪黒目の少女で、彼女は真《ま》っ直《す》ぐ俺のことを指差していた。

「コトリちゃん五月蠅《うるさ》い」

「そうよ、五月蠅い」

コトリという少女は子供たちから一斉にダメ出しを食らい涙目だ。

助けを求めるように俺の方を見られても困る。

そもそも俺に妹はいない。お兄ちゃんと呼ばれることはまあ、この世界に来てからはあるけど。

けどこの少女。何処かで見た記憶があるが何処だ？

黒髪黒目は目立つから、一度見たらそうそう忘れないと思うけど……。

俺が記憶を辿《たど》っていくと、ある場面で止まった。

当時と雰囲気も違うし、背も伸びて顔付きも変わっている。けど確かに面影はある。

【名前「コトリ」　職業「精霊魔法士」　Ｌｖ「80」　種族「異世界人」　状態「――」】

やはりそうだ。種族が異世界人となっているし間違いない。

「もしかして君は一緒に召喚された？」

「は、はい、そうです。あの時一緒にいました！」

俺の言葉に笑顔を浮かべたが、その顔はすぐに曇ってしまった。

「はいはい、とりあえず静かにしてください。まずは汚れを落として、それから野菜は台所に置いておきましょう」

スイレンと他のエルフの人たちが洗浄魔法で子供たちの汚れを落とすと、子供たちはお礼を言って移動を開始した。

「騒がしくてごめんなさいね。ある意味閉鎖された場所だから、新しい人が来ると嬉《うれ》しいみたいなの。あとはコトリのせいでもあります。もちろん良い意味で、ですよ」

子供に手を引かれるコトリを見ながら、スイレンが言った。

「あの、一ついいですか？」

さっきスイレンが俺のことを注意深く見てきたのは、コトリから話を聞いていたからかもしれない。

「何でしょうか？」

「コトリはいつからここにいるんですか？」

王城を飛び出した、というか追い出された後、同郷の皆がどうなったかは全く知らない。

魔王討伐の一員として、王国にいるとばかり思っていた。

そんなコトリとこんな場所で再会するなんて夢にも思っていなかった。

それにコトリがここにいるということは、あの時召喚された他の人たちもここにいるのかという疑問も生まれた。

その答えはスイレンが教えてくれた。

魔人たちの襲撃を受けて、コトリだけが捕縛されこの地に連れてこられたそうだ。

「そんなことが……」

俺が以前、イグニスに召喚者たちの保護を頼んだからか？

「それでは皆さん、今日はこの家に泊まっていってください。町には宿なんてものもありませんから」

確かに旅人がふらりとやってくるような場所じゃないか。

外で野営でも構わないけど、今回はその厚意を素直に受けることにした。

「主……」

部屋で休んでいると、ドアをノックする音の後、ヒカリの声が聞こえた。

「どうしたんだヒカ……」

ドアを開けると、そこにはヒカリとコトリがいた。

別に二人が一緒にいるのは問題ない。問題なのは、ヒカリの持つ短剣の切っ先がコトリへと向けられていることだ。

ちなみに切っ先を向けられたコトリはブルブルと震え涙目だ。俺と目が合うと助けを求めてきた。

「えっと、どうしたんだ？」

「怪しい動きしてた。主を襲うに違いない」

ヒカリの言葉にコトリはブンブンと顔を横に振っている。その勢いに首は大丈夫かと心配になるほどだ。

「ヒカリ、大丈夫だ。コトリはたぶん話をしに来ただけだ」

夕食の時から、コトリが向けてきた視線には気付いていた。

けどこちらはこちらでクリスたちは元気がないし、子供たちの質問攻めにはあうしで応える余裕がなかった。

スイレンたちとミアがいなかったら、今頃俺は疲れて既に夢の中だったかもしれない。

「そう？」

ヒカリが尋ねると、今度は縦にブンブンと顔を振っている。本当に大丈夫か？

「とりあえず……中で話すか？」

スイレンからあてがわれた部屋には俺しかいない。

コトリは躊躇《ちゅうちょ》したけど、ヒカリは気にした様子も見せず中に入ってくると、ベッドの枕元で休んでいるシエルのもとへと向かった。

どうやら二人きりにするのは危険と警戒しているようだ。単純にシエルと遊びたかったというのもあるかもだけど。

「おじゃまします」

それを見たコトリもおずおずと入ってきたが、ドアの閉じる音でビクリと肩を震わせていた。

「とりあえず無事？　なのかどうかは分からないが、元気そうで良かったよ」

この部屋に唯一ある家具はベッド一つだけだったため、俺たちは床に腰を下ろすと向かい合った。

床には旅で使っていた敷物を敷いている。

「はい、ソラお兄さんも元気そうで良かったです。それとごめんなさい。私何も知らなくて」

そう言うとコトリはまず謝罪してきた。

何故《なぜ》謝ってきたか聞くと、俺が王城から追い出された時に何もしなかったからと言ってきた。

あの場合は気付きようがないし、どうこう出来る雰囲気でもなかった。そもそも俺がコトリの立場でも、他の人が何処かに連れていかれても、それを気にする余裕はなかったと思う。たぶん、自分のことで一杯いっぱいだったはずだ。

「けど何で俺が追い出されたことを知ってるんだ？」

王国の人間が、わざわざ自分たちの不利になるようなことをコトリに告げるはずがない。

「イグニスさんからお話を聞きました」

コトリの話では、コトリたちはあれから魔王を討伐するために訓練したり、魔物と戦ってレベルを上げたり、ダンジョンに行ったりしたと教えてくれた。

「他の国に行ったのはそれが初めてだったんですよ」

その話を聞いて驚いた。まさか魔導国家にいたとは。

それに時期的に、どうも俺たちがマジョリカのダンジョンを攻略していた時に、コトリたちは魔導国家にもう一つあるというダンジョンの町、プレケスにいたみたいだ。

ならあの時サイフォンたちがプレケスのダンジョンを使えないと言っていた理由は、コトリたちがダンジョン攻略をしていたからなのかもしれない。王国は召喚者たちの存在を隠したいみたいだったし、目撃者を極力減らすように働きかけたのかもしれない。

それでダンジョンを攻略して王国に戻る途中で、ギードたち魔人に襲われてコトリは攫《さら》われた。

コトリは一時期魔王城で暮らしていて、その時イグニスから俺の話を聞いたそうだ。

「あと魔王様は優しくて」

と魔王のことを話し出したのには驚いた。

何でも滞在している時に、一緒にお茶をして過ごしていたと言った。

優しい魔王か……。

「あ、けどそういえばあの人……」

コトリが何か言おうとした時に、大きな物音が鳴った。

それはベッドの方から聞こえた音で、

「大丈夫かヒカリ？」

見るとベッドからヒカリが落ちて床にいた。

「うん、大丈夫。勢いがつき過ぎた」

平然と立ち上がるヒカリを見て、シエルもホッとしていた。

どうやらシエルと遊んでいたみたいだけど、どんな遊びをすればベッドから落ちるんだ？

「そういえばお兄さん、その白い子は誰？」

「ん？　コトリはシエルが見えるのか？」

「シエルちゃんって言うの⁉　ウサギみたいで可愛《かわい》いですよね！」

可愛いという言葉に反応してシエルは頬を赤らめている。

そうか、コトリは精霊魔法士だ。なら精霊のことが見えても不思議じゃないか。

そういえばスイレンたちもシエルの動きを普通に目で追っていたな。

「あれ？　お兄さんも精霊が見えているってことは、お兄さんも精霊魔法士⁉　あれ？　けどヒカリちゃんもシエルちゃんのこと見えている？　どういうことですか？」

コトリは物凄《ものすご》く混乱している。

「とりあえず落ち着け。その辺りのことも話すよ」

「あ、はい。あ、もし良かったらお兄さんがこの世界に来てからどんなことをしてきたかも教えてもらっていいですか？」

コトリたちのことを聞いたわけだし、俺のことを話しても問題ないか。

俺は王城から追い出された後に冒険者になったことから始まり、シエルとの出会いやルリカたちとの出会いを順番に話した。ヒカリとミアに関しては、ちょっと嘘をついたけど。

コトリはその話に耳を傾けて真剣に聞いている。時にハラハラと、時に羨《うらや》ましそうにしていた。

ヒカリが奴隷だと話した時は、厳しい目を向けられたけど、事情を話したら納得してくれた。

ヒカリの擁護があったのも大きい。

コトリたちは生活に困ることはなかったけど、その分自由というのが全くなかったみたいだしな。

「それでシエルちゃんはお兄ちゃんと契約したんですね。あとヒカリちゃん、苦労していたんですね。本当許せません！　あの国は！」

コトリはヒカリの境遇を知りお怒りのようだ。

あとイグニスたちのお陰で記憶の一部が改竄《かいざん》されていたことも知ったようで、余計に許せないのかもしれない。

逆に言うと、俺も王城に残っていたらそうなっていたかと思うと正直恐ろしい。

「それとエルフのお姉さん探しか……あ」

「どうしたんだ？」

「えっと、その。私、王国にいた時にお城でエルフに会ったことがあると思うんです。私に精霊魔法の使い方や、精霊との契約の仕方を教えてくれた人です。たぶんですが」

コトリの話では、その人の耳は確かに尖《とが》っていたそうだ。

「それは本当か！」

思わずコトリの肩を掴《つか》み尋ねたら、

「こんな夜中に五月蠅くしない。そんな大声を上げたら他の子たちが起きて……」

タイミング悪く、ドアを開けてミアが入ってきた。不機嫌そうな声で、目を擦《こす》りながら。

ただその細められた目は、徐々に大きく開かれ、再び細められた。睨《にら》んできたというのが正しい表現かな？

「ソラ、何をしているのかな？　こんな夜中に？」

底冷えする声に、体が震えそうになる。

あわわ、とコトリが声を漏らしている。

「ん？　ミア姉？　どうしたの？」

そこに救いの神が現れた。

いつの間にか寝ていたヒカリが起きてきたようだ。

それを見たミアは俺たちの顔を順に見て、

「あ、あまり夜遅くまで起きていちゃ駄目だからね！　長旅で疲れているんだから」

と言って、頬を赤らめて部屋を出ていってしまった。

◇ミア視点・1

翌朝、コトリに会ったらまずは謝った。怖がらせてしまったから。

「ミアさんは、お兄さんのことが好きなんですか？」

とコトリに聞かれて顔が赤くなるのが自分でも分かった。

ここまでストレートに聞かれたのは初めてだった。

私は恥ずかしさがあったけど、真剣な表情のコトリを見て素直に頷《うなず》いていた。

それからは女の子同士で話が盛り上がった。

正直色恋関係の話が出来る人は今までいなかったからちょっと楽しかった。

教会にいた時は異性といえば年配の人や年の離れた人たちばかりだったし、そもそも忙しくてその余裕もなかった。

聖女として生活していたから、気軽に話し掛けてくる人がいなかったというのもある。

「コトリにはそういう人はいないの？」

朝食の後片付けをしながらコトリに尋ねたら、少しの間があって首を振った。

コトリはソラと同じく異世界から来た子だ。もしかしたらコトリの想《おも》い人は向こうの世界にいるのかもしれないと思った。

その後ソラとヒカリちゃんは、コトリと子供たちと一緒に町の中を見学すると言って出ていった。

私も誘われたけど、元気のない三人のことが気になり残ることにした。

あとは昨日、お客さんが来ると張り切った子の何人かが体調を崩したということで、その子たちの看病をすると名乗り出たのもある。

ソラに、コトリが王都で会ったというエルフのことをルリカたちに伝えなくていいのか尋ねたら悩んでいた。

その心情はちょっと分かる。

伝えることで三人は元気になるかもしれないけど、エルフというだけでその人がクリスのお姉さんであるとは限らない。

昨日のあの落胆ぶりを見るとなおさらね。

クリスたちだって心の片隅では、エルフがいるといってもそれが絶対にお姉さんだって思っていたわけじゃないと思う。

それでもそう思っていないと、もう前に進めないところまで追い詰められているのかもしれない。

クリスたちは四年という時間を費やしてお姉さんを探している。私だったら出来るだろうか？

熱を出した子のタオルを代えて、汗を拭《ふ》く。お昼になったら病人でも食べられるスープを作る。

病人には栄養が必要だからね。ソラから野菜をいくつかもらったからそれを使う。

忙しく動いていたら時間があっという間に過ぎていく。

窓の外を見ると、空が徐々に暗くなってきている。

本来なら、この町の上空は黒い森に入る前に見た時のように真っ暗だとスイレンさんから聞いた。

魔人の凄《すご》い人がこの町のために魔道具を開発して、ダンジョンのように太陽や月が出る環境を作ったという話だった。

「スイレン様、スイレン様！」

聞いた話を思い出していたら、スイレンさんを呼ぶ大きな声が聞こえた。その声は切羽詰まっているように感じた。

バタバタと慌てたような足音が鳴り響いた。

私も気になり見に行くと、そこには担架で運ばれた血まみれの人が横たわっていた。

「スイレン様、治せそう？」

声を掛けている狼《おおかみ》の獣人は、縋《すが》るようにスイレンさんに言った。

スイレンさんは担架に横たわる人を見て、

「……やってみます」

と悲痛な表情を浮かべながら頷いた。

スイレンさんは杖《つえ》を構えると、魔法の詠唱を始めた。

それは精霊への呼び掛けであり、お願いだった。

詠唱が終わり、杖の先端が光り輝いた。

光は負傷者を包み込み……消えた。

と同時にスイレンさんの体がグラリと傾いた。

慌てて獣人が受け止めると、スイレンさんは呼吸を乱している。その顔は真っ青だった。

「もう一度……」

スイレンさんは立ち上がろうとするけど無理だった。

スイレンさんの視線の先には、血まみれの人が変わらず担架の上にいる。

「スイレン様、体調が悪いんですか？　なら無理をしないでください」

「でも……」

スイレンさんが悔しそうに杖を握り締めた。

明らかにスイレンさんは調子が悪そうで、これ以上無理をさせては駄目だと私も思った。

「どいてください」

だから私は動いていた。

私は膝《ひざ》を突きその人の状態を確認した。

呼吸が浅いけどまだ息がある。なら私にも出来ることはある。

私はアイテムポーチから愛用の大きな杖を取り出すと構えた。

もう何百、何千と使っていた魔法。最早私の体の一部と言ってもいいもの。

するると杖から溢《あふ》れた光が担架に横たわる人を包み込む。杖がなくても使えるけど、効果を高めるならあった方がいい。

「ヒール」

血で見えないけど私には分かる。伝わってくる。傷が治っていくのが。

近頃ヒールを使って思うのは、昔よりも明らかに回復力が上がっているということ。これはヒールに限らず、全ての神聖魔法に言えることだ。

魔物と戦う機会が多かったし、レベルが上がっているからなのかな？

包み込んでいた光が消えた後、そこには苦しみから解放された穏やかな顔の人がいた。

私はホッとして息を吐き出した。その時スイレンさんと目が合い、顔を強張らせているのに気付いた。

もしかして私がすぐに治療しなかったから怒っている？

一瞬そんなことが頭に浮かんだけど、まだこれで完治したとは言えない。

傷が治っても、血を多く失っているとそれが原因で亡くなる人もいるから。

でもどうすれば……。

そこまで考えて、以前ソラが使っていた血液を補充してくれるアイテムのことを思い出した。

「私、ソラを……」

そこまで言って気付いた。

ソラが何処《どこ》に行ったか分からないことに。

だから私は事情を話して、ソラを探してもらうことにした。

走り去っていく人たちを眺めながら、今私が出来ることはただ祈ることだけだった。

◇◇◇

適応力が高いというか、ヒカリは昨日の今日で既にこの町の子供たちに馴染《なじ》んでいる。

ミアも子供たちと仲良くなるのは早いけどヒカリも負けていない。歳が近いってだけじゃないんだろうな。

「ヒカリちゃん、手、握って」

「ヒカリちゃん、こっちこっち」

「ヒカリ、遅いぞ」

そんなことを考えながら、俺も手を引かれていく。抵抗はしない。逆らっても無駄だということをこの世界に来て学んだ。子供の悲しい顔は心に刺さるんだよな……。

「それで何処を案内してくれるんだ?」

俺の問い掛けに「色々ー」と楽し気な声が返ってくる。

本当なら皆で見て回りたかったけど仕方ない。

ミアは具合の悪い子供たちの看病をすると言っていたし、クリスたちは朝食の席でも元気がなくて誘うことが出来なかった。一応他の人たちに心配させないように振る舞っていたけど、長い付き合いだ、俺には分かった。

結局その日は子供たちに振り回されながら町の中を見て回った。

六本の塔の位置から町が広いことは分かっていたから、小さな子もいるし、さすがに全てを回ることは無理そうだ。

あまり無茶をさせて子供たちの具合が悪くなったらスイレンたちも困るだろうし、ミアにも怒られそうだ。

MAPが使えれば良かったけど、相変わらず機能していない。

「コトリ、こっちだ」

「コトリ、早く早く」

「コトリちゃん、抱っこして」

そしてコトリも人気だ。

コトリがこの町に来て、まだそれ程時間は経《た》っていないという話だった。

最初は子供たちのパワーに圧倒されて、目まぐるしい生活を送っていたと言っていた。

お昼になったらスイレンたちから渡されたお弁当を広げて食べた。

小さい子たちは予測不能な行動を取るから食事をするのも大変だ。微笑《ほほえ》ましく感じることはあるけど、それが連続して起こるとさすがにね。

俺は食事をしながら空を見上げた。

今まで黒い森の中では見なかった太陽の光が注がれている。

これが偽物であることは、昨日イルたちから聞いている。

魔道具でこの環境を作ったらしい。創造スキルでも作れるか、今度探してみよう。

「それで午後は何処に行くんだ？」

「お母さんたちのところ！」

元気良く子供たちは答えたが何処か分からない。

首を傾《かし》げていると、

「畑だと思います。お手伝いしたり、泥んこ遊びをしたりするんです」

とコトリが教えてくれた。

普通町の中に農地があると壁の近く、町の隅にあることが多いけど、ここではいくつかに分散されていて、今回案内されたのは町の中心近くにある畑だった。

子供たちに連れられて畑に行くと、そこではエルフと一緒に農作業をする人たちがいた。作業しているのは人種《ひとしゅ》だけでなく獣人、ドワーフと色々な人がいるけど女性が多い。

子供たちが近付くと声を掛けて、時に子供たちの話を聞いているのか手を止めている人もいる。

その中で中心にいるのはエルフで、彼女は確かターニャと名乗っていた。

彼女が詠唱すると、パラパラと雨、というか水が降ってきた。

「ターニャさんは水と風と土の精霊と契約しているんですよ。凄いですよね」

コトリが言うには、複数の精霊と契約出来るのは凄いことらしい。一応コトリ自身も二体の精霊と契約していいます、とちょっと胸を張っていた。

クリスが当たり前に複数の精霊と契約していたから深く考えなかったけど、凄いことだったのか。

その後俺たちは子供たちが手伝い始めたので一緒になって農作業をすることになった。

休憩の声を聞いて作業の手を止めると体を伸ばした。屈み作業で腰が凝り固まっているな。

俺は腰をほぐしながら子供たちの集まる場所に視線を向けた。

その中心にはターニャがいた。

この町にいるエルフの人たちは、聞いた話だと若くても三〇〇年は生きていると言っていた。家は広く、スイレンたちエルフ一〇人と子供たち（コトリ含む）一七人合わせて二七人が一緒に暮らしている。特にまだ小さい子たちが多く、そのせいで昨日の食卓は騒がしかった。

エルフ以外ではコトリが一番のお姉さんみたいだしね。

その時気付いたのが、スイレンたちエルフがお揃《そろ》いの腕輪をしていることだった。装飾のないシンプルなデザインで色は光沢のない銀色？　だけど、魔力に反応すると色が変化するということだった。

実際精霊魔法を使う時に、ターニャの腕輪は青色に変化していた。

『ん？　どうしたんだシエル？』

ヒカリの頭の上に静かに乗っていたシエルが、突然キョロキョロし出したから尋ねた。

呼び掛けられたシエルは体を傾けると耳を左右に振っていたけど、突然ピンと伸ばすと俺の方に飛んできてバシバシと叩《たた》いてきた。

『本当にどうしたんだ？』

俺が尋ねたら耳をある方向に向けてピンと何度も伸ばした。

『……あっちに行けということか？』

俺が答えると正解！　とでも言うように何度も頷《うなず》き飛んでいく。

「皆悪いな。少し気になったものがあったから、ちょっと向こうに行ってくる」

子供たちは首を傾げたけど、シエルが見えている二人は納得していた。

ただヒカリがついてこようとしたから、

「ヒカリは子供たちの相手をしていてくれな」

と頼めば、ヒカリも子供たちを見てコクリと頷いた。

ヒカリがついてくると子供たちもついてきそうだったからだ。

町の中だし危険はないと思うけど、シエルの様子だと急いでほしそうだったからね。

俺は聞き分けの良いヒカリの頭を一度撫《な》でると、急《せ》かすシエルをフードの中に収めて走り出した。

基本歩いているから、こうして走るのは久しぶりだ。

レベルが上がり身体強化のスキルもあって体は軽い。景色が次々に後方に流れていく。

すると前方から、俺と同じように慌てて走ってくる獣人と会った。

その獣人は俺の顔を見ると急停止して、俺を呼ぶように手を振った。

先を急ぎたかったけど、その必死の様子に俺が足を止めると、

「良かった。すまない、スイレン様の家に急いでほしい。回復魔法を使える女の子が呼んでいる」

と言ってきた。

ミアが？

そしてミアが回復魔法を使えると知っているということは怪我人が出た？

それだと俺を呼ぶ理由が分からないけど、とにかく急ぐ。

ミアのヒールは強力で、殆《ほとん》どの傷を治すことが出来る。正直俺が使うヒールよりも遥《はる》かに回復力

が高いし、最高品質のポーション並かそれ以上だ。

それなのに俺を呼ぶのは何故《なぜ》だろうか？

そんなことを考えていたら、あっという間にスイレンの家に到着した。

「あ、ソラ。良かった。この人血を多く流していて」

その言葉でミアが俺を呼んだ理由を理解した。鑑定したら状態が貧血になっていた。

アイテムボックスから万能増血剤を出して飲ませると、顔に赤みが戻っていった。

鑑定で確認したけど貧血が消えていた。

「これで大丈夫だよ」

俺が言うとミアはその場に座り込んでしまった。

「だ、大丈夫か？」

「うん、ホッとして力が抜けただけだから」

それなら良かった。

するとそこに先ほど俺を呼びにきた獣人がやってきた。

「何て速度ですか。お兄さん、走るのが速いですね。私も走るのには自信がありましたが全然追い付けませんでした。それで……」

「大丈夫だよ。ただしばらくは安静にしておいた方がいいかな？　あとは栄養のある物を……とりあえずこれを渡しておくよ」

俺はアイテムボックスから色々な食材を取り出すとそれを渡した。

「それは助かります。ああ、そうだ、私はヒルルクと言います。この町の自警団の責任者の一人になります。何か困ったことがあれば言ってください！」

ヒルルクと名乗った狼《おおかみ》の獣人の女性は、他の仲間と一緒にまだ眠っている負傷者を連れて帰っていった。


「そんなことが……」

帰ってきたターニャたちに事情を話した。

あの後、俺はヒカリたちのもとには戻らずミアの手伝いをしていた。

理由はミアたちのことが心配だったのと、スイレンの体調が良くなかったからだ。

「ありがとうね。夕食の準備までしてくれて」

話を聞き終えたターニャは頭を下げてきた。

その時、スイレンの体調が芳しくない理由も聞いた。

スイレンの契約精霊は生命《いのち》の精霊。極めて珍しく強力な精霊らしい。

この精霊の一番の特徴は、回復魔法が使える点。

特にこの町には神聖魔法を使える者が誰一人いないため、重宝されている。

「最近は負傷者が多く出るから、スイレンの負担が大きいの」

「……それは魔王の影響があるってことですか？」

魔王の力が高まると魔物が活発になるようなことを冒険者時代に聞いたことがあった。

「そう、ね。けどそれは仕方ないことなの。魔王様が現れないと……」

ターニャはそう言うと左の手首にある腕輪に右手を添えた。

「あの、そうすると他にも治療を待っている負傷者がいるんですか？」

ミアが尋ねると、ターニャは頷いた。

それを聞いたミアは「そっか……」と呟《つぶや》いたきり黙ってしまった。

食事を終えると俺は一人部屋に戻った。

ヒカリは子供たちに誘われて連れていかれた。一緒に寝ると約束したそうだ。

俺はベッドに横になり枕元に目をやった。

今日はシエルがいない。

一度は部屋までついてきたけど、元気がないクリスたちが気になるようで、耳を振って出ていってしまった。

俺は視線を天井に向けて考える。

ターニャはこの町には神聖魔法の使い手がいないと言っていた。

頭に浮かぶのはやはりユタカの残した本のことだ。

女神がこの世界に降臨する条件は魔人たちも知っている。

「だから神聖魔法の使い手がここにいないのか……」

では何故俺たちはここに通された？　聖女であるミアがいることは把握していたはずだ。

アルザハークから通行証を受け取ったから？

エルフのクリスがいたから？

それとも……駄目だ。一人でいると悪い方向へと考えが行ってしまう。

それにあの時のミアの顔……。

そう思っていたらドアをノックする音がした。

返事をするとミアだった。

「ねえ、ソラ……」

ミアが俺の部屋を訪れたのは相談したいことがあったからのようで、その内容は俺の予想通りのことだった。

ミアの真剣な目を見て止めても無駄なことは分かった。

「明日ヒルルクのところに行ってみよう」

「うん！　ソラありがとう」

その笑顔を見ながら俺は思う。

この笑顔を守るためにも、出来ることをしようと。

一番は魔王から離れることだけど……少なくとも負傷者がいればそれを治すまでは、ミアは梃子《てこ》でもここを動かないだろうな。

それとルリカたちも、今の状態で黒い森に入るのは危険だ。王都にいるというエルフのことを伝えるかどうかも悩んでいる。コトリには三人に話さないように頼んでおいたけど、いつかは話さないといけないのかもしれない。

第4章

「兄ちゃん、こっちだぞ」

翌日。俺がヒルルクのところに行きたいと言うと、男の子たちが案内してくれると言った。

俺と一緒に行くのはルリカを除くミアたち四人だ。ルリカは気分が優れないということで留守番だ。

心配したクリスが一緒に残ると言ったけど、

「ちょっと疲れが出ただけだから。ゆっくり休めば回復すると思うから」

と言って、クリスをお願いね、と言われた。

俺はクリス以上に落ち込むルリカに驚いたけど、

「ルリカはボクたちの中で、一番エリス姉を慕っていたからさ」

とセラが言った。ボクも憧《あこが》れていたさ、とも言っていた。

『シエル、ルリカと一緒にいてくれるか？』

俺も元気がないルリカのことは心配だったから、シエルにルリカのことを頼んだ。

シエルなら邪険にされることはないだろうしね。

子供たちに案内されて行った場所は、町の西門の近くにある建物だった。

それは俺たちがこの町に来た時に通ってきた、南東の門の近くにあった建物と似ていた。

俺はてっきりヒルルクの家に連れていってくれると思っていたからちょっと驚いた。

ここは警備を担当する人たちが集まる詰め所の一つのようだ。

ちなみにヒルルクの家はこの近くにあって、ここにいなかったらそっちに行く予定だったみたいだ。

「君たちは昨日の。どうかしましたか？」

建物を訪れると、昨日の獣人のヒルルクがいた。

「あの、ターニャさんからこの町のことを色々聞きました。治療が必要な人はいませんか？」

ミアが代わって尋ねると、ヒルルクは驚きの表情を浮かべたが、すぐに表情を引き締めて「います」と頷いた。

「案内してもらっていいか？」

「ええ、それは構いません。それで……」

「体を動かせる場所があるって聞いて。ヒカリが、この子が子供たちと模擬戦のようなことをしたいって言って」

「うん、凄《すご》いところ見せる！」

どうもヒカリは子供たちにせがまれて旅の話をしたけど、魔物との戦いで活躍したと言っても信じてもらえなかったため、それを証明したいそうだ。

ヒカリも背は伸びてきたけど、元々が小柄だからまだ小さい。

見た目で強さは分からないけど、やはり細身の人よりも筋骨隆々の人の方が威圧感もあって強く見えるからね。

「分かりました。場所はこの子たちも知っているので自由に使ってくれて構いません。それで……」

「ミアと言います」

「ミアはこっちについてきてください」

「クリス、セラ、俺たちはヒルルクについていくけど、ヒカリたちのこと頼んでいいか？」

「はい、任せてください」

「分かったさ」

手を引かれていくヒカリの後を、クリスとセラがついていってくれた。

「ソラは向こうに行かなくていいのですか？　それともミアのことが心配とか？」

冗談半分にヒルルクは言ってきた。

それは確かにあるから否定しないけど、

「俺も一応ヒールが使えるからな」

と答えたらヒルルクは目を大きく見開いていた。

ただ揶揄《からか》われたミアが頬を赤くしたら、なるほど、と頷いていた。

俺たちはヒルルクに案内されて隣の建物に移動した。

そこは怪我人が療養を受けている場所らしく、二〇人ぐらいがいた。

「重傷ってわけではないのですが……」

「ポーションとかは使わないのか？」

人によって重傷度は違うが、自然療養では治るまで時間がかかりそうな人もいる。腕や足、頭に包帯が巻かれている。

「ポーションは貴重品なんです。それで使い渋って今回被害が拡大してしまいました」

ヒルルクの話では、魔力溜《だ》まりの調査をしていた時に魔物の群れと遭遇して、戦っている時にさらに別の群れに襲われて被害が拡大したそうだ。

あとポーションが貴重品だというのは、材料となる薬草の採れる場所が魔力溜まりの近くに出来るためらしい。

ちなみに町の中では何度試しても薬草を育てることが出来なかったそうだ。

「ギード様……お城の魔人の方たちから、ポーションを譲ってもらったりしています。ただ、その数は少なくて」

「森の外の町で買ったりしないのか？」

俺がそう思ったのはアドニスのことがあったからだ。

「それは難しいです。黒い森から来たと知られると殺されるなんて話も聞きますし、それに私たちは森の外の世界のことを全く知りませんから」

何らかの理由で外の世界で生活出来なくなった人たちが集い出来たのがこの町だ。

ヒルルクはこの町で生まれた獣人のため森の外に多少の興味はあるそうだが、その考えはこの町では珍しいそうだ。

とりあえず俺たちは負傷者にヒールをして回ったけど、終わるまでに一〇分もかからなかった。

俺が五人終わらせるまでに残りをミア一人で回復してしまった。

「他のところは大丈夫ですか？」

ミアが聞いたのは、他の門の近くにも同様の建物があったため、そこで同じように負傷者が治療を受けていると思ったからだろう。

「ええ、他はスイレン様が治療してくれましたから」

その時はここ以上に負傷者が多く、それをスイレン一人で数日かけて治療したそうだ。

それでスイレンは限界がきて倒れてしまったのか……。

負傷者が重なったのはたまたまかもしれないけど、同じような状況は今後も起こるかもしれない。

今は俺たちがいるからいいけど、いなくなったらスイレンにまた負担がかかる。

それを解消するにはやはりポーションが必要になるが……ルリカが復調したら一度皆に相談してみようかな。

◇◇◇

町に到着して一週間が過ぎた。

その頃にはルリカも調子を完全に取り戻していて、それを見計らったようにヒルルクとイルが一緒になって俺たちのもとを訪れてきた。

二人の説明によると、魔力溜まりに複数の魔物の群れが集っているのを確認したそうだ。

その魔物たちはゴブリンにオーガ、ウルフ系の魔物で構成されていて、上位種の存在も確認されている。

「討伐に行くのですが、手伝ってくれますか？」

ヒルルクのお願いに二つ返事で協力を申し出た。

そもそも魔力溜まりを見つけたら、教えてくれるよう頼んだのは俺だったからだ。

ヒカリたちパーティーメンバーにも薬草の件も含めて希望を伝えていた。

魔物討伐にはヒルルクたち獣人を中心に、人種《ひとしゅ》や魔人が参加する。その中にはイルとルイの姿もある。

主戦力はヒルルクたち獣人部隊で、魔人たちは何かあった時に町にそのことを伝える役目もあるようだ。

「それでは行きましょう」

ヒルルクの号令で町を出発した。

町を出ると隊列を組んで移動を開始した。

斥候役が先頭に立ち、魔人たちも交替で上空を飛んでいる。

「しかし外で温かい料理が食べられるとは思わなかった」

一緒に行動し始めて、最初は丁寧な口調だったヒルルクもだいぶ砕けた感じで話すようになった。

イルがその喋《しゃべ》り方変ね、と言ったのが影響している。

どうやら俺たちに対して、ヒルルクはかなり気を使って接していたみたいだ。

「ヒルルク、私の言った通りでしょう？」

「姉さんが威張ることじゃないけどね」

イルの言葉にルイが突っ込みを入れている。

けど皆もヒルルクとは同意見のようで頷《うなず》いている。

食事休憩の時に料理をしたいと言った時は普通に驚かれた。

数は少ないけどヒルルクたちもアイテム袋があるそうで、食料などの物資もそこに入れて運んでいるけど、外に出る時は乾パンや干し肉などを食べているそうだ。

それにはこの黒い森に生えている木の特性が関係している。

黒い森の木は燃えにくい。黒い森に入った辺りの木はそうでもないけど、この周辺に生えている木は火に耐性を持っているため薪《まき》としては利用しにくく、手を加える必要がある。

その方法とは魔力を含んだ水もしくは聖水で一度木材を濡《ぬ》らし、それを乾燥させないと駄目らしい。

そのため町の中でも薪を使う機会は殆《ほとん》どなく、火を使う料理や暖を取るのは魔道具を使用している。

魔道具のために大量に魔石が必要になるため、魔物は厄介な存在ではあるけどいないと困る存在でもあるようだ。

聞いた話によると町で使用されている魔道具は、全て魔王城で作られているとのことだ。

しかし……誰が作ったかは分からないけど、凄い技術だ。

ある意味黒い森の中で町が存続出来ているのは、その技術あってこそみたいだしね。

「それで魔物の様子はどうだったんだ？」

「……最悪なことにオークの群れも合流していたよ」

「そうだとすると一時撤退を考えた方がいいか？　いや、ここで叩《たた》かないとさらに膨れ上がる危険もあるのか……」

イルの言葉にヒルルクは悩み出した。

オークの群れが合流したことでその数は一五〇を超えたとのことだ。

ヒルルクたちのレベルも決して低くないけど、この辺りに現れる魔物はどれも強い。町に来る時に遭遇した魔物も、通常個体だったのに上位種並の強さの奴《やつ》もいたからね。

「なら罠《わな》を仕掛けて誘い込めばいいんじゃないか？　魔物を誘導する方法もあるし」

俺はゴーレムの影を呼び出した。

「それは？」

「ゴーレムだよ。速度ならこの場にいる誰にも負けないと思う」

俺が撫《な》でると、影が胸を張ったように見えた。

「……詳しい説明をお願いしてもいいかな？」

俺はヒルルクに頷き、使える罠の説明をした。

帝国兵たちに使ったような拘束系の罠だけど、その仕様を聞いて顔を引き攣らせている人もいるな。

「……ソラの提案する方法でいこう。ただ、もう少し詰める必要はあるな」

その後は魔物と何処《どこ》で戦うかや、誘導するルート、罠を仕掛ける位置などが話し合われた。

俺たちは現在魔物と対峙《たいじ》していた。

オーガとオーク系の魔物の姿がある。

ウルフとゴブリンたちは罠に掛かり離脱している。ウルフ系の魔物が全て罠に掛ったのはその足の速さ故だろう。

現在俺たちは二つの集団に分かれている。

魔物と戦う主力部隊と、罠に掛かった魔物に止《とど》めを刺す遊撃部隊だ。

罠は行動を阻害するものが殆どだから、それだけでは倒せていない。だから止めを刺す必要がある。時間が経《た》てば罠の効果がなくなり自由になるからその前にね。

そのため足の速い獣人や魔人の半数が遊撃部隊となって止めを刺しに回っている。

最前列に立った俺は盾を構える。横に並ぶのは体格のいい熊の獣人たちだ。

オークの中にオークジェネラルの姿が見え、ジェネラルの号令でオークたちが動き出す。

それに呼応するようにオーガたちも向かってくるけど連携は取れていない。

それが俺たちの方に有利に作用した。

数こそ多いけど足並みが揃《そろ》わず、オーガたちの動きがむしろジェネラルの指揮の邪魔をしている。

ヒルルクたちが動き回り各個撃破していき、ルリカやセラ、ヒカリたちもそれに続く。

クリスも魔法使いたちと共に攻撃魔法を放ち、ミアは補助系を中心に神聖魔法を使っている。

俺は盾で攻撃を受け流すと、バランスを崩した相手に剣を振り下ろした。

「このまま押し切るよ！」

ヒルルクの号令でこちらの士気が上がる。

ただそこに新手の魔物が現れた。サーベルタイガーだ。その数九体。報告になかった魔物だ。

「サーベルタイガーが何故《なぜ》ここに⁉」

誰かの悲鳴に似た叫びが聞こえてきた。

サーベルタイガーは縦横無尽に走り、敵も味方も関係なく蹴《け》散《ち》らしていく。そのため動きが読めない。

「ぐっ」

サーベルタイガーの体当たりを盾で受け止めた熊の獣人が吹き飛ばされた。

追撃で跳び掛かるところに割って入る。短い距離を咄嗟《とっさ》に転移で移動した。

きっと傍《はた》から見たら瞬間移動したように見えたかもしれないが、距離が短いから最悪誤魔化《ごまか》しがきくと思う。

俺はサーベルタイガーの側面に移動すると、魔力を流したミスリルの剣を魔力反応が弱かった横っ腹に突き刺した。

これで一体。

「ソラ！」

ミアの焦った声が聞こえる。

大丈夫。気配察知で相手が近付いてきているのは分かっている。森の中だと遠方だと分かりにくいけど、ここまで接近しているとはっきり分かる。

俺は素早く変換を使ってＭＰを回復すると、サーベルタイガーが範囲内に入った瞬間時空魔法を使った。

サーベルタイガーの動きが遅くなる。

俺は右側に回り込むと、首を狙って剣技のソードスラッシュを放った。

魔力と剣技の乗った一撃は、抵抗なく首を斬り落とした。

俺は息を吐き周囲を見回す。

サーベルタイガーの数が減っている。残り四体か。

オーガは既に全滅し、オークたちの数も減っている。ジェネラルの指揮のお陰で辛《かろ》うじて戦線を保っているといった感じだ。

ただこちらも被害が著しい。

負傷した者はゴーレムの影がスキルで影を伸ばしては回収してミアのもとに運んでいるけど、回復が間に合っていない。

ヒールをかけようと集中すると魔物たちがそれを妨害するからだ。それに重傷者も多い。

俺が援護に回ろうとすると、

「回復を頼む。攻撃は俺が必ず防ぐ」

と熊の獣人がミアの前に立った。

「分かりました！」

ミアはヒールをしようと杖《つえ》を一度構えたけど、それを止めて杖を地面に立てた。

一度大きく息を吸い込むと目を閉じた。集中している。

その時ミアの魔力が上がっていくのを俺は感じた。

「エリアヒール！」

ミアが唱えた瞬間、ミアを中心に周囲にいた人たちの傷が一斉に治っていく。

「良かった……」

それを見たミアは杖に寄り掛かる。

倒れそうになったのを影が支えている。

回復した者たちは驚いた表情を浮かべていたが、すぐに戦線に戻っていった。

負傷者がいなくなったことで一気に戦況が傾いた。

オークは数の暴力で押《お》し潰《つぶ》し、サーベルタイガーは一体に対して複数人で囲んで各個撃破した。

目の前の全ての魔物を倒すと、そのままの勢いで罠に掛かった魔物を倒すため一部を残し移動を開始した。

その一部に俺は残ることになった。

理由は魔物の死体を回収するためだ。

ヒルルクたちの持っていたアイテム袋は収納出来る容量が少ないため、全ての魔物をアイテムボックスに収納すると驚いていた。

その後ヒルルクたちの後を追ったが、到着した時には魔物を全て倒し終えていた。


「それが魔力溜《だ》まりの魔力を吸収するという魔道具？」

魔物の討伐が終わると、まずは皆で揃って魔力溜まりの発生地点に向かった。

そこでヒルルクが取り出したのは一本の杖のようなもので、その先端には水晶が付いている。

これを地面に刺すことで魔力溜まりの魔力を吸収して中和してくれるらしい。吸収した魔力も町で有効活用すると言っていた。

これには一日ほど時間がかかるため、その場で中和が終わるまで警戒する人と薬草採取をする人に分かれることになった。

俺とヒカリは薬草採取をしにいき、疲れの見えるミアを始めルリカたち三人はその場に残ることになった。

残る組はその場で魔物の解体をするというので、アイテムボックスから回収した魔物を渡した。

解体すると血の匂いで魔物が寄ってこないかと思ったけど、魔力溜まりがある以上関係なく寄ってくるから今やってしまうらしい。

「近くに薬草の群生地があるのか？」

「あるというか出来る？　薬草が採取出来るのは魔力溜まりの魔力がなくなるまででね。完全に中和されるとすぐに枯れて消えちゃうの」

イルの話では、群生地に生える薬草類の中には酷似した偽物が生えているため、その見極めが大変ということだった。薬草の採取量が少ないのは、それも原因の一つだと言う。

「あ、あれが群生地ね。今回は運が良いわね」

移動を開始してから一〇分。小さな広場一面に草地が出来ていた。

場合によっては木の密集地に出来る時もあるから今回は当たりらしい。木の根元に生える薬草の回収は大変だとため息を吐いていた。

「さあ、採るよ！」

気合の入ったイルの声で採取組と見張り組に分かれた。

俺は早速鑑定を使って薬草採取を始めた。

多いのは薬草で、魔力草や活力草などの比率は少ない。さらに偽薬草が全体の六割近くあるし、一見すると違いが分からない。解析すると葉に入っている脈線の長さや数が本物と偽物で違うらしいことが分かった。本当に微妙な違いだ。

鑑定持ちの俺にとっては簡単に判別出来るけど、これは確かに採取が難しい。

採取を始めて三〇分もすれば目の前の群生地から全ての薬草を回収した。

最初は本当に本物と偽物の区別が出来ているか疑われたけど、いくつか確認した結果俺が採ったものが使える薬草だと知って驚いていた。

「主は薬草採取のプロ！」

ヒカリが胸を張り、その傍らではシエルもその通りと頷いていた。

「他に群生地はないのか？」

「複数出来る時があるみたいだから見に行ってみましょう」

そして探した結果。俺たちは六つの群生地を回って薬草を採取した。

正直採取する時間よりも探している時間の方が長かったほどだ。

「今日だけで一〇回分の量は確保出来たわね」

イルの言葉通り戻ってヒルルクたちに採取結果を伝えると物凄《ものすご》く驚いていた。

合流するとイルたちは解体の手伝いを始め、俺はミアの様子を見つつ料理をしながらアイテム袋を作製するため創造スキルのリストを調べた。

いい加減サーベルタイガーの料理を完成させないとだからね。ヒカリとシエルの無言の圧力が……。

ただ俺が何を料理しているか聞かれたため答えると、信じられないものを見る目を向けられた。

やはりサーベルタイガーの肉は食べられないという認識みたいだ。

鍋《なべ》はそのまま火にかけておいて、アイテム袋を作る。

性能の高いアイテム袋は注目されるため、今まで付与術を利用した簡易的なものを中心に作ってきたけど、最果ての町の人たちが使う用なら問題ないだろう。

といっても、材料となる素材があまりないから、作れるのはそこそこの容量のものが五つだけだ。

「ミア、起きても大丈夫なのか？」

「うん、迷惑かけてごめんね」

「そんなことないよ。ミアのお陰で皆助かったんだから」

ミアの回復がなければあんなに早く魔物の討伐を終わらせることは出来なかった。

「それでソラは何をしているの？」

「煮込み料理とアイテム袋の作製かな？」

煮込み料理と聞いてミアは察したようだ。

「完成しそうなの？」

「今日の夜には食べられるよ」

言った瞬間物凄い速度でシエルが飛んできた。俺たちの目の前で急停止すると目をキラキラとさせていた。

その様子にミアはクスクスと笑っていた。

その夜、ついにサーベルタイガーの煮込み料理が完成し、ヒカリたちの手に渡った。

最果ての町に到着してからは料理出来なかったから、やっと完成といったところだ。

俺はヒルルクたちに食べるか聞いたけど、物凄い勢いで首を振って拒否された。まあ、仕方ない。

でもヒカリが美味《おい》しそうに食べているのを見て、最後には皆が口にした。

大きく目を見開き、一気にかき込んでいた。お代わりを要求されたけど、ヒカリが町の子供たちに食べさせたいと言ったことで肩を落として諦《あきら》めていた。

その代わり調理方法を聞かれたけど、聞いて絶望した表情を浮かべていた。

「今回狩ったやつもあるし、また料理は出来るぞ？」

と不用意に言ったら、早速解体を始めようとしたから慌てて止めた。

町に戻ったらまずはサーベルタイガーの解体をしようと力強く言っていたけど、町の人たち全員分はさすがにないと思う。そう告げると悩んでしまったけど、どう分配するかは自分たちで決めてほしいところだ。

その後創造したアイテム袋を渡して感謝されたりと色々あったけど、今回の討伐は無事終わり町に戻ることが出来た。


魔物の討伐から町に戻ってきて既に一週間が経《た》っていた。

戻ってきた翌日がある意味一番忙しかった。サーベルタイガーが原因だ。

各家に調理用の魔道具はあるけど、長時間使い続けることは出来ないから結局俺が作らないといけない。

今日もヒルルクたちの詰め所の裏庭を借りて大量の鍋をグツグツとしている。シエルが真剣な表情でそれを眺めている、ように見えるけど、いつの間にか寝落ちしていることが多い。

「ソラ、調子はどうですか？」

「クリスか。いつもと変わらないよ。火に掛ける。魔法を使う。歩く、の繰り返しだよ」

俺の言葉にクリスは苦笑いだ。

ただそのお陰で歩数は稼げるし、時空魔法と光魔法のレベルも上がっていた。

名前「藤宮そら」　職業「スカウト」　種族「異世界人」　レベルなし
HP700／700　MP700／700　SP700／700（+100）
筋力…690（+0）　体力…690（+0）　素早…690（+100）
魔力…690（+0）　器用…690（+0）　幸運…690（+100）

スキル「ウォーキングLv69」
効果「どんなに歩いても疲れない（一歩歩くごとに経験値1+α取得）」
経験値カウンター　1841149／2110000
前回確認した時点からの歩数【1168731歩】+経験値ボーナス【1987589】
スキルポイント　2

成長したスキル
【罠《わな》Lv9】【変換Lv9】【MP消費軽減Lv9】【農業Lv5】

上位スキル
【創造LvMAX】【光魔法Lv7】【時空魔法Lv9】【吸収Lv7】【複製Lv5】

スクロールスキル
【転移Lv8】

ついに創造のスキルレベルがMAXになった。

時空魔法もレベルが上がったうえに、熟練度はもう半分を超している。

それだけたくさん時空魔法を使っているってことになるんだけど、まさかその理由がサーベルタイガーの肉料理を食べるためとか……ある意味俺たちらしいといえばらしいのか？

「はい、今日のお弁当です」

ステータスを確認していたら、クリスがお弁当を渡してきた。

「ありがとう」

俺が受け取るとクリスは横に座った。

シエルもこの時ばかりは鍋から離れて俺たちのもとにやってくる。

早く早くと耳で地面を叩《たた》くのは、お昼を楽しみにしているからだろう。

やはりまだ食べられないものよりも、すぐ食べられる料理の方が大切だということだ。サーベルタイガーの煮込み料理を初めて食べた時はあんなにしつこくお代わりを要求してきたのにな。

クリスが「はい」と料理を並べると、シエルは嬉《うれ》しそうに食べ始めた。

その幸せそうな様子を見るだけで、こちらも心温まるな。うん、今日もお弁当は文句なく美味しい。

「それはそうとクリスはもう平気なのか？」

食事が終わったところで俺は尋ねた。

「……お姉ちゃんのことですか？」

クリスは最初何のことか分からなかったようだったけど、俺の顔を見て何のことか察したみたいで口を開いた。

「……覚悟はしていました。それはたぶん、今に始まったことじゃないんです。国を渡り歩いて、町を回って、奴隷商館を訪れるたびに少しずつですが心の中に溜《た》まっていくんです。二人には会えないかもって。だけど精霊の御守りは二人が無事だって言っている気がして、前に進むんです。本当は何度も挫《くじ》けそうになっていたんですよ？　けどセラちゃんから連絡が入って……最初は疑っていたけど本当だって。本物だって。嬉しかったんです。希望が見えたんです」

その言葉に俺は耳を傾け、シエルも気になるのか眠そうな目を擦《こす》って顔を上げた。

「それでも竜王国に行って、六つの国を回って、そこにもお姉ちゃんはいなかった。竜王様からエルフがいる町があるって教えてもらいましたけど、私は半分諦めていたんです。だってどうやってここまで来るのって考えたら……けど本当にエルフがいて、もしかしたらって思った自分がいました。結局いませんでしたけどね。ただそれを聞いた時、私はそれほどショックを受けなかったんです。酷《ひど》いですよね」

俺はそんなことはないと言おうとして言葉を呑《の》み込んだ。

顔をくしゃくしゃにして、ポロポロと涙を流すその姿を見て何も言えなかった。

泣き崩れるクリスを抱き留めて支えることしか出来なかった。

シエルも落ち着きなくオロオロとしている。

「取り乱してごめんなさい」

クリスが落ち着きを取り戻したのはそれからしばらく経ったあとだった。

目が真っ赤だ。ついでに首筋も真っ赤だ。

「仕方ないさ。それより少しは楽になったか？」

「……はい」

自分の想《おも》いを吐き出したことで、多少は気が晴れたかな？　溜め込むのが一番体に悪いからね。

きっと誰にも言えなかったんだろう。

一番言うことが出来るかもしれないルリカすらも、今回は落ち込んでいたから余計に。

「それでクリスはこれからどうするんだ？」

「ルリカちゃんとも話したんです。一回エレージア王国に行こうって」

「サイフォンからは特に進展の報告はなかったんだよな？」

「はい。それでも一度行って、自分たちの目で確かめようってことになったんです」

俺はその確固たる決意が宿る瞳《ひとみ》を見て、コトリから聞いた話をするのはやめた。

変に期待させると負担になると思ったし、言うなら王都に行ってからでもいいと思ったから。

コトリが会ったのが城の中だとすると、監視の厳しそうな城もしくは貴族街にいる可能性が高い。

潜入方法はきっと現地に、王都に行かないと調べようがないだろうしね。

ヒカリはもしかしたら知っているかもしれないから、今度相談してみるか。

「あの、ソラはついてきてくれますか？」

「ああ、もちろんだよ。サイフォンもまだ王都にいるかもだし、他の人たちにも会いたいな。あ、けど正体を隠さないといけないか……」

串焼《くしや》き屋のグレイや王都の冒険者ギルドの受付嬢のミカルたちは元気にしているだろうか？

俺が即答すると、クリスは破顔した。

「それじゃそろそろこの町ともお別れかな？」

「ふふ、料理が完成してからになりそうですけどね」

それはそうだった。

完成していないのに町を出ると言ったら暴動が起きるかもしれない。

けどあと数日もすれば完成する。

一つに絞れば今日中に食べることが出来るんだけどな。数が多過ぎる。

その後はクリスと会話しながら鍋の様子を眺め、錬金術でポーションを作った。

町の人たちには採取した薬草の半分を渡したけど、聞くとポーション作りは手作業だと言っていた。

あとは俺たちがいなくなった後の薬草採取のために、役立つ魔道具を創造してヒルルクに渡した。

それは【植物眼鏡《めがね》】という名称で、作るのに必要な素材はトレントの枝、トレントの幹、トレントの魔石、魔物の瞳に魔石、さらに鑑定したい植物だ。

魔物の瞳は何でもいいけど、強い魔物のものほど遠くの薬草まで判別することが出来るようになる。

あとこの魔道具の面白いところは、使用するトレントの魔石の数で登録数が変わるところだ。

例えば一個だけなら一つの素材しか分からないけど、二個なら登録数をもう一つ増やすことが出来る。もちろんその分、鑑定したい素材を用意する必要がある。

そのことを告げるととりあえず薬草専用のものを五つに、魔力草、活力草などを視《み》ることが出来るものを一つ頼まれた。

一番欲しているのは薬草だから薬草専用のものが多くなった。

ただこれで偽薬草に悩まされることはなくなるはずだ。

ちなみに名前通り、植物系の素材しか鑑定することは出来ない。


「それじゃ戻るか？」

そろそろ日が沈む時間になったから戻ることにした。

鍋をアイテムボックスに仕舞う時、シエルが名残惜しそうに見ていた。

スイレンの家に到着し中に入ると、家の中は騒がしかった。

子供たちが騒がしいのはいつものことだけど、今日はいつも以上に大きな声が聞こえる。

俺はクリスと顔を見合わせて、声の聞こえてくる部屋……食堂に入った。

俺はそれを見て咄嗟《とっさ》に身構えていた。きっと体が覚えていたからだ。

子供たちに囲まれてそこにいたのは魔人のイグニスだった。

イグニスは矢継ぎ早に話し掛けてくる子供たちの声を、表情一つ変えずに聞いていた。

子供たちの話が途切れると「また今度話を聞こう」と言って俺たちの方にやってきた。

「元気そうだな」

「あ、ああ」

「別にお前たちに何かしようとは思っていない。ギードからここに来ていると聞いていたからな。今回来たのはある御方からお願いされたからだ」

感情の籠もっていない声で淡々とイグニスは言った。

「お願い？」

「ああ……ソラ、お前に魔王様が会いたいらしい」

一瞬間が開いた気がしたが気のせいか？

それよりも魔王が俺に会いたい？

「コトリから色々聞いたからだろう。別に危害を加えようとは思っていない。コトリも無事だっただろう？」

そういえばコトリは魔王とお茶をしていたとか言っていたな。

そう聞いたのは、ミアを魔王と会わせて大丈夫か不安に思ったからだ。

「……俺だけでいいか？」

「いや、旅の仲間とコトリの七人をご指名だ」

淡々とした言葉だが、断ることが出来そうもない雰囲気だ。

ユタカの本では魔王討伐が失敗したら女神が降臨すると書いてあったし、まだ大丈夫だろう。大丈夫なはずだ。

むしろここで断った方が何か嫌なことが起こりそうな気がする。

「……一応仲間たちと相談させてほしい。俺は問題ないが、行きたくないと言われたら同行させないがいいか？」

「……いいだろう。だが全員で来てほしいものだ。魔王様は全員から旅の話を聞きたいと仰せだ」

イグニスはチラリとクリスの方を見て言った。

その時だけは少し感情の動きがあったような気がした。

そしてイグニスは明日迎えに来ると言って家を出ていった。

◇ミア視点・2

「ミアちゃん、ありがとな」

お礼を言って頭を下げるのは、一本の角を生やした魔人だった。

アド枢機卿《すうききょう》……アドニスのこともあって、どうしても魔人には苦手意識を持っていた。

けどこの町で多くの魔人と接してみるとイメージが大きく変わった。何ら人と変わらない。親切な人が多かった。

むしろ帝国の二つの町で過ごした時よりもここは居心地がいい。

私は治療を終えると、スイレンさんの家に戻らずソラに会いに行くことにした。

ソラとは家で顔を合わすけど、それ以外の時間は殆《ほとん》ど別行動をしている。

ソラが忙しいからだ。

「ふふ、けど料理をするためか……」

イルたちからサーベルタイガーの肉を食べたいと頼まれたから忙しいなんて、ソラらしいといえばソラらしいのかもしれない。他の人だと絶対にそんなことは頼まれないはずだ。

それに行く先々の町で色々な問題を解決していくソラは頼もしい。

マジョリカではダンジョン攻略を頼まれるし、アルテアでは精霊樹の治療、共和国では変異種の討伐やナハルの復興の手伝いなどなど。本当に色々やっている。

私だってそのお陰で助かった者の一人だ。

聖王国しか知らなかった私が、こんなにも色々な国、場所を回るとは思わなかった。

大変なことも確かに多いけど、ソラがいて、ヒカリちゃんがいて、シエルちゃんがいて、クリスたちがいて、本当に楽しい。

「あれ？　ミアじゃない。こんなところでどうしたの？　ヒルルクに治療を頼まれたの？」

そんなことを考えながら歩いていたら、イルと出会った。

「ううん、治療が終わったからちょっと気晴らしにお散歩かな？」

「散歩って……まるでソラみたいね」

とイルが笑いながら言ってきた。

確かにそうかもしれない。

「……ねえ、何かいいことでもあったの？」

「えっ、何が？」

「何か楽しそうというか……笑っているように見えたからさ」

そう言われて、直前まで考えていたことを思い出した。自然と思い出し笑いをしていたかも？

だから私はイルに今まで見聞きしてきた旅のことを話した。

もちろん全ては話しきれない。だってたくさんの思い出を作ることが出来たから。

イルは真剣に耳を傾け、「へー」とか「そんなことが？」とか感心したり驚いたりした。

「なんか楽しそうでいいね。というか、ソラはいつもあんな感じなんだ」

と最後にはちょっと呆《あき》れていた。

ただ、話していてふと気付いてしまった。

出会いがあれば別れがあることに。エリスさんが見つからなかった以上、まだ旅は続くと。

そうなるとイルたちともそろそろお別れかもしれない。そのことをつい口にしたら、

「そっか。そうだよね。本当はミアが、ミアたちがこの町に住んでくれたら一番なんだけどね」

クリスたちの事情を知るイルは、本当に残念そうにしていた。

そんなイルを見ながら、エリスさんが見つかったらまたここに来たいな、と思った。

◇◇◇

「魔王が、ねえ」

俺の話を聞いたルリカは腕を組んでどうしようか思案している。

「私は久しぶりに魔王様に会ってみたいです」

とコトリは前向きだ。

この温度差は魔王と会ったことがあるかないかの差だ。

最終的に全員で行くことにしたのは、魔王の願いを断ると何があるか分からないという結論に達したからだ。

コトリは、断っても魔王様は酷いことはしませんよーと口を尖《とが》らせていた。

「では行くぞ」

翌朝迎えに来たイグニスは言うなり手を翳《かざ》した。

俺たちが断るなんて微塵《みじん》も思っていないような感じだった。

イグニスの装着した指輪の一つが光り、黒いカーテンのようなものが宙に浮かび上がった。

魔力察知を使ってなくても濃密な強い魔力を感じる。

「ここを通るのか？」

「そうだ」

「……分かった。行こう」

最初に俺が入った。

黒いカーテンに飛び込むと景色が一変した。

感覚的には転移した時に似ている。あとは黒い森で移動した時だ。

「やっぱりなんか変な気分です。一度通りましたけど慣れません」

最後に通ってきたコトリに皆が注目した。

当の本人は一斉に見られてビクッとしていたけど、一度体験して知っていたなら一言補足してくれてもよかったと思う。

それよりもまずは周囲の状況だ。

俺たちは今、建物の中にいるようだ。

目の前には五メートル近い高さのある大きな扉があり、その横には石像がある。まるで生きているような躍動感で、突然動き出しても不思議じゃないと思えるほどだ。

それを見たミアが思わず俺の腕に掴《つか》まってきた。嬉《うれ》しい感触を腕に感じたが、他の人の目があるところで顔を緩めるわけにはいかない。

無心だ……無心になるんだ。

最後にイグニスが黒いカーテンを潜《くぐ》って現れると、その背後でそれは役目を終えたのか消えた。

「この先に魔王様がいる。粗相のないようにな」

イグニスはそのまま立ち止まることなく扉の前まで移動すると、その手で扉に触れた。

扉はゆっくりと音もなく開いていく。

そしてふと周囲を見て思ったことが一つ。

予想していたような禍々しい雰囲気がなく、思ったよりも綺麗《きれい》だ。

歴代の勇者が魔王城に攻め入っているのなら、ここが戦場になっている可能性は高い。

それなのに壊れた形跡は見当たらない。次の魔王が生まれるまで時間があるから、それまでに魔人たちが修復しているのだろうか？　それとも実際には城から出て迎え討っていたとか？

ゲームだと魔王は玉座にふんぞり返って待っていて、玉座の間で戦うイメージがあるからどうしても気になった点だ。ま、どうでもいいことだけど。

扉が開き切ると、イグニスがまず先頭に立って歩き出した。

赤い絨毯《じゅうたん》が真《ま》っ直《す》ぐ伸び、その先には玉座がある。玉座まで五〇メートルぐらいあるのだろうか？

その玉座には黒いローブを身に纏《まと》った、一見すると怪しげな人物が座っている。

目深に被《かぶ》ったフードで顔は見えないが、近付いていくにつれて意外と小柄なことに気付いた。座っているからか？　あと体格的に魔王は女性のように思える。

周囲を見回せば、四隅に置物？　がある。デザインは剣に杖《つえ》に盾、そして鎧《よろい》だ。

何故《なぜ》そんな目立たないところに？　と思った。

ただそれ以上に気になったのは、絨毯を挟むように並んで控える二〇人近い魔人たちだ。

その中でも特に目立ったのが、玉座の傍らに佇《たたず》むその魔人。

顔に深い皺《しわ》が刻まれた老人のような容貌《ようぼう》で、頭に生えている角は三本だ。他が皆若々しい外見をしているから、余計に目を引く。

その魔人はただ一人、観察するようにこちらを見てきている。

俺の腕に力が加わる。横を見ると、ミアは緊張のせいか顔が強張っている。

この場の雰囲気に呑《の》まれている感じだ。その重苦しさに、魔人に命を狙われた時のことを思い出したのかもしれない。

町で暮らす魔人たちとは明らかに纏っている空気が違う。気を抜くとその圧に押《お》し潰《つぶ》されそうになる。

ミアの様子を見て俺が足を止めると、クリスたちもその場に留まった。

イグニスも俺たちが立ち止まったことには気付いているようだったが足を止めることなく、玉座の前まで進んで口を開いた。

「魔王様。連れて参りました」

イグニスの言葉に魔王は頷《うなず》いた。

フードで表情は分からないが、見られているという視線を感じた。

俺たちはミアが落ち着くのを待って、それからイグニスのいるところまで進んだ。

そうなると魔人に囲まれるような形になり、圧迫感が半端ない。

これにはミアだけでなく、ルリカたちも緊張しているように見えた。

頭では分かっているが、魔人は人類の敵という認識が根付いているのも影響しているのだろう。

そのことを理解しているのか偶然か、魔王が手を挙げて魔人たちを下がらせた。

魔人たちは最初戸惑いを見せていたが、老魔人とイグニスを除く魔人たちは素直に従い俺たちから距離を取った。

すると俺の周囲で安堵《あんど》するような息が漏れた。

「……ようこそ魔王城に。また……こうして会えたことを……嬉しく思います」

それは何気ない言葉だった。

けど万感の想《おも》いの籠もった言葉のような気がした。

面識があるのはコトリだけのはずだ。ということはコトリに会いたかった？

そんなことを考えていると、魔王は徐《おもむろ》にフードを脱いだ。

銀色に輝く綺麗な髪が流れるように靡《なび》き、思わず視線が引き寄せられる。

その顔は整い、何処《どこ》かで見たことがあるような懐かしい感じを覚えた。何より特徴的なのはその耳。人間ではあり得ないほど尖っている……エルフだ。

血のような真っ赤な瞳《ひとみ》がジッとこちらを見ている。

周囲で息を呑《の》む音がしたと思った瞬間、俺の横を風のように走る影があった……ルリカだ。

その動きに魔人たちが身構え動き出そうとしたが、魔王がそれを制して止めた。

やがてルリカは魔王に抱き付くと、

「……エリス姉さん」

と呟《つぶや》き、泣き声を上げた。

俺はその名前を聞いてクリスとセラを見た。

二人は立ち尽くし、大きく目を見開いている。

俺はその時、何故魔王の顔を見た時に何処かで見たことがあるように思ったのか分かった。そうだ。変身を解いた時のクリスに似ていたんだ。

◇ルリカ視点

黒い森の中にある町に辿《たど》り着《つ》いたけど、そこにエリス姉さんはいなかった。

私は自分の中から力が抜けていくのを感じた。

何度も何度も、この虚無を味わってきた。

それは奴隷商館を回り、いないと言われるごとに私の中に蓄積されていったものだ。

だから最後の希望だと思って足を運んだこの地でも見つけられなかったことで、ある意味緊張の糸が切れてしまった。

私はベッドに横になりながら、これからどうすればいいのか分からなくなっていた。

エルフに関する情報はまだある。

ソラが知り合いの奴隷商から仕入れたもので、現在サイフォンさんたちがそれを調べてくれている。帝国のギルドで最後に確認を取った時は、進展なしってことだったけど。
それでも僅《わず》かな可能性があるなら……。
だけど、もしそこでも違ったら？　エルフはいても、姉さんじゃなかったら？
私は不安になる。
それでも私は前に進まないといけない。
責任は取らないといけないから。
そんな中、一人の魔人が私たちを訪ねて現れた。
彼の名はイグニス。ソラからその名前は聞いていた。
彼は魔王が私たちに会いたいと言っていると言い、魔王城に連れていかれた。
「……ようこそ魔王城に。また……こうして会えたことを嬉しく思います」
その声は何処か懐かしく、私の耳に響いた。
まさか⁉　と思った。
それが確信に変わったのはその顔を見た時だ。
間違いない。面影が残っている。
目の色こそ違うけど何よりあの優し気な眼差しは……。
私は思わず走っていた。
頭は真っ白だったけど体は動いていた。
私は魔王に抱き付き、
「……エリス姉さん」

と呟いた。涙が止まらなかった。


あの日。私たちの村が襲われた日。

私はエリス姉さんと逃げていた。私が帝国兵に見つかったのが原因だ。

必死に走ったけど子供の足だ。追っ手から逃げることなんて出来なかった。

だけど私はなんとか逃げることが出来た。エリス姉さんが囮《おとり》になって逃がしてくれたから。

あの日以来、私はクリスの顔を見るたびにそのことを思い出した。

クリスの顔が曇るたびに胸が締め付けられた。

クリスを苦しめているのは村を襲った帝国の人間なんかじゃない、私だと思った。

私がいなければ、きっと今もエリス姉さんと一緒に過ごすクリスがいたはずだ。

私が二人を引き裂いたんだと、思うことが多くなった。

だから私は本心を隠しながら、エリス姉さんを探そうとクリスに言った。親友のセラも行方不明だったから、二人のことを探そうと。

本当のことを言えなかったのは、私に勇気がなかったからだ。ごめんね、クリス。

おばあには本当のことを話した。

無理をする必要ないと優しく諭されたけど頑なに拒んだ。

それからおばあは色々教えてくれたけど、ある日姿を消したまま戻ってこなくなった。

もしかしておばあがいなくなったのも私のせい？

答えが出ないまま私たちは旅立った。

いくつもの国を回り、色々な人と出会い。クリスにも笑顔が増えてきた。自然に笑えるようになったような気がする。

そしてセラと再会し、やっと、やっとエリス姉さんにも出会えた。

本当に良かった。生きていてくれて、ありがとう。あの時助けてくれて、ありがとう。

◇◇◇

ひとしきり泣いたルリカは、泣き疲れたのか寝てしまった。

「誰か、ここに」

魔王……エリスが言うと、何処から現れたのかメイド服を着た魔人がやってきて、ルリカを抱えていってしまった。全く気配を感じなかったけど元々部屋にいたのか？

「安心してください。この子たちは私の身内ですから。どうか持ち場に戻って準備を進めてください」

最終的に老魔人とイグニスの二人が残り、他は広間から出ていった。

エリスは二人にも出ていってほしそうだったけど、無理だと悟ったのかそれ以上言うことはなかった。

イグニスは特に魔王優先な感じだったし、何かあってからじゃ遅いと思っていそうだ。

「本当に……お姉ちゃん？」

「そうです。クリスも大きくなりましたね。そしてセラも」

「それを言ったらエリス姉もそうさ。けど無事で良かったさ。ルリカにはその、ちょっと驚いたけどさ」

確かにルリカの突然の行動には正直驚かされた。

下手《へた》したら魔人に襲われていたかもしれない。

「……気に病むことはないのに。あの子は真面目な子だから、逆に私のせいで苦しめてしまったのかもしれない」

エリスは目を伏せると唇を噛《か》んだ。

その様子を二人の魔人が心配そうに見ている。

「大丈夫です。それよりも、出来れば他の子たちも紹介してもらってもいいですか?」

その視線は俺とミア、ヒカリへと注がれている。

瞳は興味津々といった感じだけど、能面のように表情に動きがない。

俺たちは順に名乗り簡単な自己紹介をした。

「そうですか……皆さんも色々と大変な日々を過ごしたようですね。特にミアさんには迷惑を掛けてしまったようです。私の力が及ばなかったためです。申し訳ございません」

既にミアのことは聞いていたのか、エリスが謝罪してきた。

「しかしソラさんたちにはクリスたちが大変お世話になったようです。何かお礼をしたいのですが、何か希望はありますか?」

「いや、俺もこの世界に来てルリカやクリスと出会えなかったら、きっとこんな風に生きてこられなかったと思う。だから感謝なんていらないよ」

「……そうですか。ああ、そういえばこれをセラに返さないと」

思い出したように呟いたエリスは、立ち上がると首に掛けていたものを外してそれをセラに手渡した。

「……これは⁉」

「ええ、貴女《あなた》の御守りですよ。それを渡された時は血に染まっていたから、セラはその、もう亡くなっていると思っていました。イグニスから貴女のことを聞いた時はどんなに嬉《うれ》しかったか。無事渡せて良かった」

嬉しいと言うが、やはりエリスの表情に動きが見えない。

それは精霊の御守りだった。セラはなくしたのに無事だという感じをクリスたちが受けていたのは、もしかしたらエリスが持っていたからなのか？

「なあ、積もる話もあると思うし、俺たちは一度席を外すよ。クリスもその方がいいだろう？　せっかく会えたわけだし」

「うん、クリス姉は甘えるといい」

ヒカリのストレートな言い方に、クリスは頬を染めて恥ずかしがった。

けど本当に嬉しいことは、その口元を見れば一目瞭然《いちもくりょうぜん》だ。

まさかこんなところで再会出来るとは思っていなかっただろうし。

俺は喜ぶその姿を見て、本当に良かったと思った。

だから俺は忘れていた。

エリスが魔王であることのその意味を。

閑話・3

「今日はここで野営をする」

黒衣の男の言葉に、同行する者たちがテキパキと野営の準備を始めた。

野営の準備と言ってもテントを張るわけではなく、休む場所を中心に罠《わな》を仕掛けるだけだ。

「剣王様、剣聖様、聖騎士様は休んでください。見張りはこちらでやります」

俺たちはそれを聞いて座った。

アイテム袋から取り出したのは保存食。正直言って不味《まず》い。温かいものが食べたいと思うけど、ここには料理をする者も出来る者もいない。

城塞《じょうさい》都市を発《た》って既に一カ月以上が経《た》っていた。

時間がかかるのは大きく迂回《うかい》して、魔物を避けて進んでいるからだと黒衣の男は言った。

実際ここに来るまでの間、魔物と遭遇したのはたったの一回だけだった。

シズネたちの別動隊が魔物を引き付けてくれているから俺たちは安全に進めているのだろう。

黒衣の男たちの動きも良く、遭遇した魔物を俺たちが手を出す前に処理していた。

しかし……ここは空気が重い。以前黒い森に来た時はこんなに息苦しくなかった。

奥に進むごとに息苦しさを強く感じるようになったが、黒い森の奥は何処もこんな感じなのか？

最初の頃はそれもあって頻繁に休憩をしたから思うように進めなかった。今も多少の息苦しさはあるが、体が慣れてきたのか楽になった気がする。

「カエデ先輩、大丈夫ですか？」

先輩に声を掛けたが、返事はいつものように頷《うなず》くだけだった。シュンも同じだ。

出発当初はもう少し会話をしたけど、日が経つにつれて口数が少なくなっていき、今ではそれこそ頷くなどの最低限のリアクションしか返ってこない。

最初の頃は緊張のせいかとも思ったがどうもそれだけじゃないような気がする。

「予定ではあとどれぐらいで魔王城に到着するんだ？　本当にこの道で合っているのか？」

俺はタイミングを見計らって黒衣の男に尋ねた。

「……報告通りならあと一〇日ほどで到着する予定です。道に関しては間違いありません。これがありますので」

少しの間を置いて、黒衣の男はつけていたグローブを外して淡々と答えた。手の甲には、真っ黒な魔石が埋め込まれていた。

俺はそれが何かを聞こうとして聞けなかった。

俺は頭《かぶり》を振り、それから目を背けるように別のことを考えた。

あと一〇日か……思い出したのは城塞都市で話した作戦内容だ。

騎士団長の話では、最終的に魔王城に突入するのは俺たち三人と、黒衣の男数人になると言っていた。

この場には五〇人以上の同行者がいるが、ここにいる半数近くの者は、場合によっては迎え撃って出てくるであろう魔人たちを引き付けるための囮として動き回るということだった。

「いよいよか……」

プレケスのダンジョンから王国に帰る途中、俺たちは初めて魔人と戦った。

その強さは圧倒的だった。

撃退することは出来たが被害は甚大で、俺たちは魔人を倒すことが出来なかった。

あの時勇者に覚醒《かくせい》していなかったら、今この場に俺たちはいなかったかもしれない。

だからシュンたちの装備を作っている間、俺は勇者の力を使いこなすための鍛練もしたし、騎士団から対人戦の訓練もつけてもらった。

魔人と戦って、対人戦の重要さを知ったからだ。

思い通りに体が動くようになって自信はついたが……俺はチラリとカエデ先輩を見た。

装備が整い、身体能力を上げる魔道具も渡された。

それでもカエデ先輩もシュンも、魔人に敵《かな》うレベルに達しているかどうか分からない。

いや……問題ない。むしろ目に入る場所にいてくれた方が安心出来るか。危険な場面に遭遇したら、俺が守ってやればいいのだから。

俺のやることはただ一つ。この世界のために魔王を倒すことじゃない。

俺自身のために……カエデ先輩たちと元の世界に戻るために魔王を倒すんだ。

第5章

クリスたちとは部屋の前で別れた。

エリスに続きクリスとセラが部屋に消えていった。

「それでは皆さんはこちらへ」

そして俺たちは別の一室に通された。

「食べ物と飲み物をご用意します。少しお待ちください」

頭を下げてメイドの魔人……マリナは退室していった。

「ふわー、しかし魔王様がクリスさんのお姉さんとは驚きました」

椅子に座るなりコトリが言った。

「気付かなかったのか？」

俺は何となく顔を見た時に似ているなと思ったから尋ねてみた。

「分かりませんよ。そもそも私、魔王様の名前だって知らなかったですし。クリスさんがエルフだってことは聞いていましたけど、目だって髪色だって違うし。その、ちょっとは顔が似ているかも？　とは思いましたけど……」

クリスは自分のことをエルフとは伝えていたみたいだけど、セクトの首飾りはしたままだったからな。

「コトリは鈍感。駄目っ子」

ヒカリの辛辣《しんらつ》な言葉にコトリが胸を押さえた。大きなダメージを負ったようだ。

「けど何はともあれ良かったね。三人とも落ち込んでいたからさ」

「うん、それには同意。嬉しそうだった」

ミアの言葉にヒカリがコクリと頷きながら言うと、シエルも嬉しそうに体を左右に揺らしている。

俺たちの会話が止まったタイミングで、コンコンとノックの音がしてマリナが戻ってきた。

ワゴンを押して入ってきたマリナは、無駄のない動作で瞬く間にお茶の用意を完了すると、

「ごゆっくりどうぞ」

と一礼して部屋から退出していった。

俺たちはその綺麗《きれい》な所作に圧倒されていたけど、

「冷める前にいただきましょう」

というコトリの一言でお茶やお菓子をいただくことにした。

一口食べて思ったのは、何処《どこ》かで食べことがあるような味だということ。

「共和国で食べたお菓子の味に似ているね」

ミアに言われて思い出した。形は違うけど味は似ている……エリスのために再現しているとか？

シエルは気に入ったのか、お代わりを要求してくる。

もっとも俺があげなくても、ヒカリたちが代わる代わる食べさせているから俺はのんびり出来る。

お茶を楽しんでまったりした時間を過ごしていると、再びノックする音が聞こえてきた。

ただ部屋に入ってきたのはマリナではなく、あの三本角の魔人だった。

「あ、おじいちゃん」

その魔人を見て、コトリが声を掛けた。

「久しぶりじゃのう、元気にしておったか？」

「うん、魔王様に会えなくなったのはちょっと寂しかったけど。スイレンさんたちも優しくて、子供たちは……ちょっと生意気な子もいるけど楽しく過ごしているよ」

「そうかそうか。それなら良い。魔王様もコトリのことは心配しておったからのう」

親しく話す二人に驚いていると、コトリがその魔人とはエリスの次に親しくしていたと話してきた。

「おじいちゃん、私たちの世界のことに興味あるみたいで、よく私のところに話を聞きにきていたんですよ」

「わしはこう見えて技術者じゃからのう。異世界のことには興味があったし、新しい魔道具の開発に役立つかもしれんと思ってのう」

「魔道具？」

「そうじゃ。ここや町で使っている魔道具の殆《ほとん》どを、わしが作っておるぞ」

その言葉には正直驚いた。

俺が町の太陽の仕掛けや町を覆う幻影のことを尋ねると、

「うむ、あれはわしが作った最高傑作の一つじゃ」

という答えが返ってきた。

「なんじゃ、お主、興味があるのか？」

思わず頷くと、目をキラリと光らせて魔人は研究室に来るかと誘ってきた。

「行ってきたらいいんじゃない？　行きたいって顔に書いてあるよ」

ミアはそう言ってくれたけど迷った。

「何を心配しておるかはだいたい分かる。なに、魔王様の妹君の知り合いを襲う輩《やから》は、この城にはおらんよ。それはわしが保証する。そんなことをすれば、魔王様の逆鱗《げきりん》に触れるのはわしらじゃからのう」

顔に出たのか、その魔人は安心させるように言ってきた。

「それじゃ行ってくるが……シエルはどうする？」

シエルは俺とテーブルの上のお菓子を見比べていたけど、結局残ることを選択した。

本人は必死にミアたちのことが心配だからと主張していたけど……まあ、信じようじゃないか。

俺はゆっくり進むその魔人の後ろに続きながら、魔王城の中を歩いた。

最初に部屋に連れていかれた時は余裕がなかったけど、今は周囲に目を向けるだけの余裕が生まれていた。

廊下はアルテアの城を思わせる感じで、調度品こそ飾られていないが掃除も行き届いていて清潔に保たれている。壁に亀裂なんてものも入ってないし、蜘蛛《くも》の巣《す》も張ってない。魔道具のランプが点灯しているから暗くもない。

魔王城といえば、そこらへんに罠があったり、不気味な石像が飾られていてそれが突然襲い掛かってきたりと、もっと禍々しいところを想像していたけどそんなことは一切ない。

大きなガラス窓から外を覗《のぞ》けば、手入れのされた草木が植えられていて、色とりどりの花が咲いているのが見える。

空は明るい。いや、正確にはここ魔王城の周囲だけが明るい。遠くの空を見ると、ある場所を境に急に暗くなっている。

「驚いておるのう？」

「分かるのか？」

「初めてここに来た異世界人はだいたい驚いていたからのう。イメージと違うってのう」

「それもあるが、ここって戦場になるんだよな？　もっと破壊の跡とか残っているところがあっても良さそうだと思ってさ。それともあんたたちが壊れたところを直してるのか？」

「なるほどのう。我々が直接直しておるわけじゃないのう。自己修復機能みたいなのがついておるのじゃよ」

詳しく話を聞けばこのお城。破壊されても玉座で魔力を供給すると、壊れたものが勝手に修復されていくとのことだ。

特に魔王がいる時は、効率よく直すことが出来る。お城だけでなく、お城を中心にある程度の領域がその範囲になっているそうだ。

「何だってそんな機能があるんだ？」

凄過《すご》ぎるその機能。国の権力者が知れば手に入れたいと思うに違いない。

「さてのう。昔からそうじゃったとしか言えないのう。わしも研究しておるが未だ解明出来ておらん。さて、それより到着じゃ」

魔人に続いて部屋に入れば、そこには見知った魔人が一人いた。

思わず拳《こぶし》を握っていた。

「なんじゃここにおったのか」

「仕方ないだろう。僕にはあの場にいる資格がないし……それに聖女ミアが来ているって話だしさ」

アドニス。聖王国でミアを殺そうとした魔人だ。

「ソラ、落ち着くがよい。アドの坊主も反省しておる。そうじゃろう？」

「うん、魔王様にも言われた。魔王様が嫌がることはしたくないし……」

「と、いうことじゃ。じゃから落ち着くがよい」

俺は一つ大きく息を吐き出して手から力を抜いた。

本当かどうかは分からないが、最果ての町に来た時も、魔王城に来た時も魔人がミアに手を出すことはなかった。警戒はするけど、手荒なことをされる可能性は低いのかもしれない。

それにエリスから止められていることも言っているし、大丈夫だろう。

「アドの坊主は何なら聖女に謝ってくるがよい。その方が蟠《わだかま》りも解けて良いじゃろう」

アドニスは素直に頷くと部屋から出ていった。


アドニスが立ち去った後、俺は改めて部屋の中を見た。

物が雑多に置かれて散らかっていて、足の踏み場もない。

本が何重にも積み重なって塔のようになっている。ちょっと触れるだけで倒壊しそうだ。

「それ、そこに座るがよい」

指示された場所には一脚の椅子があった。

俺は注意しながら部屋の中を進んだ。

魔人はその対面に腰を下ろすが、椅子がないから箱……に座っている。

「洗浄魔法を使っても？」

「……よかろう」

積もった埃《ほこり》を見て尋ねたらちょっと不満そうだ。

俺が座ると魔人と向かい合う形になって目が合った。

その時になって気付いた。

魔人がジッと見ていることに。

まるでこちらのことを観察でもしているような視線だ。

それこそ俺の全てを見透かそうとでもしているようだった。

「あの、何か？」

「……実はイグニスからお主のことは聞いていてのう。あの王国から捨てられたとは思えない異世界人に会ったと、珍しく興奮しておった。わしも機会があれば一度会いたいと思っていたのじゃよ」

イグニスがそんなことを？　正直信じられない。

「ではそうじゃのう。まずは自己紹介からするかのう。わしは……翁《おきな》と呼ばれておる。見ての通り魔道具の開発などをしておる隠居人じゃ。魔王様の守りは若い者に任せておる」

今、何て言った？

「翁？　ユタカの……」

驚きのあまり思わず呟《つぶや》いていた。

「ふむ、何やら懐かしい名前が出たのう」

翁の瞳《ひとみ》が怪しく光る。

俺は誤魔化《ごまか》すか正直に話すかを迷った。

並列思考を駆使して言い訳を考えたけど思い浮かばない。

そもそも翁とユタカという名前を連続で言葉にしたのが不味《まず》かった。向こうの世界に同じ名前の知り合いがいるんだという言い訳も通用しない気がした。

「実は……」

だから俺は正直に話すことにした。

それを選んだのは、翁から新たな情報を引き出せるかもしれないと思ったのが大きい。

間違いなくユタカ以上に翁は詳しいはずだという確信があった。

だってユタカが本を書いてからかなりの年月が経《た》っているはずだから。

「ふむ、なるほどのう。本を書いているとは聞いておったが、そんなことを書き残していたとはのう。それで、お主はそれを読んでどう思った？」

「……少なくとも、知り合いは助けたいと思った」

特に守りたいのはミアとクリスだ。

この二人が一番巻き込まれる可能性が高い。

「……なら、わしらに協力するか？」

「協力？」

「そうじゃ。女神を殺すための、な」

女神を殺す？　それは神を殺すってことだよな？

そんなこと出来るのか？

魔人が魔王関連で何かしていることはユタカの本で知っていたけど……。

「戸惑うのも無理はない。じゃが必要なことじゃぞ。何故《なぜ》なら……魔王様はお主たちの仲間の身内じゃからな。女神を殺さない限り、命は狙われ続けるじゃろうしな。それにあの聖女だって、女神がいる限りこの世界に降臨するための器として狙われるかもしれぬ。それこそ魔王様が死ぬまでのう」

確かに翁の言う通りだ。ミアだけでなく、エリスに関連してクリスも狙われるかもしれない。

それを危惧《きぐ》したローナは、ユタカを巻き込まないためにあえて遠ざけたのだから。

「うむ、その顔。理解したようじゃのう。女神を殺せば、魔王様を解放することが出来るのじゃよ。じゃから二人を助けるには女神を殺す必要があるのじゃ」

「……女神と戦う手助けをしろということか？」

俺はイグニスとギード、さらにあの時玉座の間にいた魔人たちのことを思い出した。

鑑定はしなかったけど、あの時と同じ畏怖《いふ》を覚えた。

最初にイグニスと会った時はただただその圧倒的な差だけしか分からなかったが、旅をしてきて色々なことを経験したからその強さが理解出来るようになった。

それを考えると、俺の協力なんて必要ないように思った。

一緒に召喚された人たちがどれだけ成長していても、勝てる未来が想像出来なかった。

それこそ人の枠を超えた者じゃないと、あれには勝てないような気がしたから。

「……別に女神と直接戦えと言わん。わしらから頼みたいことは二つじゃ」

「二つ？」

「そうじゃ、一つは魔王様の妹君を守ってほしいということじゃ。もう一つは……ユタカの本を読んだということじゃが、あの者が貯めていた素材を持っておったりせんかのう？」

「確かに本のあった部屋には色々なものがあった」

「本当か！　ならそこにアダマンタイトはなかったか？」

俺が頷《うなず》くと翁は前のめりになって聞いてきた。

「あ、ああ。確かにあった」

棚にはブルム鉱石やオリハルコンをはじめとした素材や魔道具があり、その中にアダマンタイトがあった。それらは回収してアイテムボックスの中にある。

「持っておるか？」

再度俺が頷けばそれを譲ってほしいと言われた。

俺がアイテムボックスから取り出すと、それを嬉《うれ》しそうに両手で持ち、「おお、ついに」と顔を綻《ほころ》ばせて喜んでいた。

「ゴホン……実は女神と戦うために必要な魔道具を用意しておったんじゃがな。アダマンタイトだけはどうしても入手出来ずにいたのじゃよ」

俺の視線に気付いたのか、翁は咳払《せきばら》いを一つして元の落ち着いた様子に戻った。

遥《はる》か昔は翁も持っていたけど、最果ての町で使用している魔道具を作るのに使用して、手持ちがなくなってしまったそうだ。

それから対女神用の魔道具に必要だと知って、以前入手した帝国内にあるダンジョンに行こうとしたが、翁たち魔人は何故かダンジョンに入ることが出来なくなっていた。

そもそも見つけた場所がダンジョン内の深層だったこともあって容易に到達出来る場所じゃなく、また採掘をする者もいないため市場に出回らずに入手出来ずにいたとのことだ。

確かにダンジョン内で採掘をすること自体普通はないよな。マジョリカのダンジョンだって、俺たちがミスリル鉱石を見つけるまでは放置されていたし。

「それで、じゃ。譲ってもらえるかのう？」

チラチラと手の中のアダマンタイトを見ながら翁が聞いてきた。

さすがに断ることが出来ない空気だ。

それにこれで女神に対抗出来るというなら、エリスを守ることにも繋《つな》がるし問題ない。き、希少価値の高い鉱石ということで勿体《もったい》ないとは思うけど。

「そうかそうか」

翁は机の上にそれを置くと、

「さて、ではそうじゃのう。まずはこれをお主に渡そう」

「これは？」

翁が差し出してきたのは一つの指輪だった。

「これは女神から聖女の存在を隠してくれる魔道具じゃ。聖女は神聖魔法のレベルが高いからのう。これを嵌《は》めればレベルを……聖女としての魔力を誤魔化《ごまか》して……説明は難しいのじゃが、女神の器に選ばれなくしてくれるはずじゃ」

俺は受け取りながら鑑定を使っていた。

【エスカの指輪】世界の目を欺く。


解析を使ってもこれ以上は分からなかった。

「ほれ、わしもしておるぞ」

俺が訝《いぶか》し気な表情を浮かべていたからか、翁が自分も装着していると見せてきた。安全性をアピールしているのかもしれない。

鑑定すれば確かにエスカの指輪と表示されている。俺がもらったものとデザインは微妙に違うが。

「どれ、どのような効果があるか今から実践してみようかのう」

翁はそう言うと、エスカの指輪を外した。

瞬間。翁の体から感じる魔力反応が膨れ上がった。

鑑定・解析で翁を視《み》ると魔力値が１００……２００……３００と上がっていく。１０００を超えても数値の上昇は止まらない。

「どうじゃ？　効果覿面《てきめん》じゃろ？」

翁の声で我に返った。

俺は頷くことしか出来ず、手の中のエスカの指輪をギュッと握り締めた。

「さて、交渉はここまでじゃ。が、それとは別に、実はお主とは個人的に話したいと思っておってのう。ギードからお主たちが町を目指していると聞いて楽しみにしておったのじゃよ。お主、竜王殿から面白い素材をもらったじゃろう？」

「竜王様から？」

「そうじゃ。イグニスの奴《やつ》から聞いたのじゃ。確か……牙《きば》と鱗《うろこ》をもらったじゃろう？」

何で知っているんだ？

それこそそのことを知っているのはパーティーメンバーとナハルで鍛冶《かじ》を教えてくれたマルスぐらいのはずだ。

……いや、もう一人いた。竜王その人だ。

竜王は黒い森のことも知っていたし、それこそ行くための通行証となるものも持っていた。魔人と関係があっても不思議じゃないか？

それに翁の口ぶりからして何となく知り合いのように感じた。

「確かに持っているが……」

「そうかそうか！　では見せてもらえるかのう？」

翁は満面の笑みを浮かべている。

これも断ることが出来ない空気になっている。

終始ペースを握られている感じだ。

俺はアイテムボックスから竜王から受け取った牙と鱗を取り出した。

「ふむ、確かに……お主、創造というスキルを持っておるのう？」

スキル名を言い当てられてドキリとした。

創造スキルはマギアス魔法学園やアルテアの図書館で見たスキル集なる本にも載っていなかった

し、その性能から珍しい、それこそ唯一無二のスキルかもと思っていたから。

「まず、お主が創造のスキル持ちだと知っておったのは、スキルを視る目を持つ者がいたからじゃ。ただそれはわしら魔人ではなく……そうじゃのう。お主に信頼してもらうために言うが、レーゼ嬢が教えてくれたからじゃ。本人にはイグニスが許可をとってきておる。もちろん他言無用でお願いしたいがのう」

レーゼ？　何処《どこ》かで聞いた名前だけど……。

「お主にはマジョリカの町の冒険者のギルドマスターと言った方が伝わるかのう？」

思い出した。

「それでもう一つ、何故わしがわざわざそのことをお主に伝えたかというとじゃが、そのスキルで作ってもらいたいものがあるのじゃ。その前に、この本を渡しておこう」

「これは？」

「……かつて創造のスキルを持っていた御方が残した記録じゃ」

俺は手渡された本に目を落とした。

ページを捲《めく》ると、そこには見たことのあるレシピが載っていた。

ページを捲る手が止まらない。

一目見るだけでリストが更新される。新しいリストだけでなく、素材のアイテム名が不明だったものも明らかになっていく。

「昔その御方に聞いたことがある。創造は錬金術よりもさらに高度なアイテムを作製出来るとのう。わしの魔道具作りはそれを参考に、改良して行っておるのじゃ。じゃがそれにも限界はあってのう。

それでその本を見せたのは、実際に創造でその本に載っているアイテムを作ってほしいと思ったからじゃ」

翁《おきな》はそう言って立ち上がると、棚から素材を持ってきた。

その棚だけは綺麗《きれい》に整理整頓《せいとん》されていた。

翁が持ってきた素材の一つは折れた真っ黒な角？　魔人たちの角に似ている。その存在感は強く、見ているだけで胸がざわついた。

もう一つは真っ赤な羽根。まるで燃えているように見える。

他はミスリルやオリハルコンに、竜種の魔石が机の上に無造作に置かれた。

俺はその中の二つ、角と羽根を鑑定した。

【魔＊の角】この世の魔を生み出した者の角。触れるな危険？
【フェニックスの羽根】何度でも蘇《よみがえ》る再生の炎。人体には毒。

相変わらず説明文は誰が考えているのだろうという文面だ。

俺は創造を呼び出してリストを確認した。

龍《りゅう》＊の牙と魔＊の角にオリハルコンと聖水＋魔石で【神殺しの短剣】が、龍＊の鱗とフェニックスの羽根にオリハルコンとミスリル＋魔石で【レクシオンの盾】を創造することが出来る。

【神殺しの短剣】全てを貫くもの。取り扱い注意。使い手を選ぶ？

【レクシオンの盾】破壊されても何度でも蘇る。


創造に失敗するとアイテムが消失するリスクを負うけど、それでもかなり強力なものが出来そうだ。

特に神殺しの短剣なんて、対女神のためにありそうな武器だ。名前負けしてなければだけど。

それに創造のレベルはMAXまで上がっている。やる価値は十分あると思う。

ただ使い手を選ぶという一文が気になる。

「……失敗すると素材が消滅するけどいいのか？」

念のため確認をする。

後で請求されても困るからね。

「もちろんじゃ」

翁の声は弾んでいる。

見れば目は爛々《らんらん》と輝き、興奮している。

あ、この目見たことがある。魔法のことを話すクリスと同じだ。

俺は創造を使う前に成功率を上げるための準備をする。

まずは職業をアイテムの作製で補正のかかる錬金術士に変更しようと思い職業のリストを呼び出したが、そこで新たな職業が出現しているのに気付いた。

創造士……MPに＋150。魔力・器用・幸運が＋100上昇する。さらに錬金術や創造などの創作系のスキルを使った時の成功率が上がる補正がかかる。この辺りの補正は錬金術士と似ているな。

よし、職業を変更、と。ついでＭＰ増加ポーションとＥＸマナポーションを飲んだ。

これで今出来ることは全てやった。

今回もらった本を読んでステータスが上がるポーションがあることが分かったけど、そっちは今作れそうもない。

あとは魔力を籠めながら創造のスキルを使うだけだ。

まずは神殺しの短剣を創造するためにアイテムを一箇所に集める。

魔＊の角に恐る恐る手を伸ばして手に取ったけど何ともない。

「やるよ」

俺は自身に言い聞かせるように呟《つぶや》くと創造を発動した。

アイテムが光に包まれて一つに重なっていく。

「おお」

翁の感嘆の声が耳に届く。

結果は一瞬で出た。

目の前には素材の代わりに、一振りの短剣？　がある。

思わず疑問形になったのは、刀身の長さが短剣にしては長く七〇センチぐらいあったからだ。

鑑定したら神殺しの短剣と表示されたから失敗はしていないはずだ。

そもそも失敗したらアイテムが出来ない。

俺は一つ大きく息を吐くとステータス画面でＭＰが回復するのを待つ。

そしてＭＰが完全回復したのを見て、再び創造を発動した。

結果は無事成功。鑑定したらレクシオンの盾と表示された。

「うむ、何と言うか凄《すご》いのう。これが創造か……いいものを見せてもらったわい」

「それでこれはどうするんだ？」

盾の方は兎も角、神殺しの短剣は女神と戦おうとしている翁たちに必要なものだと思った。

「そうじゃのう。誰か短剣を扱う者がおったかのう」

翁がそう言って神殺しの短剣を掴《つか》もうとして……手が弾《はじ》かれた。

手は火傷《やけど》を負ったように焼けただれ、血が滲《にじ》み出《で》ている。

「使い手を選ぶ？　だからか？」

「……確かにその一文があるのう」

その言葉から翁が鑑定系のスキル持ちであることが分かった。

解析でさらに調べると、そこには【創造者及び＊＊＊】となっている。

少なくとも俺は使えるということか……恐る恐る手を伸ばして握ったら普通に持てた。

「うーむ、それはお主が持っておるしかないのう」

解析で分かったことを話すと、翁は残念そうに言った。

一応『及び＊＊＊』とあるから他にも使える人はいるとは思うけど、不用意に確かめるわけにはいかない。

魔人の翁だからあの程度の負傷で済んだのかもしれないからだ。

けどそうなると、女神と戦うために協力してくれと言われるのだろうか？

「ただ性能は知りたいのう。盾の方はここでは無理じゃから、とりあえず短剣の方を試してくれん

か？」

そう言って机の上に置いたのはミスリルの塊だった。

「ほれ、突いてみてくれんかのう」

言われた俺は翁を見た。

「これを？」

翁は頷《うなず》くだけだ。

その瞳《ひとみ》は俺の手の中の神殺しの短剣に注がれている。

目の前のミスリルは大きな塊で、これだけあれば俺の錬金術なら剣を五本以上作ることが出来る。

金額にして……うん、考えるのはやめよう。

俺は神殺しの短剣を手に取ると、それをミスリルの塊に向かって軽く振った。

刀身が触れると何の抵抗もなくミスリルの塊は真っ二つになった。

「うむ……次はこれじゃ。ちょっと小さいがのう」

次に置かれたのはオリハルコン。ミスリルの十分の一程度の大きさだ。

本気か？

再び翁を見ると頷いた。

ユタカの住んでいた遺跡でオリハルコンを手に入れたけど、これを市場で見たことがない。魔法学園の図書館で得た知識で、ミスリル以上に希少価値の高い金属ということは知っている。

俺はオリハルコンに目を落とし……同じように振り下ろした。

さっきと同じ光景が目の前で繰り返された。

オリハルコンの破片がコロンと机の上に転がった。

「凄いのう。大層な名前じゃと最初は思ったものじゃが、その名に相応《ふさわ》しい性能じゃ。これは確かに使い手を選ぶと言われても納得じゃな」

それは間違いない。

ただ説明通り、取り扱いには注意が必要だ。切れ過ぎる刃物って危ないからね。

「さて、満足いくものも見られたし、もう少しだけ話をせぬか？　お主も色々聞きたいことがあるじゃろう？」

「ああ、それじゃ……」

俺は短剣と盾をアイテムボックスに仕舞い、椅子に座り直すと翁に色々質問した。

この時レーゼのことも聞いたけど、彼女は最果ての町で生まれ育った人種《ひとしゅ》で、鑑定系のスキル持ちということでイグニスが頼んで外で活動してもらっているそうだ。

他にも魔人の協力者は各国に一定数いて密かに活動しているということも教えてくれた。

重要なことを教えてきたのは、魔王がエリスと知った俺が、不利益を働くことはないと確信しているからかもしれない。

それにそれが本当かどうかは分からないしね。

いるという誤情報を与えて、疑心暗鬼にさせることが狙いだってこともある。

その後も翁との話は続き、色々な書物も読ませてもらった。

本に書かれていることを読むことで新たな知識を吸収していく。

「エリクサーは死者すら生き返らせることが出来る？」

「ん？　そんなことが書かれておるのか？　それは誤りじゃのう」

俺の呟きに反応を示した翁は、俺から本を受け取ると訂正を入れ始めた。

そこに追加して書かれたのは、『死後すぐに使用した場合に限る』の一文だった。

「……試したことがあるのか？」

「うむ、昔二度ほどのう。まだわしらがダンジョンを利用出来ていた頃に、宝箱から入手したものがあったから使ってみたことがあったのじゃよ。それで一度は失敗し、もう一度は成功したというわけじゃ」

その時の状況を翁が説明してくれた。

魔人もダンジョンに通っていたのか。もしかして魔人が攻略したダンジョンもあるのだろうか？

死者すら生き返らせるというなら、権力者が欲しがりそうだ。

ただすぐに使用しないと効果がないということは、予《あらかじ》め持っていないと駄目ということか。

けどエリクサーに関しては魔法学園の図書館にある本で読んだけど、体の一部が失われていても治るという記述が載っているだけで、生き返らせるという記述はなかったはず。

「……聖樹の実というのは載ってないんだな」

「うむ、エリクサーを作るための材料じゃったか？　わしも見たことはないのう」

翁も知らないのか。

けど創造の素材として表示されている以上、この世界の何処かで手に入るものだと思う。

やっぱダンジョンか？　宝箱から手に入るなら、エリクサーが手に入った方が普通に嬉《うれ》しいけど。

今回翁から渡された本で創造のスキルで創作可能なアイテムのリストが更新されたけど、一つ分かったことがある。

今まではは素材がなくてもMPに余裕があれば創作可能だったのだけど、今回本を読んで新しくリストに載ったものの中には素材が揃《そろ》っていないと絶対に出来ないものもあった。

今日作った神殺しの短剣とレクシオンの盾はそれに該当していた。

翁《おきな》との話は結局、マリナが夕食の準備が整ったと呼びに来るまで続いた。

その間、翁から女神を倒すために協力してほしいという言葉を掛けられることはなかった。

◇◇◇

「シエル。何処に行っていたんだ？」

食事を終えて一休みしていたらシエルが戻ってきた。

出された料理について会話するヒカリ、ミア、コトリの三人の話を聞き、大きくショックを受けている。

恨めしそうにこっちを見てもいなかったシエルが悪い。むしろ食事の時間なのにいないのを不思議に思ったほどだ。

だから夕食は俺たち四人で食べた。

最初はクリスたちと一緒に食べることになっていたけど、今日ばかりは断った。

せっかくだし幼馴染《おさななじみ》四人でゆっくりしてほしいと思ったからだ。

それで出された食事だけど物凄《ものすご》く美味《おい》しかった。

まさかドラゴンの肉を食べられるとは思わなかった。

目を閉じれば記憶が蘇《よみがえ》る。噛《か》んだ時に溢《あふ》れる肉汁も、口の中に広がる旨味も最高だった。

あ、思い出しただけで涎《よだれ》が出そうだ。

そんな俺を見てシエルは目を吊《つ》り上《あ》げてペシペシと叩《たた》いてくる。

怒っているけど、どちらかというと物悲しさが立ち込めている。

「シエル落ち着く。しっかりとっておいた」

ヒカリが声を掛けると動きを止めたシエルが、物凄い勢いでヒカリの方に振り返った。

その手の中にはお皿が一つ。その上には肉厚のステーキが載っている。

「これシエルの分。主が頼んでおいてくれた」

それを聞いたシエルは、俺に何度も頭を下げるとヒカリのもとへ飛んでいった。

ヒカリが切り分けた肉をフォークに刺して差し出せば、シエルはそれに齧《かじ》り付いた。

肉を口に含んだ瞬間。シエルが至福の表情で天に昇っていく。

シエルはヒカリに任せて、俺はアイテムボックスからレクシオンの盾を取り出した。

「それがさっき言っていた盾ね」

「お兄さんが作ったんですよね？」

「一応な」

材料の半分は翁が譲ってくれたから作ることが出来た。あとはあの本のお陰だ。

「持ってみてもいい？」

「いいけど重いぞ」

実はレクシオンの盾。結構な重量がある。

「う……重い」

「本当です」

ミアとコトリがその重さに驚いている。

たぶんこれを持つにはかなりの膂力《りょりょく》が必要だ。

一見すると厚みがなく騎士たちの使う盾と比べると小さいから軽そうに見えるんだけどね。

これを持って戦うとなると速度が殺されてしまうから、ルリカやセラは相性が悪い。クリスやミアは碌《ろく》に動けなくなると思う。

俺かエクス向けだな、これは。

俺はレクシオンの盾を手に持ち鑑定を使った。

解析で詳しく確認すると、このレクシオンの盾にはゴーレムコアのような核があり、それが破壊されない限り自己修復するとある。損壊具合で修復までにかかる時間が変わってくるようだ。

あとは使った素材のお陰か、火と水に高い耐性があるようで、魔力を流すことでシールドのような防御膜を張ることが出来、尚且つ盾自体の強度も上げることが出来るみたいだ。

個人的には出番がないことが一番だけど、アイテムボックス持ちの俺なら荷物にならないし持っていて損はないと思った。

「あ、そうだ。ミアに渡したいものがあったんだ」

俺はレクシオンの盾を仕舞い、代わりにエスカの指輪を取り出した。

「指輪？」

「ああ、翁……に教えてもらって作ったんだ。阻害系の魔法が付与されてる魔道具になるかな？」

翁から渡す時に翁が作ったことは内緒にしてほしいと頼まれていたことを思い出し、俺が作ったことにして渡した。

翁曰《いわ》く、魔人からの贈り物だと言うと素直に受け取ってくれないかもと言っていた。

帰ってきた時にアドニスから謝罪を受けたとミアは言っていたし、そこまで魔人を警戒しているようには見えなかったんだけどな。

ミアは俺が差し出した指輪を受け取ると、早速嵌《は》めている。

コトリが「もしかしてこれって……!?」とか黄色い声を上げているけど何を言っているんだ？

俺は素直にミアが指輪をしてくれたのを見て、ただただホッとした。


翌朝は揃って食事を摂《と》った。

その席にはエリスもいて、クリスたちの話に相槌《あいづち》を打っていた。

エリスを見ていると昔のヒカリのことを思い出す。

「何か？」

つい見ていたら首を傾《かし》げられてしまった。

コトリの話だと、会った当初はもっと感情の起伏がなかったと言っていた。

食事が終わるとエリスは玉座の間に行くと言った。

「お姉ちゃん、後で行ってもいい？」

「……ええ、そこで昨日の続きを聞かせて」

クリスの言葉に小さく頷いて、エリスは部屋を退出した。

エリスと別れた俺たちは、マリナに案内されて魔王城の見学をした。

朝食の前にイグニスがやってきて、エリスに用があるということで、その間城の中を案内するようにマリナに指示を出していたからだ。

「もう大丈夫なのか？」

俺は横を歩くルリカに尋ねると、ルリカは恥ずかしそうに頷いた。

どうやら皆の前で泣いたことを気にしているようだ。

確かにそんなルリカを見て驚きはしたけど、念願叶《かな》ったことを考えれば、決して大げさではないし恥ずかしがる必要はないと思う。

「それでソラたちは昨日何してたの？」

「ソラは翁っていう、ほら、玉座にいたあの三本角の魔人と色々楽しい時間を過ごしたみたいだよ？」

俺の代わりにミアがアイテムを作って戻ってきたことを話すと、

「ソラは相変わらずね」

とルリカはクスクスと笑った。

その後は魔王城の色々なところを回り、魔人たちが模擬戦をしているところも見学した。

いつもならそれを見て参加をしたいと言い出す者がいたりするけど、さすがにあれを見た後だとそのような者は現れなかった。

マリナは「模擬戦です」と言っていたけど、実戦さながらの激しさがあった。

だって得物が掠《かす》って血が飛び散っていたし、魔法の直撃を受けて爆発していた。

再生力が高いのか傷はすぐに治ったし、魔法の直撃を受けてもピンピンしていた。

「あれだけ激しく出来るのは魔王城《ここ》だからです。外では再生が間に合わないので」

俺たちが顔を引き攣らせていると、マリナが教えてくれた。

結局魔王城を一回りするのに三時間かかった。

一回りといっても全てを見たわけじゃないと思う。

あくまで俺たちに見せられる範囲で案内したんだろう。

「それでは時間なのでお昼にしましょう……魔王様も一緒に食事を摂るということなので、ご案内します」

マリナは不自然に頷《うなず》くと歩き出した。

まるで見えない誰かと話しているようだった。もしかして念話？

「あの、今誰かと話していたのですか？」

気になったのは俺だけではなかったようだ。クリスが質問をした。

「同僚と話していました。クリス様たちはマジョリカのダンジョンに行っていたと聞きました。そのダンジョンで使っていたカードと同じものだと思ってください」

マリナは翁様が作りました、と付け加えた。

何処のダンジョンかは言わなかったけど、翁たちも昔はダンジョンに行っていたみたいだし、その時に通信機能を研究したのかもしれない。

マジョリカ以外にも同じようにダンジョン内で通信出来るダンジョンがあればだけど。

また一つ翁に聞きたいことが増えたな、と思いながら俺たちはマリナの後についていった。

◇◇◇

「うむ、今日も有意義な時間を過ごせたのう」

夕食後、俺は一人翁の部屋を訪れていた。

魔道具関係で色々聞きたいことがあったからだ。

翁は嫌な顔一つしないで俺の質問に答えてくれて、俺も出来る限り翁の質問に答えた。

また俺は最果ての町でアイテム袋が足りていない件の相談もした。

大容量のアイテム袋を創造スキルで作れることを話すと、快く素材を譲ってくれた。

ヒルルクたちも持ち切れない素材はその場で処分していると言っていたから、これで無駄にしなくて済みそうだ。

翁の部屋から戻る途中エリスがいた。一人廊下で佇《たたず》んで外を見ていた。

「翁との話は終わりましたか？　ソラさんが戻ってこないと、ミアさんが心配していましたよ。もちろんクリスもこの子も」

エリスは俺が近付くと声を掛けてきた。

エリスの腕の中にはシエルがいて、気のせいかぐったりしている？

一撫《な》でされたシエルは目を開けて俺を認めると、勢い良く俺に向かって飛んできて、まるでエリスから逃げでもするようにフードの中に身を隠した。

『何かあったのか？』

念話で尋ねたがただただ震えるだけだった。

「エリスさんは部屋に戻るところですか？」

「……少し、ソラさんと話したいと思って待っていました。それと私のことはエリスで構いません」

血のような真っ赤な瞳《ひとみ》を向けられると何故《なぜ》か緊張する。

「分かった。なら俺のこともソラで」

エリスは小さく頷くと「こちらで話しましょう」と歩き出した。

そして俺たちが向かったのは何故か玉座の間だった。

「ここが一番落ち着くのです」

エリスは振り返りそう言うと、玉座へと座った。

俺はというと、予《あらかじ》め用意されていた椅子に座った。

正面から対峙《たいじ》すると、ちょっと緊張する。二人きりだというのも関係しているのかもしれない。

「まずは、ソラ。ありがとうございました。クリスたちから色々と話を聞きました」

「……俺の方こそクリスたちには世話になったから。昨日も言ったけど、今、俺がこの世界でこうして生きていられるのは二人のお陰なんだ」

これは本心だった。

二人に出会っていなかったら、俺は王都から、王国から出ることはなかったかもしれない。

「……そうですか」

エリスが頷き言葉が途切れた。

沈黙が生まれて微妙な空気が流れる。

そう思っているのは俺だけかもしれないけど。

だって緊張する。クリスのお姉さんではあるけど、相手が魔王だから？　それとも……。

「……本当は迷っていました。あの子たちと会うかどうか。イグニスから聞きました。ソラは魔王について少し理解しているそうですね？」

エリスの言う魔王とは、たぶん世間に知れ渡っている一般的な知識ではないと思う。

それこそユタカの本に書かれていた、魔王が果たす役割の方だ。

「けどあの子たちは、きっと私を見つけるまで世界中を探し続ける。それこそルリカやセラは、その短い人生を私のことを探すためだけに費やしてしまうかもしれない。だから……違いますね。きっとそれは言い訳です。本当は……ただただ私があの子たちに会いたかったからです」

エリスの話だと、クリスたちの生存を知ったのはそれこそつい最近ということだった。

それまでは死んでいると思っていたらしい。

それにはエリスが持っていた精霊の御守りが関係していたようだ。

黒い森でその御守りを拾った魔人は、似たような物をエリスが所持していることを知っていたためエリスにそれを渡したそうだ。

受け取ったエリスは一目見てそれが精霊の御守りだと分かり、黒い森にある意味を考えたようだ。

「損傷はしていませんでしたが、血が付いていました。だからあの子たちは村を攻めた帝国兵に捕まってしまい、奴隷として黒い森で……」

表情は相変わらず無表情のままだけど、怒りの感情は伝わってきた。ももの上に添えられた拳《こぶし》がギュッと握られている。

あの戦争で捕まった多くの共和国の人たちは、戦闘奴隷として黒い森の魔物と戦わされていたとセラは言った。アルテアで再会したティアのような例外も極一部だけいたみたいだけど。

もしかしたらエリスにもその辺りの知識があったのかもしれない。

それこそ黒い森での出来事を、魔人たちから聞いていたのかも。

「……結局、会おうと決めたのは私の心が弱かったからです。過去の魔王たちの記憶が、クリスと会わない方が良いと忠告してくれていたのに……」

「昔の魔王の記憶があるのか？」

「全部ではなく一部の……断片的なものです。ソラには……そうですね。ローナと言えば分かるかもしれません」

エリスはこの時、魔王になったことでかつて魔王だった人たちの記憶の一部を引き継いでいると話してきた。

エリスの目から零れ落ちた涙が、頬を伝っていく。

泣いている当の本人はそれに気づいていないように、淡々と話をしていた。

俺はその名前を聞いて、ユタカのことを思い出していた。

魔王になったローナは、ユタカを守るために強引な手を使って突き放した。

エリスにもその記憶があって、でも突き放すことが出来ずにクリスたちを巻き込んでしまったから罪悪感を覚えている？

「俺はそうは思わない。俺は知っているから、見てきたから。ルリカが、クリスが、セラとエリスの二人を必死に探していたのを。エリスたちがいなくて肩を落として落ち込む姿を。だからあの時、再会したのを見て俺は嬉《うれ》しかった。ホッとした表情を浮かべたクリスの横顔を見て、やっと報われたと思った。すいません、上手《うま》く言葉に出来なくて」

話していると感情が溢《あふ》れてきて上手く言葉に出来ない。自分でもなんか支離滅裂なことを言っているのが理解出来たけど、それでもこの時ばかりは、エリスの言葉を否定しなくてはいけないと思い言葉を紡いだ。

「……ありがとうございます。そう言ってもらえて、気が楽になりました」

そう言って笑みを浮かべた時のエリスの顔を、きっと俺は一生忘れないと思う。

もっともすぐにいつもの無表情に戻ってしまったけど。

「私はここでそのまま休んでいきます」

そう言ったエリスを残して、俺は玉座の間を後にした。

部屋から出ると、そこにはイグニスがいた。

「話は終わったようだな?」

俺が頷くと、

「なら少し話をしよう」

と誘われた。

イグニスの後ろをついて歩きながら、ふと疑問に思ったことがあり尋ねていた。

「なあ、外で待っていたようだけど。俺をエリスと二人きりにして良かったのか?」

危害を加えようとは思っていないが、魔王を大切にしている魔人たちからしたら、無用なリスクは避けようとすると思った。

実際クリスたちと一緒にいる時も、常にメイドの魔人が傍《そば》に控えていると聞いた。

コトリもお茶を一緒に飲んだけど、二人きりになることはなかったと言っていた。

「仲間の身内なのだ。お前が危害を加えるとは思っていない。そもそも制約を結んでいる以上、お前が魔王様を害することは出来ないだろう？」

イグニスに言われて思い出した。すっかり忘れていたな。

「忘れていたようだな」

心を読まれたと思った。イグニスの呆《あき》れたような声が聞こえてきた。

「まあ、いい。それでお前と会おうと思ったのは、ソラよ。お前に頼みたいことがあったからだ」

「頼み？」

「ああ」

イグニスは小さく頷くと、

「……我らと共に、女神を倒すために一緒に戦ってほしい」

と頭を下げてきた。

「……女神と？　俺が？」

突然のことで驚いた。

「そうだ。その様子だと翁《おきな》はやはり頼まなかったのだろう。翁はこの問題を、我ら魔人だけで片付けようと思っているからな。だが、私は少しでも女神を倒せる……殺せる可能性が上がるなら、協力を頼むべきだと考えている。ソラ、お前だって戦う理由はあるはずだ」

戦う理由か……ミアとクリスのことが脳裏を過《よぎ》った。それと先ほどのエリスの顔が……。

エリスが魔王である以上、女神がいる限りその生命は脅かされる。人間たちにも狙われるが、魔人のあの模擬戦を見る限り、最たる障害は間違いなく女神だろう。実際ユタカの本にも、女神が何度も降臨して魔王を倒したと書いてあった。

「条件がある」

だから俺は意を決して言った。

「条件？」

「ああ、女神と戦う時、クリスとミアをここから避難させたい」

女神がこの地に降臨する器に選ばれる可能性のあるミアを最優先に魔王城から避難させたい。

「……翁から話は聞いている。女神について多少の知識があるんだったな」

「ああ……そうだ！　女神が降臨するタイミングというか、詳しい条件は何なんだ？　ユタカの本だと魔王の討伐が失敗したらとしか書いてなかったけど」

「そうだな……あくまで私が見てきたことになるが、少なくとも勇者……聖剣所持者が生きていたらすぐに降臨することはなかった」

生け捕りにすればいいということか？　拘束出来るものを用意するか？

出来るだけ強力なものを作るとなると……アイテムボックス内にある素材でも作れるけど、最上級のものを用意するなら素材が必要になる。イグニスに相談するか。

「分かった。それと今回召喚された人たちが攻めてきたら可能なら助けたい」

あの中に勇者の職業の人はいなかったと思うけど、コトリも気にしていたし救えるようなら救いたい。親しかったわけじゃないけど、彼らもある意味被害者だしね。

「あとは……俺がここに残る理由を一緒に考えてほしい」

エリスへの言い訳もそうだけど、俺がここに残ると言えば、皆も残るときっと言うと思うから。

「……分かった。召喚者たちだが、洗脳支配されている可能性が高い。彼らを救うなら一時的に拘束して、町で聖女に治療してもらうのがいいだろう」

治療か……洗脳支配が状態異常に分類されるならリカバリーが効くのか？

もしそうなら俺でも治すことが出来るかもしれない。

「分かった。それと一つ気になっていたことがあるんだが聞いてもいいか？」

イグニスが頷《うなず》くのを見て言葉を続けた。

「イグニスたちは魔王が誕生するたびに人間と戦っているんだよな？　魔王を……エリスを守るために、ここを捨てて姿を隠そうとは思わないのか？」

魔王城が黒い森の中にあるということは有名な話みたいだ。

なら別のところに移り住むなりすればいいと思うのだが……神託なんてものがあるし、逃げても場所が特定されるのか？

「……魔王様はここに縛られるのだ。魔王となり一度この地に足を踏み入れたら、死ぬまでここから出ることはない。魔王城から出ると生命の維持が出来ないからだ」

そんな事情があったのか……。

それなら魔王がここに来なければどうなるか尋ねたら、やがて命を落とすと言った。

「魔王となるとその体に膨大な魔力が宿る。それは魔力量が元々多いエルフでも耐えることは出来ないほどだ。それを和らげてくれるのが魔王城なのだ。特に玉座に座っている時が一番安定するそうだ。だから魔王様は、一日の多くを玉座の間で過ごすのだ」

イグニスの向けた視線の先には、玉座の間に続く扉があった。

エリスは玉座で休んでいくと言った。少し休憩してから戻るのかと思っていたけど、もしかしたら玉座に座ったまま就寝するのかもしれない。

◇◇◇

「一度町に戻った方がいいだろう。ここに我ら魔人以外が長時間いると体に良くない」

魔王城に来て一週間ほど経《た》ったある日。イグニスが俺たちのもとにやってきて言った。

「……そうですね。イグニスの言う通りです。日を空けて……一週間ぐらいしたら、また会いましょう。迎えを送るから。それと、スイレンたちも心配です。困っていないか様子を見てきてください」

渋るルリカをエリスが説得したことで一度町に戻ることになった。

「確かに魔王城に滞在していた頃は少しずつ体調が悪くなっていました。町に行ってから良くなった気がします」

というコトリの発言も大きかった。

もっともこの発言は嘘で、翁の闇魔法による暗示でそう思い込まされている。

本当は魔王城にいると危険だから避難させたらしい。

「ただ、すまないがソラは残ってくれ。例の件を頼みたい」

「例の件？」

ミアが首を傾《かし》げ、視線が一斉に俺に向けられた。

「ポーション作りを頼まれたんだ。素材をもらう代わりにさ」

俺はそう言うとミアに一〇個のアイテム袋を渡した。

「中には黒い森で採取した薬草で作ったポーションも入ってる。ヒルルクたちに渡してもらっていいか？」

「……ソラは大丈夫なの？」

「俺は状態異常耐性があるお陰で大丈夫みたいなんだ。残りを作り終わったら俺も送ってもらうから、待っててもらっていいか？」

「……分かったわ」

少しの間があったけど、ミアは頷いてくれた。

これですんなり町に戻ってくれたら問題なかったが、ただ一人、ヒカリだけはそれを聞いて反対してきた。

「主が残るなら残る」

ギュッと抱き着いて離れない。

この感じは奴隷契約の解除を拒んだ時と似ている。

イグニスがどうするんだ？　という視線を向けてきた。

「……分かった。ならヒカリは残って俺の手伝いをしてくれな」

俺が頼めばヒカリはコクリと頷き、

「まったく、ソラはヒカリちゃんに甘いんだから。ソラを一人で残すよりは安心だけど。けどヒカリちゃんは体、大丈夫なの？」

とルリカに言われた。

「ピンピンしてる。ルリカ姉たちは？」

「言われたらちょっと重い気がするかも？」

ルリカがそう答えたのは、ルリカたちも翁の闇魔法で軽度の暗示に掛かっているからだ。

エリスは最初闇魔法をルリカたちに使うのに難色を示したけど、クリスたちをここから遠ざけたいという思いは俺たちと同じだったため折れた。

ヒカリが残るのを認めたのは、ヒカリには暗示が効かないのが鑑定で分かったのと、召喚された人たちと対峙《たいじ》した時に、ヒカリの力を借りたいと思ったからだ。

単純な戦闘能力ならセラが一番だけど、対人戦ならヒカリが一番頼りになる。ヒカリの扱う麻痺《まひ》させる短剣は、相手を無力化するのに最適だしね。耐性があったら仕方ないけど。

俺もイグニスから素材をもらって生け捕り用の罠《わな》を用意したけど、手札は多い方がいい。

「それじゃヒカリちゃん、ソラのこと頼んだわよ。シエルちゃんもね」

「うん、任せる」

シエルも任せろとでも言うように、耳を激しく振っている。

そしてミアたちは、イグニスに引率されて最果ての町へと戻っていった。

クリスたちを見送ったあと、俺たちは玉座の間まで移動した。

そこで俺はエリスにウォーキングスキルのことを伝え、ヒカリにはここに残った理由を話した。

「そんなにたくさんのスキルを……」

とエリスは驚き、

「ミア姉とクリス姉のため？」

とヒカリは尋ねてきた。

「ああ、それと一緒に召喚された人たちを可能なら助けたいんだ。コトリも心配していたからさ」

「うん、分かった。主のお手伝い」

ヒカリが頷けば、シエルも一緒に頷いている。

その後俺はその場で錬金術を始め、ポーション作りに勤しんだ。

ポーション作りをするというのは本当だったからね。魔人たちにとって回復手段はポーションになるから、数はいくつあっても困らない。

それと拘束具と生け捕り用の罠も作った。

まずは拘束具。名前は封力の腕輪となっているけど手錠のような形をしていた。

必要素材はブルム鉱石、竜の骨、魔石だった。これは装着者の力を抑制してくれる。

次は生け捕り用の罠だ。名前はカペリオの檻《おり》。作動と同時に触手が伸びて拘束するようだ。

必要素材はトレントの根、オーガの瞳《ひとみ》、スパイダー系の魔物の糸、魔石だ。糸は魔物の強さで拘束力が変わるようだ。今回はソードスパイダーの糸を使用した。

創造スキルを使ったところを初めて見たエリスは驚いていたし、いつの間にか翁も見学のため駆け付けていた。

そしてミアたちが最果ての町に戻った三日後。討伐軍との戦いが始まった。

◇クリス視点

お姉ちゃんと会えた。

無事、生きていてくれた。

それが本当に嬉《うれ》しかった。

だって半ば諦《あきら》めていたから。

私たちは離れ離れになっていた時間を取り戻すように、お姉ちゃんと話しました。

私とルリカちゃんは二人を探して国を渡り歩いた話をしました。セラちゃんは少しだけ、帝国の話をしていました。

お姉ちゃんは私たちの話に耳を傾けて、黙って聞いていました。

私の記憶の中にあるお姉ちゃんと少し印象が違った感じを受けたのは、魔王になったからなのかな？

一日の間に、お姉ちゃんと一緒にいられる時間は決して長くなかったけど、それでも出来る限りは一緒にいてくれました。

ただお姉ちゃんと会って約一週間後。一度町に戻るように言われました。

どうも魔王城は魔人以外の人が長時間滞在することは出来ないということでした。

確かに言われると少し体が重く感じます。

お姉ちゃんは一週間後に迎えを寄越すと言いましたし、スイレンさんの名前が出た時に、ミアが心配そうにしていました。

ソラにもポーションを届けてほしいと頼まれたので、私たちは一度町に戻ることにしました。

私たちが戻るとスレインさんはホッとしているような気がしました。

ヒルルクさんが私たちが戻ったのを聞きつけてミアに治療を頼みにきたから、また負傷者が多く出たのかもしれません。

ソラが作ったポーションを渡したら驚いていましたけど、助かったと言っていました。

私たちは町に戻ってからは、子供たちの相手をしたり、町に近付く魔物がいたらその討伐の手伝いをして過ごしました。その間魔力溜《だ》まり周辺の魔物討伐に出掛ける人たちもいましたが、私たちはいつ迎えにきてもいいように町に留まることにしました。

町に戻ってきて一日が経ち、三日が経ち、そして一週間が経ちました。

その間。ソラたちは戻ってこなかったし、魔王城からの迎えもありませんでした。

どれぐらいのポーション作りを頼まれたか分かりません。でも、さすがに三日経っても戻ってこないと心配になりましたが、私たちから連絡する手段がないため待つことしか出来ません。

それでも一週間経っても音沙汰《おとさた》なしだとおかしいと思いました。ミアも心配しています。

そんな時です。その声が突然聞こえたのは。

「誰ですか？」

思わず口に出していました。

周囲を見回しますが誰もいません。

「気のせい、かな？」

そう思い、歩き出すと再び声が聞こえてきました。

『このままでいいの？』

それは直接頭に響くような女の人の声。

『このままだと、お姉ちゃん。死んじゃうよ？』

息が止まるかと思いました。

何て酷《ひど》いことを言うのかと思いました。

けど……。

『だって今、魔王城は人間たちに攻められているんだよ？』

それを聞いて「えっ」と呟《つぶや》いていました。

ソラが戻ってこないのも、迎えに来ないのもそれが原因⁉

『そうよ。このままだと貴女《あなた》の大切な人たちが危ないよ？』

魔王……人類の敵と言われる存在。私にとっては大切なお姉ちゃんだけど世界は違う。

討伐依頼も出ていた。ギルドでもその募集を何度も目にしました。

その討伐軍が今攻めてきているってこと？　お姉ちゃんを殺すために？　それに今魔王城にはソラとヒカリちゃんもいる。

「ど、どうすれば……」

『逃げればいいのです。彼女が魔王なのは魔王城に縛られているから。魔王城から出ることが出来たら、お姉ちゃんは魔王から解放されます』

声はそう囁《ささや》きますが、正直信じられません。

だってそれが本当なら、私たちが聞いていた歴史は嘘ということになる。

『それは為政者たちが世界を纏《まと》めるためについている嘘です』

私の疑問に答えるように、声が頭に響きます。

『だから急いで。このままだと手遅れになってしまいます。今ならまだ間に合います』

私は急いでルリカちゃんたちに伝えないと、と思ったけど、

『いいの？　危険なことにあの子たちを巻き込んで』

という声を聞いて踏み留まりました。

そうです。ルリカちゃんはお姉ちゃんと会って自分のせいだって責めていたけどそれは違います。

私が、私がお姉ちゃんに会いたかったから探していただけです。私が望んだから、きっとルリカちゃんは苦しんでいたんです。

なら……ここは私一人で行くべきです。討伐軍が攻めてきたというなら危険だってあります。

そんなところにルリカちゃんたちを巻き込めません。

だけど一つ問題があります。

「どうすればお姉ちゃんのところに……」

お姉ちゃんがいる魔王城は遠く離れています。

私の足で行くのは不可能です。

『大丈夫です。私が道を開きます』

声と共に、目の前に白いカーテンのようなものが出現しました。

それはイグニスという魔人が魔王城へ移動する時に用意したものに似ていました。違いがあるとすれば色だけです。

『さあ、通るのです。そして魔王を……エリスを救うのです』

私はその声に押されるように、目の前の白い空間に飛び込みました。

閑話・4

「お父様、お呼びですか？」

ユイニをはじめ、サークとサハナが目の前にいる。

子供たち三人を同時に玉座の間に呼び出すのはこれが初めてかもしれない。

そのせいかサークは特に緊張しているようだ。

「うむ、よく来てくれた。さて早速じゃがサークよ。お主にこの席を譲ることにした」

「ち、父上。突然どうしたんですか？」

サークは驚きの声を上げた。無理もないかもしれない。

「突然ではない。これは以前からわしが考えていたことだ。ただお主は未熟だ。じゃから一人前になるまでの間はユイニに補佐に回ってもらうがよい。ユイニもいいな？」

「……はい、それがお父様の願いなら」

ユイニが女王として治めてくれた方が国は安定するかもしれないが、それでは駄目だ。ユイニの負担が大きくなり過ぎる。

それにサークはアルテアを出たことで多くを経験して、見違えるように成長した。

良い出会いもあったようだしな。可能ならサークの想《おも》いが届けばいいが……今はまだ難しいかもしれない。今後に期待だ。

「うむ……サークよ、そのような不安そうな顔をするな。お主なら大丈夫じゃ。もっと自信を持つがよい。それとサハナよ。よき相談者となって、お主もサークを助けてやってくれ」

「はい、お父様」

「うむ、では頼んだぞ」

三人が頷《うなず》くのを見て満足した。

もしかしたら、もっと早くこの席を譲るべきだったかもしれない。

「……父上は何処《どこ》かへ行ってしまわれるのですか？」

「……決着を付けに行ってくる。長いことわしがこの国を見守ってきたが、いつまでもそれが続くとは限らない。それといつ戻れるか分からんからな。そのための世代交代だと思ってくれればよい」

「分かりました……サーク君、サハナ。お別れを」

「……正直言って不安でいっぱいです。ですが父上。姉上とサハナは僕が必ず守ってみせます！」

「お兄様。民のことも考えてくださいね」

「ふむ、頼もしい限りじゃ。その心意気を忘れないようにな」

「お兄様。顔がにやけていますよ。お父様に褒められて嬉しいのは分かりますが」

サハナのその物言いに思わず頬が緩んだ。

厳しい一言だが、それはサハナがサークのことを一番理解しているからだ。

「……サハナよ、ほどほどにな」

それでも一言だけ言っておくとしよう。

聡《さと》い子ではあるが、サークのことになるとサハナも暴走する時があるから。

「はい、ではお兄様。行きましょう」

「私たちが心配することではないと思いますが、お父様、どうかお気をつけて。それと無事戻ってきてくれると嬉しいです」

「そうじゃのう。全てを見届けたら戻ってくるかのう」

ユイニの言葉に、わしは出来るかどうか分からないが小さく頷いた。


「良かったのですか？」

「ああ。それに決着を付けに行くというのは本当だからのう」

魔人たちから今代の魔王のことは聞いている。その計画も。

「……そうですか」

「アルフリーデよ。すまぬがあの子たちのことをよろしく頼む」

「大丈夫です。私にとってもあの子たちは可愛《かわい》い子供たちですから……」

「……わしのことを恨んでおらぬのか？」

「……どうでしょう？　ですがあの子は……アーシャは恨んでいないと思いますから。それに王が苦しんでいたのも知っていますから」

わしの妻アーシャを死なせてしまったのは、わしに原因があったから。

だからこそアーシャの子たちを守るため、わしは長いこと傍観していた。特にユイニは狙われる条件が揃《そろ》っていたから。

ただそれも今日までだ。

今のわしにあの者に対抗出来るだけの力はないかもしれないが……。

「……そうか……」

「それよりも私はあの子たちが心配です。今でないと駄目なのですか？」

「うむ、今回が最初で最後のチャンスかもしれぬからのう」

「あの異世界人の少年ですか？」

「いや、それだけではない。魔人たちの準備も終わったという話を聞いたのじゃ。なら今度こそは、今こそ動くべきだと思ってのう」

「……なら私からは何も言いません」

「……では後は頼みました……義姉《ねえ》さん」

わしはそう言い残し玉座の間を後にして上空に飛んだ。

そこから見える景色を……ルフレ竜王国をその目に焼き付けて、北を目指して羽ばたいた。

第6章

魔人と討伐軍の戦いが始まったのは、クリスたちが町に戻ってから三日後のことだった。

戦いが始まってからの二日間は、俺とヒカリの二人は魔王城に待機していたけど、途中から負傷者が多く出始めたため、その手伝いで魔王城の外で活動するようになった。

個々の能力なら魔人が圧倒的に勝っているけど、数の差が出た。

魔人とはいえ休まず長時間戦い続けることは出来ない。さらに何処からか飛んでくる高威力の魔法に苦しめられている。

玉座の間にいた魔人たちの半数がエリスの護衛で残っていることも大きい。今攻めている人たちが囮《おとり》で別動隊がエリスを直接狙う可能性を捨てきれないからだ。

「主、魔人たち動きがおかしい」

治療にあたっていた俺に、戦場を見ていたヒカリが言ってきた。

俺たちは後方に配置され、傷を負って後退してきた魔人たちの治療に専念していた。軽症者にはヒール、重傷者にはポーションと使い分けている。

「そうなのか?」

「うん、体にキレがない」

やはり疲労が蓄積しているのかもしれない。

治療する頻度も増えているような気がする。

俺は動けず、ヒカリも俺の近くで待機している。シエルは……今は俺の近くにはいない。フラフラといなくなることはいつものことだし、食事の時間になれば今日も戻ってくるかな？

影とエクスの二体のゴーレムを呼び出して援護に回しているけど、このままの状況が続くと突破されるかもしれない。

辛《かろ》うじて押し返せているのは、城から数人の魔人が援護に来てくれたのと、俺の提供した魔法を付与した投擲《とうてき》武器を警戒しているからだと思う。

ただ投擲武器は消耗品のため、使い続ければいずれ底を突くのは明らかだ。

「ん？」

「どうしたヒカリ？」

「……クリス姉の気配を感じた」

クリスの？

クリスは今最果ての町にいる。精霊魔法は強力だし、今の劣勢を覆すほどの力があるかもしれないけど、それはあり得ない。エリスの妹であるクリスを呼び寄せるはずがない。

俺は気配察知を使ったけど、クリスの反応はない……が、ヒカリの言葉は気になる。今の俺よりも探索出来る範囲はヒカリの方が間違いなく広いし。

「……すまない。少し気になることがあるからここを離れたいんだ。影とエクス、あとはポーションもここに置いていくよ」

俺は近くの魔人にそう声を掛けると、影とエクスにも念話で前線の魔人たちと協力して戦うように指令を出し、ヒカリに先導してもらってその場を離れた。

「こっちでいいのか？」

「うん、お城の方で一瞬クリス姉の気配を感じた」

ヒカリの後を追って城の正面まで戻った時に、思わず足を止めていた。

正門は破壊されていて、門の近くにあった石像も粉々になっている。

突破されていた？　イグニスたちが警戒していた別動隊がいた？

そこまで考えて俺は再び足を動かした。

もしクリスがエリスのもとを目指していたら敵と鉢合わせする可能性がある。

遭遇したら不審に思われるに違いない。危険だ。

俺は廊下を走り、階段を駆け上がって最短距離で玉座の間を目指す。

途中開け放たれたドアが目についたけど、侵入者たちの仕業かもしれない。

それには目もくれずに走れば、一〇分とかからず到着した。

視界に入った玉座の間への扉は、正門のように破壊されていた。

「俺が先に入る。俺が囮になるから、ヒカリは後からゆっくり入ってきてくれ。どう動くかはヒカリの判断に任せる」

玉座の間の中が今どうなっているか分からないけど、入ったとこ勝負だ。

俺は盾を構えながら勢いを殺さず突っ込んだ。

部屋に入ると視界に様々な情報が飛び込んできた。

エリスに魔人たち。その中にはイグニスと翁《おきな》の姿もあった。

対峙《たいじ》しているのは黒衣の男たち。その顔には隷属の仮面と似たものを装着している。

その中で俺の視線が一番引き寄せられたのはクリス、とシエル？

クリスは一人の黒衣の男に足で押さえつけられていて、その男は剣を振り下ろそうとしている。

それを見て考えるよりも先に体が動いた。力強く地面を蹴《け》っていた。

何かがぶつかる音がして、同時に焼けるような痛みに体が襲われたけどグッと我慢する。

視線をクリスの手前に固定し、スキルを使う。

転移！

すると先ほど固定した場所に足が着く。

視界に映るのは剣を振り上げた黒衣の男だ。

黒衣の男が驚いたのが俺にも伝わってきた。

けど振り下ろされる剣は止まらない。

俺は盾技を発動しながらそのまま体当たりをした。

接触した瞬間、黒衣の男が吹き飛んでいく。

俺はそれを視界の片隅に捉《とら》えながら素早くクリスを抱きかかえる。

風切り音がして、ナイフが飛来する。

シールド……は駄目だ。数が多過ぎる。

転移を発動しようにも安全地帯が分からない。

それなら……。

今度は時空魔法を選択して使った。

俺を中心に周囲の時間の流れが遅くなる。

飛来するナイフがその領域に入ると動きが遅くなった。

その隙に視線を動かして周囲の状況を確認する。

着地点を選択して再び転移を使った。

視界が切り替わり、玉座の傍らに転移した。

エリスと目が合うと、彼女は驚いていた。

俺がいなくなった場所でナイフのぶつかり合う音が鳴った。

一瞬時間が止まったかと思うような静寂が流れたが、

「今だ、制圧しろ！」

という誰かの声と共に魔人たちが一斉に動き出した。

俺はそれを見ると腕の中のクリスへ視線を移した。

大きな外傷はない。まずはそのことにホッとした。

クリスと目が合うと、

「ソラ、ありがとう。あの、その、おろしてください」

と頬を染めながら言われた。

それを聞いたエリスも安堵《あんど》しているようだった。

「それで無事か？」

「はい……シエルちゃんが守ってくれたんです」

クリスの腕の中にはぐったりとしたシエルがいる。

フラフラと飛び回っていると思っていたらこんなところにいるなんて。

しかもクリス目掛けて振り下ろされた剣の前に立《た》ち塞《ふさ》がって防いでくれたとクリスは言った。

「シエル。クリスを守ってくれてありがとうな」

お礼を言うと目を開けたけど、再び閉じてしまった。

「主、クリス姉も無事？」

「ヒカリちゃん。うん、ソラに助けてもらったから大丈夫です。それよりもソラ、ナイフが……」

言われて思い出した。痛みを。

俺が顔を歪《ゆが》めるとクリスがそっとナイフを抜いてポーションを使ってくれた。

あとは黒衣の男たちを倒せば一息吐《つ》ける。

エリスには色々と聞きたいことがあるけど、まずはこの状況を収めてからだ。外のこともあるし。

そう思い視線を向けたけど、予想に反して黒衣の男たちはイグニスたち魔人と良い勝負をしている。

それはある意味信じられない光景だった。

「あの者が持つ聖剣の影響じゃろう」

驚く俺に翁が声を掛けてきた。

この場には俺とヒカリにクリス、エリスと翁と二本角の魔人が一人にアドニスがいた。

「聖剣？」

「イグニスたちが相手をしておる者じゃ。あれはわしら魔人の力を抑制する魔力場を作り出す効果があるのじゃが……今回の使い手とは相性が良いようじゃ。ここまで強力な魔力場は初めてじゃ」

イグニスが戦っているという者を見ると、イグニスだけでなくさらに二人の魔人と戦っている。他にも善戦している者が複数人いるけど、その中で特に目立つのは二人。一人は男でもう一人は女性だ。男の方は鋭い剣戟《けんげき》で応戦し、女の方は盾を構えながら槍《やり》を巧みに使っている。

鑑定して見ると、

【名前「ナオト」 職業「勇者」 Lv「90」 種族「異世界人」 状態「――」】
【名前「シュン」 職業「剣王」 Lv「91」 種族「異世界人」 状態「支配」】
【名前「カエデ」 職業「聖騎士」 Lv「87」 種族「異世界人」 状態「支配」】

と表示された。

聖剣を持っているのが勇者？　確か剣聖だったはずだけど変わったのか？
あと気になるのは二人の状態「支配」だ。
それはさらに解析を使うことで分かった。
ナオトとは違い、二人が装着しているのが隷属の仮面だからだ。

【隷属の仮面・改】装着者の意思を奪い、命令に忠実な人形を作る。身体能力を限界以上に引き出す効果がある。反動あり。

しかも改悪されている。

これはシュンとカエデだけでなく、他の黒衣の男たちも同様の物を装着している。

魔人と戦えているのは聖剣だけでなく、仮面による効果もありそうだ。

それにイグニスたちは戦い辛《づら》そうにしている。

もしかして俺が助けたいと言ったからか？　黒衣の男たちが危なくなると、あの三人の誰かが援護に回るため攻め切れていない。

「翁、ナオト……勇者から聖剣を奪えば効果がなくなるのか？」

「多少残るかもじゃが、今ほど影響は受けぬはずじゃ」

なら今影響受けていない俺が戦うのが最適だけど……正気なら説得は可能か？

いや、ここにいる以上明確に魔王を倒すために来ているし、最悪ここにいない二人を人質に取られている可能性もある。

それに魔人に向けられる明確な殺気。怒りを感じる。女神降臨を防ぐためにも生け捕りにしたいけど出来るか？　いや、やらないと駄目だ。

「無力化するのが先か……ヒカ」

ヒカリと一緒に一気に攻めようと思ったその時、魔人の悲鳴が響いた。

見ると二人の魔人が倒れている。

その先にいたのはシュンだ。

シュンは倒れた魔人には目もくれずこっちに突進してくる。速い。

狙いはエリスか!?

俺は素早くエリスたちの前に立つと盾を構えた。

勢いを殺さず流れるように振り抜かれた剣が盾に当たると、火花が散り金属の削れる音がした。

本能的に危険と判断した俺は飛び退《との》いた。

「嘘だろ……」

あと少し身を引くのが遅れていたら、盾を持っていた手まで斬られていたかもしれない。


【ドラゴンブレイド】竜の素材を鍛えて作られた剣。鋼すら斬り裂く。


魔王討伐のために用意された最高品質の武器ということか……。

もしかして他の人たちも同等の装備を持っているのか？

俺が考えているとシュンが再び一歩踏み出して斬り掛かってきた。

考える余裕を与えないつもりか。

俺はアイテムボックスから慌ててレクシオンの盾を取り出す。腕にずっしりと重さを覚えた。

剣と盾がぶつかり、剣を弾《はじ》いた。

シュンの体勢が崩れた。

いつもならここで追撃を仕掛けるところだけど、俺が行動に出る前にシュンは体勢を整えてしまった。

盾の重量に邪魔された形だ。相手が普通の敵なら問題なかったかもしれないが、相手が悪かった。

シュンは再び斬り掛かってきたが、今度は地に足を着けて腰を入れて連撃を飛ばしてくる。攻撃を弾かれたからか？

俺はそれを最小限の動きで受け止める。

激しい攻撃ではあるけど、レクシオンの盾はびくともしない。

ただ難点は反撃の一打を放てないことだ。

『ヒカリ、攻撃を仕掛けることは出来るか？』

一人で無理なら二人で相手をすればいい。

そう思い俺はヒカリに念話を飛ばした。

ヒカリは態度で答えてくれた。気配を消すことで。

『俺が隙を作る。シュンの武器には注意だ。絶対に武器で防ごうとするな』

俺は多彩な攻撃を仕掛けるシュンの動きを見ながら、その時を待った。

シュンの攻撃は激しいけど、仮面の影響か動きが単調になることがある。ロボットというか、あるアクションに対してこう動くというようなパターンがあることに気付いた。

これは記憶スキルのお陰でもあるな。

そして……きた！

『仕掛けるぞ』

俺はシュンが踏み込んだ瞬間、盾をアイテムボックスに仕舞った。

重量がなくなり身軽になる。

素早く俺は後ろに飛び退く。

剣を振り下ろしたシュンは、大きく踏み込んでいたため体勢が大きくくずれた。

俺が剣で反撃する仕草を見せればすぐに対応して防ぐ動作を取った。

そこにヒカリが死角から短剣を振り抜いた。

掠《かす》る程度の攻撃で大したダメージになっていないけど、あれで斬り付けられると麻痺《まひ》の効果が体に回る。

問題はシュンに耐性があった場合だけど、どうやら効果はあったようだ。

完全には効かなかったけど明らかに動きが鈍くなった。

そうなれば生け捕りにするまでに時間はかからなかった。

封力の腕輪で後ろ手に拘束して、さらに足の自由も奪う。

抵抗して暴れようとするけどこの拘束具からは抜けられない。

何せこれはイグニスが譲ってくれた竜種の素材を使って創造した拘束具だからな。

そこに翁《おきな》が近付いてきて闇魔法を使った。

魔法を受けたシュンは徐々に静かになっていき、やがて動かなくなった。

「眠らせただけじゃ」

と翁は説明した。

「翁、シュンを頼む。勇者は俺が止めてくる。ヒカリはクリスを守ってくれ」

一緒に戦うと言い出しそうなヒカリに先に頼んだ。

翁たちとは友好関係は築けているし、エリスの妹であるクリスに危害を加えることはないと思う。

それでもこの場にいる中で一番信頼出来るのは間違いなくヒカリだ。

「……うん、任せる」

俺の思いを汲《く》み取ってくれたのか、ヒカリは頷《うなず》いた。

「イグニス」

俺が呼び掛けると、ナオトの攻撃を受けていたイグニスが飛び退いた。

そこに俺が投擲《とうてき》したナイフがナオトへと襲い掛かるが、ナオトは冷静にそれを聖剣で弾き飛ばした。

「大丈夫か？」

イグニスの他、ナオトと戦っていた二人の魔人を見て言った。

イグニスは大してダメージを負っていないようだったが、二人の魔人は深手を負っていた。

「悪いな。捕縛したいがなかなか手強い。あの剣には気を付けろ。あれは我ら魔人を弱体化させるだけでなく、装備者を強化している」

やはり俺が助けたいと言ったから、それに配慮して戦っていたようだ。

エリスが一切手を出さないのもそれが理由かもしれない。

エリスがどれほど強く、どんな戦い方をするかは分からないけど、少なくともエリスはこの場にいる誰よりも高い魔力を持っている。その傍らにいるであろう精霊の存在感も半端ない。

「……分かった。とりあえず重傷の二人は下がって治療を。イグニスはあっちを頼む」

俺がチラリとカエデの方を見ると、イグニスは頷きカエデの方へ、二人の魔人はエリスたちのいる後方に下がっていった。

「人か？　人が魔人の味方をするのか？　それに君は……何処《どこ》かで……？」

警戒しながらナオトは尋ねてきた。

「魔王を殺すのを邪魔するという意味では、魔人の味方だよ」

「何故《なぜ》！　魔王は殺さなければいけない。それに……」

「魔王を殺さないと、元の世界に戻れない、か？」

俺の言葉にナオトは驚いているようだった。

「何故それを……」

「あれは嘘だよ。俺たち召喚された者を体《てい》よく使うための！」

俺が言い放つと同時にナイフが飛んできた。

俺が剣で弾いた時には、ナオトの周りに三人の黒衣の男が控えていた。

「話を聞いてはいけません。相手は動揺させようとしています」

「しかし……」

「一刻も早く魔王を倒さないと仲間に危険が及びますよ」

黒衣の男は言って小さく首を動かした。

その視線の先にはカエデがいる。

カエデは今、イグニスを含めて四人の魔人に囲まれている。

「……分かった。あんたらは先輩の援護に向かってくれ。俺はこいつを倒す」

空気が変わった。

動揺が消え、ナオトから明確な殺意が俺へと向けられた。

それを見た黒衣の男たちはカエデの方へと駆けていく。

ナオトをその気にさせるために、わざとカエデを孤立させた？

「悪いが戯言に付き合う気はない！」

言葉と共にナオトが踏み込んできた。

剣王であるシュンに比べても遜色《そんしょく》のない斬撃だ。シュンと違って強い意志も宿っている。

その一撃を、俺は魔力を籠めたミスリルの剣で受け止めた。

ずっしりと重い一撃だ。

鍔迫《つばぜ》り合《あ》いをするだけで腕が悲鳴を上げる。

それでも純粋な剣術だけなら俺の方が上だった。

サイフォンやガイツに基礎を教わり、旅の間も鍛練好きなヒカリやルリカたちと剣を交え、他にも出会った多くの人たちと沢山の模擬戦をしてきたお陰だ。

その経験が剣術スキルを通して俺を成長させてくれたんだと思う。

それは剣を交えている時間が長くなればなるほど確信に変わった。

それでも押し切れないのは、ナオトの放つ攻撃スキルのせいだ。

反撃しようとするタイミングでこちらの攻撃を潰《つぶ》すためにスキルが放たれる。

勇者だからなのか、威力と速度、効果も俺の剣技よりも段違いに高い。

あとはナオトの体力。あれだけ激しく聖剣を振るっているのに一向に勢いが止まらない。

「何故魔人に加担する！」

「……守りたいものがあるからだよ」

ナオトの言葉に答えながら剣を振るった。

一瞬ナオトの動きが鈍くなったようだけど、俺の剣は空を切った。

間合いが空いて仕切り直した。

大きく息を吐いて相手を見据える。


【名もなき聖剣】女神が授けた唯一無二の剣。選ばれた者のみ手にすることが出来る。


聖剣を鑑定してさらに解析を使うと、イグニスの言う通り聖剣所持者には能力《スキル》強化や超回復のような恩恵があることが分かった。また聖剣自体に魔の因子を持つもの……魔人たちの力を低下させるフィールドを発生させる効果があることも。これは一部魔物にも適用されるようだ。

ナオトの体力が落ちないのはその恩恵があるからだ。

俺は自身の手の中にあるミスリルの剣を解析した。

魔力を流して強化しているから破損こそしていないけど、耐久力が落ちている。

俺は剣を錬成し直しながら、攻略法を考える。

ナオトから剣を手放させるには、物騒な言い方だけど腕を斬り落とすのが一番なような気がする。

あるいは聖剣の強さの秘密がその魔力にあるなら、魔力を奪うことが出来れば、聖剣の力を抑えることが出来るのかもしれない。

それにはナオトの動きを止める必要がある。状態異常は超回復があるから効くか分からないし、罠《わな》による拘束か？

俺は半身になって体で隠しながらカペリオの檻《おり》に偽装を施し、さらに隠密を付与する。攻撃を仕掛けるタイミングでそれを足元に落とした。

地面に落ちたそれは俺でも見えなくなったけど、罠スキルのお陰で何処に落ちているかは分かる。

フェイントの一切ない斬撃はナオトに簡単に躱《かわ》される。それでも休むことなく剣を振るう。

最後にわざとナオトからの反撃を誘うように体を動かす。

予想通り踏み込んできたナオトの一撃に対して、レクシオンの盾を呼び出し受け止めた。

驚いているのが盾越しにも伝わってきたが、俺の仕掛けはまだ終わらない。

わざと力負けしたと思わせて後ろに下がれば、ナオトは追うように一歩踏み出し罠を踏んだ。

瞬間。ナオトの足元から触手が伸びた。

触手といっても見た目は蔓《つる》みたいな感じだ。トレントの根が使われているからか？

触手はナオトの体に纏《まと》わり付き搦《から》め捕った。

これで逃がさない。

俺はレクシオンの盾をアイテムボックスに仕舞うと、空いた手を伸ばして聖剣を持つナオトの手を握った。

同時に吸収スキルで魔力を奪っていく。

ナオトは振りほどこうと暴れてきたが、拘束されていて思うように動けない。触手は時間が経《た》つごとに成長して、さらに拘束を強めていく。

俺はその間吸収を使い続けたが、聖剣からの魔力を上手《うま》く吸収出来ていない。

ナオトを通して吸収しているからか？　それとも柄《つか》の部分だからか？

……一瞬の躊躇《ちゅうちょ》後、俺は刀身を直接握った。

焼けるような痛みが手に広がった。

「なっ」

とナオトの絶句したような声が聞こえた。

俺が刀身を握りながら吸収を行えば、先ほどとは比べ物にならない量の魔力が流れ込んできた。

これは……。

俺は歯を食いしばり、魔力操作を使って吸収した魔力をミスリルの剣に流す。

だけど聖剣から溢《あふ》れる魔力は膨大で、吸収の調整が利かない。

ミスリルの剣に魔力が溜《た》まっていき、徐々に流せる量が減っていく。

流す量が減ると行き場のなくなった魔力が体の中で暴れ始めた。

吐きそうだ。

頭が痛い。

手を放して楽になりたい。

けどこれを逃すと次はないかもしれない。

俺は魔力を少ないながらもミスリルの剣に流しながら、追加で魔法を使って消費することを選んだ。

使うのは時空魔法だ。ナオトの動きを遅くして抵抗するリスクを抑え、拘束する機会を窺《うかが》う。

転移で聖剣を奪おうとしたけど、それだとナオトの体ごと転移してしまうようだから出来なかった。

並列思考で同時に時空魔法を使っていても、魔力を使い切れない。

吸収に時空魔法×2。さらに魔力操作とスキルの連続同時使用で頭の痛みは増していく。

頭がズキズキと痛む。響くような痛みだ。

吸収した魔力はより一層激しくなって暴れる。

体がバラバラになるかと思ったその時、時空魔法の効果が変わった。

先ほどまで聞こえていたナオトの息遣いが止まった。

聖剣から吸収していた魔力は……止まっていないが頭の痛みは消えていた。

俺がステータス画面に目をやると、時空魔法のレベルがＭＡＸになっていた。

ＭＰを見れば減って増えてを繰り返していた。

聖剣から感じられる魔力量は僅《わず》かだが弱まっているような気もする。

俺はそこまで考えて頭を切り替えた。

まずは聖剣をどうにかするのが先だ。

魔力の溜まりに溜まったミスリルの剣なら攻撃力が増しているし、今の聖剣なら破壊出来るかもしれないと思い打ち付けたら、触れた瞬間呆《あっ》気《け》なくミスリルの剣の刀身が砕けた。

手の中に残った剣の残骸《ざんがい》を鑑定すると、耐久度が０になっていた。

何故？　と思ったが考えるのは後だ。

ミスリルの剣は駄目だった。他に武器は……神殺しの短剣ならどうだ？

力を全然入れなくてもオリハルコンを斬ったほどだ。しかも今は時間が止まっているから技術もいらない。

そう思い壊れたミスリルの剣をアイテムボックスに戻し、代わりに神殺しの短剣を取り出すと、聖剣目掛けて振り下ろした。

神殺しの短剣は何の抵抗もなく、聖剣の刀身を打ち砕いた。

カランという音と共に聖剣の刀身が床に転がった。

その時には神殺しの短剣をアイテムボックスに戻し予備のミスリルの剣を手にしていた。敵はナオトだけじゃないから。

時間が動き出し、刀身が半分になった聖剣を持つナオトは手の中のそれを見たまま動きを止めていた。

それからの決着は早かった。

ナオトにカエデ、黒衣の男たちは拘束された。最後まで抵抗して半数以上が命を落としていた。

「あれを使ったのかのう？」

聖剣が折れていることにエリスや魔人の多くは驚いていたが、事情を知る翁《おきな》とイグニスは驚いていない。むしろ興味深そうに折れた聖剣を眺めている。

イグニスは一瞥《いちべつ》しただけで他の魔人たちに何やら指示を出している。

指示された数人の魔人が玉座の間から出ていく。

「外の様子を見に行かせた」

俺の視線に気付いたのか、イグニスが言ってきた。

本当は俺も行きたいところだったけど、聖剣の魔力を吸収した影響か体の調子が悪い。感覚としてはMPを使い切った時に似ている。体中の魔力がぐるぐると回っていて酔いそうだ。

「ソラ、大丈夫ですか？　顔色が悪いですよ」

「うん、主。座る」

とクリスとヒカリに心配される始末だ。

ここは俺が下手《へた》に動いても仕方がないし、座らせてもらった。

この時ばかりは歩いても体の調子が戻らなかったからだ。

「それでこれからどうするんだ？」

俺はナオトたちを見ながら翁に尋ねた。

「そうじゃのう。とりあえず拘束した者たちは牢屋《ろうや》かのう。治療をしてみるが果たして……」

イグニスには隷属の仮面に対する知識があった。翁も知っているのかもしれない。

ヒカリから隷属の仮面を取り除いた時は、下手をすると装着者は助からないと言っていたがどんな治療をするのだろうか？

「リカバリーは有効だったりするのか？」

だって状態が「支配」ってなっていたからね。

「そうじゃのう……手っ取り早く一度試してみるのもありかのう」

「なら僕がやるよ」

翁の言葉にアドニスが応じた。

魔人が神聖魔法を？　と思ったけど、アドニスはフリーレン聖王国で枢機卿《すうききよう》をしていた。

それなら神聖魔法を使えても不思議ではない？

アドニスは黒衣の男の一人に近付くと、一つ大きく息を吸い込んで、

「リカバリー」

と唱えた。

光が男を包むと、カランという音が鳴った。

男の前には仮面が落ちていた。

リカバリーを受けた男は体がぐらりと揺れてそのまま倒れてしまった。

ただ鑑定を行うと状態が通常に戻っている。

アドニスの近くにいた魔人は気を失っているだけと言った。

そういえば隷属の仮面から解放されたヒカリも反動からか、気を失ったな。

当時のことを思い出していたらエリスに呼ばれた。

立ち上がった時にアドニスの横顔を見たが、歯を食いしばっているのが見えた。

歩き出した俺の背後からは、再びリカバリーの声が聞こえてきた。

「お姉ちゃん、どうしたの？」

「……聞きたいことがあります。クリスは……どうやってここまで来たのですか？」

「私は……声が聞こえて。お姉ちゃんが危ないって。魔王だから人間に殺されるって。それで以前魔王城に来る時に通ったのと同じような白いカーテンが目の前に現れたから、それを通ったらここに来ることが出来ました」

それを聞いたエリスは一瞬目を大きく見開き、隣に立つ翁も眉間《みけん》に皺《しわ》を寄せた。

俺もクリスの話を聞き、クリスが聞いたと言う声のことを考えた。

さらに転移するためのゲートを作り出したという超常の力。

そんなことが出来る者は……女神？　もしそうなら、クリスは既にエリスの関係者として認識されていることになる。

それどころかミアも？

胸がドキリとしたその時だった。

玉座の間に悲鳴が木霊した。

驚き目を向けると、ちょうどカエデの前に立つアドニスが胸を押さえて苦しんでいる。

フラフラしながら顔を上げたアドニスは、苦しそうにその表情を歪《ゆが》め視線を彷徨《さまよ》わせた。

焦点の合っていない瞳《ひとみ》で周囲を見回し、エリスを捉《とら》えると……笑った。

そして何かを口の中で呟《つぶや》いた。

エリスが苦しむアドニスを助けに向かおうと一歩踏み出したところで、それを遮るように翁の杖《つえ》がエリスの前に掲げられた。

「翁⁉」

「……武器を構えるのじゃ」

エリスを無視して、翁は静かに言い放った。

それに従うように、一斉にイグニスたちは戦いの態勢を取った。

魔人の視線が集まるのは、アドニスだった。

それを見てまさかと思った。

女神の降臨？

イグニスは勇者が生きている場合、すぐに降臨することはないと言っていたのに？

神聖魔法の使い手という条件は確かに合致しているけど。

混乱する俺の目の前で、それは起こった。

アドニスが光のシャワーに包まれると、ビクビクと体を震わせて顔を伏せた。

やがてその光がなくなり顔を上げたアドニスの目からは、血が流れていた。

◇アドニス視点

翁たちの計画を耳にしたのは偶然だったけど、僕は役に立ちたいと思った。

翁にそのことを伝えると、最初難色を示していたけど最終的に許可が下りた。

僕が一歩も引かないと分かって諦《あきら》めたみたいだ。

「これを着けるの？」

「……そうじゃ。じゃが最後にもう一度確認するが、本当によいのか？　死ぬぞ？」

「うん、いいよ。それに僕が器になれば、確率も上がるんだよね？　魔王様が苦しむこともなくなるんだよね？」

そして渡されたのは一つの腕輪だった。装飾も何もない、シンプルな腕輪。

翁の説明によれば、これには二つの効果があるそうだ。

一つは降臨した女神を封じる力。もう一つは装着者を聖女と誤認させる効果。ただしこの誤認させる効果を発揮するのは、神聖魔法の使い手に限るということだ。

神聖魔法。本来なら魔人では使うことの出来ないもの。けど僕は使うことが出来る。

あの時、もうどれぐらい前か忘れてしまったけど、目の前で魔王様を殺されるのを見たその時、使えるようになっていた。

神聖魔法は使うと痛みを伴うものだけど、こうしてまた役に立ってくれるのは嬉《うれ》しい。

僕が器になると決めたもう一つの理由。それは僕たち魔人の魔の因子が、女神にとって毒になるから。その毒で弱体化すれば、女神を苦しめ倒せる確率が上がると聞いたから。

そしてそれは本当だった。

女神が僕の身に降臨した時に、強い痛みを感じたけど、女神の苦しみも伝わってきた。

僕の体から逃げようと暴れたけど、それが出来ずに苦しみ続けていた。

ああ、これで魔王様の仇《かたき》を討つことが出来るかもしれない。

そう思うと不思議と笑みがこぼれていた。

「ざまあみろ」

と自然と呟いていた。

そして僕の意識は塗り潰《つぶ》されていく。

もう魔王様と話せなくなるのは寂しいけど、女神がこれで滅びてくれるならそれも悪くない。

翁、それにイグニス。あとはお願い。魔王様を守って。女神を滅ぼして。

◇◇◇

「な、にをしたの……」

その掠《かす》れた声は、アドニスとは違う声質だった。

「……お主が勝手に魔人の身に降臨しただけじゃよ」

静まり返った室内に翁の言葉が響いた。

「魔人？　まさか……」

アドニスは自分の手を見、右手首にある腕輪を見て動きを止めた。

「想像通りじゃよ。それには嘘の情報の術式を刻んであるんじゃよ……お主が降臨するために必要な、聖女のな」

その一言にハッとした。

思わず翁を見ていた。

俺の視線に気付いているようだけど、翁の態度は変わらない。

俺は女神が降臨するのは神聖魔法の使い手という認識だったけど、それが間違いだった？　本当の器になるのは聖女？

それと今アドニスの体に女神が降臨している？

「仲間を……同族を売ったということなの？」

「……全てはお主を殺すためじゃ。わしらの目的は理解しているはずじゃ。のう、エリザベートよ」

翁の手が強く握られている。まるで何かを我慢でもしているかのように。

エリザベート。それが女神の名前か？

「……まあいいわ。今回は見逃してあげる。もう少しだけ、生を楽しむといいわ」

アドニス……エリザベートは顔を歪めながら言った。かなり辛《つら》そうだ。

それでもエリスを見て、その視線をゆっくりクリスに向けて口の端を吊《つ》り上《あ》げた。

その言葉にエリスが緊張したのが分かった。

それに対して翁たちは臨戦態勢を保ったままだ。

「ではまた会いましょう……」

エリザベートはそう言い残し、

…………

…………

……

「……な、何で戻れないの⁉」

驚きの声を上げた。

「言うたじゃろう？　わしらはお前を殺すために準備してきた、と」

翁の目が細められて腕輪に注がれている。

俺はそれを見て腕輪を鑑定していた。


【希望の腕輪】女神を捕らえるためだけに作られた腕輪。聖女と誤認させる効果あり。


翁の言葉が終わるよりも先に、イグニスを始め複数の魔人たちがエリザベートを攻撃した。

エリザベートは体を捻《ねじ》り、後退し、床を転がってその攻撃を避けた。

それでも完全に避けることは出来ず、アドニスの体が傷付いていく。

「翁、あの子は……」

「あれは最早アドニスだった者じゃ。女神の受け皿になった時点で、既に死んでおる」

「そんな……」

「……魔王様。本当は分かっているはずじゃ。理解しているはずじゃ。ここであれを滅ぼさなければ、次に魔王となる可能性があるのは……」

翁《おきな》が振り返りクリスを見た。

エリスが唇を噛《か》み、拳《こぶし》を強く握った。

「迷っていたのは分かっております。きっと妹君たちのことを聞かなければ、その身を世界のために捧《ささ》げたことも分かっております。それでも、わしらは貴女《あなた》に生きてほしいと思ったのじゃ。あれを滅ぼすために力を貸してほしいと思ったのじゃ。それが出来るのは貴女しかおりません。それはあの子……アドニスも同じなのじゃ」

翁の眉間に深い皺が刻まれた。

「それは私が魔王だからですか？」

「……魔王である前に、一人の女の子だからですじゃ。下らぬ人間共のツケを、何故《なぜ》一人が背負わねばならぬ」

それは明確な怒りの吐露だった。

「……神と、女神と名乗るなら。下らぬ輩《やから》を世界のために排除すればよいのじゃ。それを……自分のためだけに歪めおって」

翁は手に持つ杖で床を強く叩《たた》いた。

エリザベートの足元から無数の影が伸びて、搦《から》め捕った。

エリザベートはそれを振り解《ほど》こうとしたけどビクともしない。

イグニスたちが静かに近付いていく。その瞳は怒っているようにも、悲しんでいるようにも、何かを我慢しているようにも見えた。

それはもしかしたら女神を倒すための受け皿となった、アドニスに対する想《おも》いなのかもしれない。

「……待ってください。その業は私も、私が背負います」

「魔王様?」

「……決めました。せめて私の手で終わらせます」

エリスは手をアドニスに向けて伸ばした。その指先は震えている。

けど一度大きく息を吸い込むとそれが止まった。

と同時に、エリスの近くに大きな魔力反応が生まれた。

それを見たエリザベートは目を大きく見開き、慌てたように拘束から抜けようと激しく暴れ出した。イグニスたちも足を止めエリザベートから離れていく。

「……お願い、力を貸して」

少しの間を置いてエリスが掌《てのひら》を握り締めた。

するとエリザベートのいた空間が歪み、床が刳《く》り貫かれたように消えた。

言葉が出なかった。

それは一瞬のことで、そこにエリザベートの姿はなかった。

床に出来た綺麗《きれい》な円形の窪地《くぼち》を見た時、ルコスの町近くで見た無数のクレーターを何故か思い出した。

俺はゆっくりとエリスの方を向いた。

エリスの額には汗が滲《にじ》み、苦しそうに胸を押さえていた。

それを翁たちが心配そうに見ているが、エリスは「大丈夫です」と答えて前を向いた。

エリスの向けられた視線を追った先は、先ほどまでエリザベートがいた場所だった。

これで終わったのか？

代々の魔王を倒してきたあの女神がこんな呆気《あっけ》なく？

これが魔王の、エリスの力？

その圧倒的な力の前に体が震えた。

「……さすがの私も消滅すると思ったわ。あと少し攻撃が早かったら駄目だったわね」

誰もが終わったと思っていたのに、声が聞こえてきた。

声のした方を振り向けば、そこには左腕の肘《ひじ》から下を失ったエリザベートがいた。

それを見てエリスが再び手を向けた瞬間、エリザベートは不敵に笑った。

「苦しそうね？　もしかして誰かを殺すのが怖いのかしら？」

その言葉にエリスはビクリと反応し、動きを止めた。

「……ふふ、図星なのね。それじゃもっと苦しめてあげる。貴女に、妹のお友達は殺せるかしら？」

エリザベートが満面の笑みを浮かべた瞬間、彼女を中心に爆発が起こった。

自爆？

と思ったところで、爆煙の中からエリザベートが飛び出してきた。

自身も負傷しているのか衣服が破れ、血を撒《ま》き散《ち》らして。

今、エリザベートは何と言った？

その言葉に動揺して俺は動くことが出来なかった。

ただイグニスはすぐに反応して、背後から斬り付けた。

さらに血が飛び散ったがエリザベートは止まらない。

彼女の進む先は玉座の間の入り口。逃げるつもりか⁉

翁が慌てて杖《つえ》を振ったけど間に合わない。他の魔人たちも追うけど駄目だ。

そして扉が目と鼻の先に近付いたその時、エリザベートは歌うように楽しそうに言った。

「ふふ、やってきたわね」と。

その言葉に答えるように、部屋の中に入ってきた人たちがいた。

「ミア！」

そう、ルリカにセラ、ミアの三人に影とエクスの二体だった。

それを見てエリザベートの言った言葉が蘇《よみがえ》る。クリスの友達……ミアを狙っている⁉

突然目の前に現れたエリザベートに驚いたルリカとセラは、咄嗟《とっさ》に武器を構えたけどエリザベートの振った腕が当たり弾《はじ》き飛ばされた。

影とエクスはそれを見て反撃しようとしたけど、結果は同じだった。

俺はその時には転移で飛んでいた。スキルを使おうとして体に痛みが走ったけど無理やり抑え込む。

「ふふ、珍しいスキルね。けど駄目よ。邪魔をしないで」

ミアを守ろうと前に回ったけど、突き出された手に押されてなす術《すべ》もなく吹き飛ばされた。

あの細腕の何処《どこ》にそんな力があるのかと思うほどの威力だった。

脇腹に痛みが走り口の中に血の味が広がった。

吹き飛ばされた俺は、そのまま体を壁に打ち付けた。

目に火花が散って、衝撃で息が止まった。脇腹の痛みがさらに広がる。

聖剣の魔力を吸収した影響がまだ残っていて、転移を使うのが精一杯だった。

「ソラ！」

それを見たミアが俺に駆け寄ろうと動いたけど、エリザベートがそれを阻む。

ミアの手を取ると、

「ふふ、その指輪が隠していたのね。近くに来てくれて本当に助かったわ。向こうには戻れなかったけど、貴女にならこの距離なら乗り移ることが出来るのですもの」

と呟《つぶや》き、エリザベート……アドニスだった者の体は崩れ落ちた。

◇ミア視点・3

「二人ともどうしたの？」

コトリたちとスイレンさんの家に戻る途中、呆然《ぼうぜん》と立ち尽くすルリカとセラがいた。

二人は何か言おうと口を開いたけどすぐに口を噤《つぐ》んだ。

チラチラとコトリと子供たちの方を気にしていた。

「コトリ、子供たちをお願い。私は少し二人と話してから戻るね」

突然の言葉にコトリは戸惑っていたけど、子供たちに手を引っ張られて行ってしまった。

「……それで何があったの？」

もう一度尋ねたら、クリスが目の前で突然消えてしまったと言った。

その現場を見て慌ててクリスのいたところに駆け付けたけど、そこには何もなかったという。

今いる場所がそうだということで私も周囲を見回した。

開けた場所で隠れるところは何一つない。何処に移動するにもはっきり見える。

二人をもう一度見ると、困惑し、焦っている様子が窺《うかが》える。

確かに人が一人忽然《こつぜん》と消えたら驚くし動揺もする。それも知り合いが目の前で。

私は改めて周囲に目を向けてふと違和感を覚えた。

強い魔力のようなものを感じる。それも私に馴染《なじ》み深い神聖な感じ？

「ミア、どうかしたの？」

「うん、ここなんだけど……」

私は目を凝らし、魔力を感じようと集中した。

すると薄《う》っすらだけど浮かび上がってくるものがあった。

何処かで見たことがあるような……と思い恐る恐る手を伸ばして触れると、突然白く輝くカーテンが目の前に出現した。

それは最果ての町と魔王城を行き来した時に通ったものと色が違うだけでよく似ていた。

二人を見ると目が合った。

「この先にクリスが？」

「……可能性はあると思う。クリスはここで消えたから」

「問題はこの先が何処に繋《つな》がっているかさ」

セラは言いながら手に斧《おの》を持った。見ればルリカも剣を引き抜いている。

二人にとってこの先に何があるかなんか関係ないんだ。

ただクリスがその先に行ったなら追う。ただそれだけなんだ。

私も杖を取り出し、二人に補助魔法をかけた。

「行きましょう」

「ミア……ありがとう」

ルリカは何か言おうとして途中で言葉を止め、代わりにお礼を言ってきた。


ルリカ、私、セラの順で私たちはカーテンに飛び込むとそこは魔王城だった。

けど一週間前とは様相が違っていた。

目の前に見えた防壁は破壊され、近くには人の死体が転がっていた。

その様子に驚いて立ち尽くしているとゴーレムの影と一人の魔人が私たちの前に現れた。

その魔人も私たちを見て驚いていたけど、私たちがクリスがいなくなったことを伝えると、ソラとヒカリちゃんもクリスを探しに魔王城の中に行ったことを教えてくれた。

それを聞いた私たちは後を追おうとしたけど、止められた。

急ぎたいルリカは苛々《いらいら》していたけど、程なくしてエクスがこちらに向かってくるのが見えた。

「イグニス様たちがいるから大丈夫だと思うが、城の中が今どのようになっているか分からない。

気を付けてな」

その言葉に私たちは頷《うなず》き、影を先頭にお城を目指して走り出した。

影に出した指示は一つ。ソラのもとに向かって。

クリスを探すにしても、ソラやヒカリちゃんと合流した方がいいと判断したからだ。

お城の中を走っていると、強い神聖な力を感じた。

ソラ？　ううん、違う。ならシエルちゃんかと思ったけどそれも違う。

シエルちゃんから時々神聖な力を感じる時は確かにあったけど、ここまで強かったことはない。

その時だった。

私の頭に声が聞こえてきた。

『苦しい』『我慢しないと』『……仇《かたき》を討つんだ……』

その声は何処かで聞いたような気がする。

だけど思い出せない。

よく聞き取れなかったというのもある。

ただその声を聞いていると気持ちが逸《はや》った。

何かに急《せ》かされて自然と足が早まる。

影に急いでと言っていた。

ルリカたちが驚いて声を掛けてくるけど足を止められない。

速く、早く、はやく。いかないと。

階段を駆け抜け、廊下を走った。

目指す場所は玉座の間。初めてエリスさんと会った場所だ。

その頃になるとルリカたちは何も言わずついてきた。

途中で私を追い越して前を走り出した。

目の前には玉座の間が見えてきた。

扉は壊れていたけど中は見えない。

そして私たちが部屋に入ったところで、目と鼻の先にアドニスがいた。

一目見て異常を感じた。目からは血が流れている。目が血走っていた。左腕の肘から下がなくなっていた。

その異常な様子にルリカたちが咄嗟に武器を構えようとして吹き飛ばされた。

影とエクスが私を守るように前に出たけど同じように目の前から消えた。

驚きのあまり動けないでいると、アドニスが一歩近付いた。

何故《なぜ》か足が動かない。

さらに一歩アドニスが近付いた時、ソラが目の前に現れた。

その背中を見て安堵《あんど》した瞬間。ソラの姿も視界から消えた。

大きな音の鳴った方を見ると、ソラは壁に体を打ち付けて倒れていた。

私は何故アドニスがこんなことをするのか分からなかったけど、とにかくソラたちを治療しないといけないと思い足を動かす。その瞬間、アドニスが私の腕を取った。

振り払おうとしたけどビクともしない。

私がアドニスを見ると、

「……この距離なら乗り移ることが出来るのですもの」
という声が聞こえて、私の中に何かが入ってきた。
それは私の意識を塗り潰《つぶ》していく。
怖い、怖い、怖い。
さっき頭の中に聞こえてきた声が蘇る。理解する。
あれはアドニスの声だったと。
私は助けを求めようとしたけど出来なかった。
体も、口も、何一つ動かない。
私はソラを見た。
ちょうど顔を上げたところだった。
ソラの瞳《ひとみ》が揺れるのが見え……それを最後に私の意識は沈んで……消えた。

第7章

「……危なかったわ。あと少し気付くのが遅れていたら、さすがの私もやられていたかもね。まさかこんなものまで用意しているなんてね」

ミアの体に乗り移ったエリザベートは、エスカの指輪を指から外すと手の中で弄《もてあそ》びながら興味深そうに見ている。

「なるほどね。うん、理解したわ」

そして握り潰した。

「さて、と。んー、そうね。予定通り聖女の体が手に入ったけどダメージが残っているわね。ちょっと面倒だし……」

エリザベートは玉座の間を見回し、ある一点で視線を止めると笑みを浮かべた。

顔はミアなのに、いつもは感じる優し気な雰囲気が一切なかった。


【名前「ミア（エリザベート）」　職業「聖女」　Lv「計測不能」　種族「人間（女神）」　状態「憑《ひょう》依《い》」】

鑑定するとそう表示された。

そんなエリザベートに対して一番近くにいた魔人が動いた。

手に持つのは大剣。一足飛びに間合いを詰めると剣を振り抜いた。

風音が聞こえてくる鋭い一撃は、エリザベートの顔の前で止まった。

彼女が指で刀身を受け止めたからだ。

魔人は振り払おうと力を入れているようだけどビクともしない。

「せっかくだしこれ、もらうわね」

そう呟いたエリザベートが魔人へと手を伸ばした。

掌《てのひら》が魔人の体に触れると、魔人は勢い良く吹き飛んでいく。

その魔人は空中で体勢を整えて着地したけど、胸を押さえて蹲《うずくま》ってしまった。

ただ触れただけにしか見えなかったのに……。

さっきまで一方的に攻撃を受けていた者と同一人物だとは思えない。

それだけ魔人に、アドニスの体に降臨した影響があったということか？

「剣か……あまり得意じゃないのよね」

エリザベートの言葉が終わる前に、手の中の剣が形を変えていく。

次の瞬間その手の中にあったのは一本の槍《やり》だった。

「うん、やっぱこれね。さて、魔王を殺すことに変わりはないけど、この数の魔人を相手にするのにはちょっと力が足りないわね」

エリザベートは呟くと、一瞬でカエデの前まで移動した。

その速さに誰も動けない。反応出来ない。

エリザベートは屈むと、カエデの胸に手を添えた。

「な、にをするつもりだ？」

両手を拘束されたナオトがそれを見て言葉を発した。

「言った通り、力が足りないから補充するの。この子、聖騎士だからその中のスキル《もの》をもらうの。ああ、心配しないで。死にはしないから。ただそうね、心は壊れちゃうかもだけど」

楽しそうに告げるエリザベートにナオトは絶句した。

「ふ、ふざけるな！　そんなことが許されると思ってるのか！」

「ふざけてないし、許されるわよ。それに王国の人間たちもこの子の心が壊れていても気にしないわ。だってあいつらが必要としているのは……母体としての体だろうしね」

「……何を言って……」

「ふふ、そうね。せっかくだし教えてあげる。魔王討伐のあとの貴方《あなた》たちの処遇だけどね。強力な戦士を作るために利用されるの。異世界人はこの世界の人間と比べて優秀だからね。特に女は重宝されているのよ？」

「魔王を倒したら元の世界に……」

「無理よ。私が召喚したなら別だけど、人の手で召喚された場合はね」

ナオトの声を遮りエリザベートは即座に否定した。

ナオトの顔は絶望に染まり、続いて怒りの表情に変わった。

「ふざけるな。ふざけるな！　ふざけるな‼」

怒気を露わにナオトが叫ぶと、ナオトの体が光り出した。

それはナオトの体を覆い、一気に解放された。

腕を拘束していた拘束具が吹き飛び、ナオトは立ち上がると剣を構えた。

それは折れた聖剣でなく、シュンが持っていたのに似た剣だった。

きっと腰のアイテム袋から取り出したに違いない。

ナオトは膝《ひざ》を突くエリザベートに時間を与えずそのまま斬り掛かった。

そのタイミングは完璧《かんぺき》で、その一撃はエリザベートに届くと思った。

エリザベートは躱《かわ》す仕草もしないでゆっくりとナオトを見た。

その目がナオトを、迫っている剣に向けられるが焦りの色がない。

そしてそれは結果になって現れた。

エリザベートの目と鼻の先で剣が止まった。

一瞬ナオトが寸止めした？　と思ったほどだ。

けどナオトを見ればそれが違うことが分かる。

瞳は怒りに染まっているし顔は真っ赤だ。剣を握る手が震えているのも見えた。

「何故だ！」

ナオトの叫びに、

「ふふ、最高ね。あー、あの時は何を言っているのかと思ったのだけど、確かに目の当たりにすると愉快だわ」

とエリザベートが言った。

「ねえ、私に攻撃が届くと思った？　思ったよね？　だって貴方の目はそう語っていたもの。けど残念。貴方たち召喚者は私を、ううん、召喚主たちも含めて傷付けることは出来ないの。そういう術式にしてあるから」

エリザベートは楽しそうに話を続けた。

「私もね。どこかの王族に、召喚主に害を与えることは出来ないように出来ませんか？　みたいな懇願をされた時は思ったのよ。それなら歯向かうことが出来ないようにすればいいのにって。最初から従順に従うようにすればいいのにって。まあ、これを懇願されたのは、遠い昔に召喚者に痛い目にあわされたからなんだけどね」

それってもしかしてユタカたちのことだったりするのか？

真実を知って抵抗したようなことが本に書いてあったし。

「でね。それで理由を聞いてみたのよ。気になるからね。そしたら言うの。反抗しようとして出来なかった時の絶望した顔を見るのが楽しいみたいなことを。そうなの？　なんて思っていたけど、確かに最高だったわ」

それを聞いたナオトは悔しそうにしている。

「ただ駄目よ。私の邪魔をしちゃ。やることが多いんですもの」

エリザベートはそれだけ言うと、手に持った槍を振り抜きナオトを吹き飛ばした。

「さて、と……うん、完了。それじゃ続きをやりましょうか？　さて、魔王はこの子を攻撃出来るかしら？　あとはそうねえ、魔王にはプレゼントをあげるわ。魔王は少しの記憶を次の魔王に引き継ぐでしょう？　だから私に逆らうとどうなるか教えてあげるわ。是非、引き継いでほしいわね」

エリザベートが満面の笑みを浮かべながらエリスに語り掛ける。

その瞳はエリスからゆっくりと移動する。

その視線の先にいるのは、こっちに駆けてくるクリスだ。

先ほどまでエリスの近くに立っていたのに。もしかして俺たちを助けるために？

「クリス！」

エリスの焦った声が響いた。

それを満足そうに聞いたエリザベートが槍を突き出す。

魔人たちがそれを見て慌てたように接近して攻撃したが、見えない何かに弾《はじ》かれていた。

槍の先端に魔力が収束する。

俺は痛む体を起こす。少し動くだけで脇腹が痛む。

ヒールを使ったがいつもよりも回復が上手《うま》くいかない。それでも痛みは引いた。

転移で飛んでクリスと一緒にさらに飛べば間に合うか？

俺が転移したと同時に、

「エストレイ」

という声が聞こえ、槍の先端から光線が放たれた。

それは俺たちに向けて真《ま》っ直《す》ぐ飛んできている。

俺はクリスの手を取り、転移を使おうとして……失敗した。

体の中の魔力が暴れてスキルが使えない。消えた痛みが再び蘇《よみがえ》った。

俺は膝を突きそうになるのをどうにか堪《こら》えた。

今一人で飛《と》び退《の》けばギリギリ躱すことが出来るかもしれない。

けどクリスと一緒だと難しいのが本能的に分かった。

一人で逃げる？

頭に浮かんだ提案を拒否する。

ミアを失い、ここでクリスまで失う？

それをしたら、今度こそ自分を許せなくなる。

俺は踏ん張り、盾を構えた。

呼び出したのはレクシオンの盾だ。

正面から魔法を受けると、盾越しに衝撃が伝わってきた。

魔法の勢いに体が仰け反りそうになる。

腹筋に力を入れると痛みは増すけどグッと我慢する。痛みで思わず目を瞑《つぶ》った。

それでも体が後方に流されそうになったけど、その時背中に手が添えられた。

「ソラ……」

「……クリス……魔法を受け止めている間に逃げて」

「……無理です」

最初俺を置いて逃げられないのかと思ったけど、目を開けてそれを理解した。

盾にぶつかった魔法は消えることなく俺たちの後方に流れていく。

それがちょうど俺たちを囲むようになっているため逃げ道がない。

なら魔法が途切れるまで耐えるしかない。

魔力の壁の向こう側に動く気配があるのは、魔人たちがエリザベートを攻撃しているからかもしれない。金属のぶつかり合う音が聞こえてくる。
魔人と戦いながら魔法の維持が出来るのか。
それほどエリザベートと魔人たちに力の差があるということか？
その時だった。
手に伝わる衝撃の感触が変わった。
変な音が聞こえてきた。
注意して盾を見ると亀裂が生じていた。
このまま続けば間違いなく破損する。そうなったら……。
背筋に冷たいものが走る。
どうにかしないと待っているのは死だ。
……俺は嫌な音を聞きながらスキルの準備をする。
スキルが上手く使えないのは聖剣から吸収した魔力がまだ体に残っているからだ。
ならそれを全て放出するつもりで使う。
目の前で盾が砕けた。
遮られていた魔法の光が目に飛び込んできて眩《まぶ》しい。
瞬間、俺はスキルを使った。
「複製！」
壊れたレクシオンの盾が手の中に蘇る。
今まで使っていた盾は足元に落ちて転がる。

複製された盾は、魔法こそ受け止めたけど先ほどよりも早く壊れてしまった。その壊れた盾はそのまま消えてなくなった。

俺は壊れる直前に再びレクシオンの盾を複製した。

それを何度も繰り返す。

複製している間に床に転がるレクシオンの盾が復活してくれるかと思ったけど、損傷具合が大きいのかなかなか修復されない。

今回は間に合わないかと思いながら複製を繰り返していると、耐えられる時間が徐々に延びていった。

またスキルを使うごとに感じていた痛みも和らいでいき、体内の魔力も安定してきた。

それは喜ばしいことだけど問題も生じた。

それは複製を使うごとに減る魔力量だ。

体が安定すればするほど複製を使う時のＭＰの消費量が増えていき、このまま使い続ければ間違いなくＭＰが枯渇する。

慌ててＭＰ増加ポーションとＥＸマナポーションを飲んだけど、時間が延びただけだ。

俺はどうにか脱出出来ないかと魔力の流れを見たけど、それが無理ということだけが分かった。

魔力が安定した今なら転移が使えるかと思ったけど、エリザベートの魔法に囲まれている影響か周囲の魔力が乱れていて、下手《へた》に使うとあの魔力の中に飛び込みかねない。

「ソラ、大丈夫ですか？」

「ああ、それとありがとうな」

俺の魔力がまだ保《も》っているもう一つの理由にクリスの存在があった。

精霊樹の時や遺跡で魔力を共有したことがあったお陰か、俺に魔力を流して補助してくれている。

これがなかったらここまで耐えることが出来ていなかったに違いない。

「ごめんなさい。私のせいで……」

「気にしなくていいよ」

「ううん、私が女神の声に、誘いに乗ったから……ソラたちだけでなくミアも……」

クリスから感じるのは強い罪悪感だ。

気にしなくていいなんて言っても、きっとクリスの耳に届かない。もともと責任感の強い子だ。

本当はもっと違うことを言えればいいのに、その言葉が思い浮かばない。

こんな時こそ並列思考が仕事をしてくれればと思うけど、結局自分が二人いても気の利いた言葉を知らなければ意味がないということか。

そんなことを考えたら思わず笑みが零れた。

「ソラ？」

「何でもないよ。とにかくここを耐えて、エリスを守ろう」

そうクリスに声を掛けた瞬間、大きな魔力の反応が前方から生まれた。

それは大きく膨らみ、俺たちの方へと近付いてきている。

「クリス！」

「はい」

クリスもその魔力の動きには気付いたようで、俺に流す魔力が増す。

俺も複製したレクシオンの盾に魔力を籠める。

複製を何度も繰り返すうちに、魔力を流すことで強化されることを学んだからだ。

きっと素材にした竜王からもらった鱗《うろこ》の特性が関係しているんだろう。確か魔力を流すと真の力が発揮される？　という説明文があったし。

盾に重い衝撃が加わった。

今までは盾を伝って後方に流れていたのに、その魔力の塊は盾にぶつかっても拡散されることなく俺を後ろへと押しやる。

さらに時間の経過と共にその魔力は歪《ゆが》み、乱れる。

まさかと思ったその時、魔力の塊が爆発した。

俺は片方の手でクリスを抱えると、体で包み込む。

クリスが驚きの表情を浮かべた。

爆発に巻き込まれて俺たちの体は吹き飛んだ。

壁に向かって飛んでいくのが開いた片目に映る。

クリスを壁から守るように体勢を整え衝撃に備えようとしたが、俺たちが壁に激突することはなかった。

影が特殊能力の影を網目状にして受け止めてくれたからだ。

俺は影に助けられて立とうとしたが、体に力が入らず膝《ひざ》を突いた。

それは俺だけでなくクリスも同じだった。

それでも助かった。

まずはそのことにホッとして、状況を確認しようと顔を上げる。

そこに映ったのは、倒れ伏した魔人たちと、槍《やり》と聖剣を手に持ち立っているエリザベートの姿だ。

エリスに翁《おきな》、イグニスは無事だ。他にも数人の魔人が立っているけど、エリスと翁以外は皆負傷しているのか血を流している。

「凄《すご》いわ。まさか今のが防がれるなんて……しかも貴方《あなた》、よく見るとハズレって追い出された子よね？　今度注意するように伝えておくわ。ああ、どんな成長をすれば今のを……」

エリザベートは途中で言葉を止めた。

その視線の先にあるのは壊れたレクシオンの盾だ。

「そう、あの男が力を貸したのね。あの時泣いて頼んできたのに。ふふ、まあいいわ。また楽しみが増えたもの」

エリザベートは忌々し気に呟《つぶや》き、エリスたちを見た。

「そろそろ疲れたし、終わらせましょう。面白いものが見られたし……そうね、ねえ魔王。自害しなさい。そうすれば、貴女《あなた》の妹は許してあげるわ。どう？　それとこの子も助けてあげるわよ？」

それを聞いたエリスの瞳《ひとみ》は揺れていた。

しかしそんなエリザベートの言葉をイグニスは遮り翁に声を掛けた。

「魔王様。あの女の言葉に耳を傾けては駄目です。信じるに値しない。翁、準備は出来たか？」

「うむ、待たせたのう」

翁が頷《うなず》き杖《つえ》を翳《かざ》すと、杖の先端に集まっていた魔力がエリザベートに放たれた。

「こんなもので？」

エリザベートは放たれた漆黒の魔弾を見て心底つまらなそうに呟いた。

手にした槍で魔弾を振り払おうとして空を切った。

エリザベートの間合いに入る前に、その魔弾が四つに分かれて部屋の四隅に飛んでいったからだ。

その魔弾は四隅に置かれたオブジェに吸い込まれると、部屋の空気が変わった。

それは聖剣が放っていたものとは真逆の魔力場が発生していた。

言うなれば聖の力場が闇に変わったといった感じだ。

「ん？　これ、は……？」

「どうじゃ？　貴様を殺すために用意したものの一つじゃ。この空間ではお主の力は制限されるじゃろう？　さあ、反撃じゃ！」

翁の言葉にイグニスが斬り掛った。

また倒れていた魔人たちも起き上がりそれに続いた。

先ほどまでは魔人の攻撃を簡単に受け止め、反撃の一振りで魔人を吹き飛ばしていたのにそれがなくなった。

魔人の攻撃を受けるのが精一杯といった感じで防戦一方になっている。

ミアの体が斬り付けられて、血が飛び散る。

一撃一撃にミアの体が傷付いていく。

俺はグッと拳《こぶし》を握っていた。

あの中にいるのはエリザベートだと分かっているけど、傷付けられているのはミアの体だ。

それがどうしようもなく胸を締め付ける。

「ソラ……」

クリスの心配するような声が聞こえる。

分かっているけど、その光景を見るのは辛《つら》い。

そう思っていたらヒカリたちが俺たちのもとにやってきた。

「主……」

ヒカリは今にも泣き出しそうなほど顔を歪めた。

「ねえ、どうなっているの？　あれは……」

ルリカが魔人たちに襲われているミア……エリザベートを見た。

頭ではなんとなく理解しているけど、信じられないのかもしれない。

だから俺はユタカの本で知ったことを話した。

それを聞いたルリカとセラは絶句していた。

「助けられないのさ？」

セラの言葉に俺は首を振った。

少なくとも俺は知らない。ユタカの本でも器になった者は死ぬとしか書いてなかった。

翁たちはどうだ？　助ける手段はあるのか？

俺は翁に視線を向けた。

翁はイグニスたちの戦いぶりをジッと見ていた。

一見して涼しい顔だけど、俺は気付いた。

翁から感じる魔力が徐々に弱くなっていくのを。

俺はそれを見て部屋の四隅に目をやった。

エリザベートの圧倒的な力を抑える空間を作り出しているのだ。それを維持するのに膨大な魔力が必要になっても不思議ではない。

翁の魔力がなくなるのが先か、エリザベートが倒れるのが先か……俺は再び視線をエリザベートに向けた。


「まさか本当にここまでやるなんて、ね」

激しい攻防は二〇分も続いた。

魔人たちに有利な力場を作ったはずなのに、立っているのはイグニスと二人の魔人だけだった。

翁も姿勢を維持しているけど、額に汗が浮かんでいる。

エリスもエリザベートがミアの体に乗り移ってから一度も攻撃をしていない。

ただエリザベートも満身創痍《まんしんそうい》だ。大きく息を乱しているし、白かった服は真っ赤になっている。

「これで最後だ……」

イグニスの持つ剣が禍々しい魔力に覆われる。二人の魔人の武器も同じようになっている。

エリザベートはそれを見て観念したのか、手に持っていた槍を放り投げた。

武器は転がり、イグニスたちの前で止まった。

「何の真似だ？」

イグニスは武器を構えたまま尋ねた。

「今回は魔王を殺すのは諦《あきら》めることにしたの。だって久しぶりだもの、こんなに楽しかったのは。

本当よ？　ただ思うの。このまま帰るだけだと負けた気がするでしょう？　だから、ね」

エリザベートは体の向きを変えると俺たちの方を見た。

目が合った瞬間笑ったのが分かった。

狙いはクリス！　まだ諦めていなかったのか⁉

それを感じ取ったのは俺だけでなく、ルリカたちも同じだった。素早く武器を構えた。

イグニスたちもそれに気付き止めようとしたが、動き出そうとした瞬間、足元の槍が爆散した。

それを合図にエリザベートは動き出したが、俺たちのもとに到達する前にその動きを止めた。

エリザベートは俺たちの目の前で立ち尽くした。

その腹からは剣が生えていた。

それはイグニスが先ほどまで持っていたものだ。

エリザベートは視線をお腹《なか》に落とし、振り返った。

爆煙が消えると、そこには膝を突き額から血を流したイグニスと、地に伏した二人の魔人がいた。

エリザベートは刺さった剣を引き抜いたが、口から血を吐き出し前のめりに倒れた。

手を伸ばせば受け止めることが出来たはずなのに、それが出来なかった。

倒れたエリザベートを見たイグニスが立ち上がろうとしたが、そのまま崩れ落ちた。

見れば翁も立っているのがやっとなのか、エリスに支えられている。

「ソ、ラ……」

その時、声がした。

それは倒れたミアからだった。

「ミア、なのか？」

「……うん」

俺はそれを聞いて息を呑《の》んだ。

もしかして憑依《ひょうい》が解けている？


【名前「ミア」 職業「聖女」 Ｌｖ「52」 種族「人間」 状態「出血多量」】


鑑定するとエリザベートの表記が消えていた。

俺が急いで治療すれば助かると思い動こうとしたその時、頭に響く声がした。

『騙《だま》されるな』

俺は驚き動きを止めた。

『誰、だ？』

『イグニスだ』

『イグニス？』

冷静になると、確かにイグニスの声音だということに気付いた。

これは念話？

『黙ってそのまま聞け。不用意な行動を取るな。怪しまれる』

『怪しまれる？　誰に？　それよりこれは念話か？』

『……似たようなものだ。お互い声が届くのは制約のお陰だがな』

制約……最初に会った時に交わしたあれか。

『それとエリザベートはまだ生きている』

『生きている？　けど鑑定したら……』

『偽装しているだけだ。きっとお前が近付くのを待っているのだろう』

『俺を？』

『ああ、お前のスキルを奪って回復するためだ。だがチャンスでもある。それだけ弱っている証拠だからな。私は動けぬ。お前が止《とど》めを刺せ。神殺しの短剣なら殺せるはずだ……』

俺が殺す？　けどミアの意識は戻っている。なら助ける方法が、元に戻す方法があるんじゃないか？

『あれはミアという女の記憶を読み取って演じているだけだ。それに本当はお前も理解しているだろう？　知っているだろう？　女神をその体に宿した者は助からないと』

まるで俺の考えを読んだようにイグニスは言い切った。

『……俺には無理だ。それに俺はエリザベートを攻撃出来ない』

そうだ。確かにあの時、召喚された者は危害を加えることが出来ないと言っていた。

『いいや、出来る。何故《なぜ》ならお前には、その条件は当てはまらない。私との制約が解除された時に、その効力も失われたはずだ』

『制約の解除？』

『お前の方からでは分からないか。たぶん状態異常耐性が関係していると思うのだがな。お前と初めて会った時に王国側の術式を私の制約で上書きしたのだ。あれ以降、負の感情に囚われることはなくなったはずだ。だから女神に攻撃も出来るし、魔王様に危害を加えることも出来た』

言われてドキリとした。確かに制約が解除されているなら、あの時イグニスと交わした約束も無効になる。

ではあの時、それを知っていても俺をエリスと二人きりにしたのか。

『……俺には……』

ただ、エリザベートを殺すということは、ミアを殺すことになる。

それは無理だ。ミアに向かって剣を振るうなんて出来っこない。

『いいのか？　聖女を助ける機会を失うことになるぞ？』

『助ける方法があるのか？』

『限りなく小さな可能性ではあるがな。ソラ、お前は確か空間魔法を習得していたな？　収納魔法も使えるのだろう？』

『ああ』

『ならそれを利用しろ。殺した瞬間収納魔法内に隔離することが出来れば、そこで時間は止まる』

そこまで言われてイグニスが言いたいことが分かった。

『エリクサー、か？』

アイテムボックスを利用して、死後すぐの状態を維持するということか。

『断言は出来ない。だが、どちらにしろこのままでは力尽きるだろう。なら、可能性にかけてみたらどうだ？』

言いくるめられているような気がしないでもないが、今考え得る方法はこれしかない。

いや、それならそれをさらに確実にする方法がある。

ようは死んだ状態で時間を止めることが出来ればいいんだから。


「ソ、ソラ？　寒い。助けて……」

俺は一歩踏み出し、ミアのもとに急いだ。

「ミア、大丈夫か？」

俺は背中に手を回してミアの体を支えた。その時剣で貫かれて空いていた穴が塞《ふさ》がっているのに気付いた。

話をすると、ミアにしか思えない。

けどこれがエリザベートであることはもう分かっている。

鑑定だけでは分からなかったけど、解析を使うと偽装していることがはっきり分かった。

最初に鑑定した時のように、「ミア（エリザベート）」と隠れていた表示が見えるようになったからだ。

イグニスの言う通りだった。

あとこの言葉だ。

エリザベートの言葉には魔力が乗っていた。それは相手を魅了する効果のあるものだった。

状態異常耐性のレベルＭＡＸの俺には効果がなかったけど。

「ソラ、お願いがあるの。もう体を動かすことも出来ないの。最後に、ソラに触れたい。手を握ってほしいの」

エリザベートが力を奪うには、対象の体に手で触れないといけないという条件があるとイグニスは言っていた。

「分かった。ちょっと待っていてくれな」

俺はエリザベートの死角になる位置に手を持っていくと、そこでアイテムボックスから神殺しの短剣を取り出した。

これで心臓を一突きすれば、エリザベートを殺すことが出来るはずだ。

俺は手の中の神殺しの短剣に、付与術を施した。

付与する魔法は時空魔法。この短剣で刺した対象の時間を止めるということだ。

これで仮死状態を作り出す。

「ミア、ごめん……。少しの間お別れだ」

俺の言葉にエリザベートは大きく目を見開いた。

その瞳《ひとみ》は、俺の手の中の短剣に注がれていた。

ただ驚きはしたが、エリザベートは慌てていない。

それは俺が、召喚者が危害を加えることが出来ないことを知っているからだろう。

だから短剣の切っ先が止まらず、その胸を貫いた時には、口を空けてポカンとしていた。

分かっていても辛い。自然と目から涙が流れた。

助けるためとはいえ、俺はこの時、初めて人を殺した。

それも大切な仲間の一人を。大切な女の子を。

そんな俺の頭の中に声が響いた。

『条件が満たされました』と。

◇ミア視点・4

「ミア、ごめん……」

ソラの謝罪の言葉が聞こえてきた。

その手には短剣が握られていた。

それが振り下ろされる。

私の体を乗っ取ったエリザベートは、その先端が止まらないで肉体に到達したことに驚いていた。

動揺していた。

私には既に肉体の感覚もないし、意識も大して残っていなかったけど、短剣が触れた瞬間理解していた。

ああ、私はこれで死ぬんだって、他人事《ひとごと》のように見ていた。けどホッとしていた。

もうこれで、私の手で、誰かを傷付けることがなくなることが分かって。

ただ心に痛みもあった。

一つはソラの手で私を殺させてしまったこと。

ソラが人を殺すのに抵抗を覚えていたのは知っていたから、変な重荷を感じなければいいいな。

もう一つはこれでソラたちと、ソラと、一緒にいられなくなること。

これが一番悲しい。

私の意識はそこまで考えて、完全に途切れた。

◇◇◇

エリザベート……ミアの体に神殺しの短剣を刺した瞬間、ミアの体から魔力のようなものが離れていくのが分かった。

その顔を覗《のぞ》き見《み》れば眠っているようにしか見えないけど、全ての動きが停まっている。呼吸も、心臓も、何一つ動いていない。

鑑定をすれば、

【名前「ミア」 職業「——」 種族「人間」 レベル「52」 状態「仮死・時間停止」】


となっていた。解析でも確認したから間違いない。

「おのれ、おのれ、おのれ、おのれ！」

ホッとしたのも束の間、声が頭の上の方から聞こえてきた。

見上げればそこには薄《う》っすらと透けて見える女がいた。

その顔は整っていて思わず見惚《みと》れてしまうような絶世の美女だった。

ただその瞳は怒りに染まり、憎々し気に俺を睨《にら》んでいた。

「しぶとい奴《やつ》だ。あの剣を受けて死なないとは」

その言葉にギロリと視線が動いた。

女の視線を追えば、イグニスが立ち上がっていたがその顔色は悪い。

正直言って戦えるような状態には見えない。

「……一度戻るとするわ。でも私は許さない。魔王、自分の選んだ愚かな選択を絶対に後悔させてあげるわ！」

エリザベートは笑いながら言った。

「次などないわい」

そこに翁《おきな》の声がして、エリザベートを囲むように黒い靄《もや》が集まった。

それは徐々に狭まっていき、やがてエリザベートの体を包み込んだ。

「……ふふ、無駄よ。今の私にはそんな攻撃なんて効かな……」

そこでエリザベートの声が途切れた。

断末魔のような悲鳴が上がり、黒い靄が晴れた時にはエリザベートの姿はそこにはなかった。

「やったのか？」

「残念ながらやっておらんのう。手応えがなかった。もしかしたらと思っておったが、憑依体《ひょういたい》を倒しても駄目なようじゃ。狙うは本体じゃのう」

イグニスの言葉に翁が答えた。

「なら……」

「まずは皆の治療が先じゃな。魔王様、玉座にお願いしますじゃ」

翁に促されてエリスは玉座に座った。

その瞬間。魔力が溢《あふ》れて広がっていった。

それは魔人たちを優しく包み、傷を治した。倒れていた魔人たちが次々と起き上がる。

壊れていた玉座の間の入り口も修復されていた。

「ごめんなさい。役に立てなくて」

玉座に座ったエリスはそう言って謝っていた。

「仕方ないのじゃ。魔王様の力は強過ぎるからのう」

「ええ、魔王様が戦っていたら、聖女の体も無事では済まなかったでしょうし」

イグニスの言葉にエリスの体は震え出した。

「お姉ちゃん、大丈夫？」

「エリス姉さん、顔色が悪いよ」

その様子にクリスとルリカが心配そうにエリスを見ている。声こそ掛けてないけどセラもエリスの様子に顔を曇らせていた。

「主、ミア姉は？」

「……死んではいないよ、まだ」

「？」

「仮死状態なんだ」

俺はミアの今の状態をヒカリに説明した。

「……分かった。ミア姉助ける」

そうだな。それにはエリクサーが必要になる。

けどその前にエリザベートのことだ。

「翁たちは、これからどうするんだ？」

「……もちろん決着を付ける。居場所は分かっておるからのう」

「居場所？」

「うむ、さっきの魔法は止《とど》めを刺すためのものじゃったが、無理じゃった場合を考えて居場所を特定出来る術式を仕込んでおったのじゃよ。この魔法を開発したのは、魔王様の力を知ったからじゃ」

翁の話を受けて、エリスが契約している精霊のことを教えてくれた。

エリスの契約している精霊は空間を司る精霊で、空間を削り取ったり、空間を繋《つな》げたりすることが出来る。

ただこの空間を繋げるには色々と条件や大量の魔力が必要になるため、本来なら使うのは難しいそうだ。

それを可能にしたのが魔王城と、翁が開発した術式らしい。

「では魔王様。準備が出来次第追うつもりです。その時はお願いします」

もっともすぐには無理だが、とイグニスは言った。

エリザベートのいる場所は、魔人たちには不利に働く可能性が高いため、それを防ぐためのものが必要になるかもしれないということだった。

翁が聖剣を解析して、そのための魔道具を作ると言っていた。

「では各自準備を。特に傷を癒やせ」

イグニスの言葉に、玉座の間にいた魔人たちが頷《うなず》いていた。


準備には時間がかかるかと思っていたけど、翌日には終わっていた。

昼前には選ばれた三〇人の魔人が玉座の間に集結し、その中には翁とイグニスの姿もあった。

「では魔王様。よろしくお願いします」

イグニスの言葉にエリスは頷いた。

エリザベートがいるという座標を翁が伝えている。

「あまり長くは維持出来ませんが、本当にいいのですか？　もしかしたら……」

「問題ないのう」

翁の言葉にイグニスたちは力強く頷いている。

エリスはそれを見て魔法を唱えた。エリスを中心に魔力が集まっていく。

やがてその魔力は一枚の扉へと変化していく。

その扉をエリスがノックすると、その扉は左右に割れて人の通れる空間を作り出した。

扉の先は異空間に繋がっているようで、ダンジョンの次の階層へ続く階段のように全く先が見えなかった。

魔人たちはエリスにお辞儀をすると、次々とその中に飛び込んでいく。

俺はその後ろ姿をただ見守っていた。

やがて最後に翁が扉を潜《くぐ》ると、扉はゆっくりと閉まっていった。

◇◇◇

俺は扉に消えていくイグニスたちを見送ると、部屋に戻った。

昨日から俺がやったことは奇跡的に一命を取り留めたアドニスと、ナオトたち同郷の三人と、生き残った黒衣の男たちの治療及び隷属の仮面からの解放だ。

もっとも今のアドニスの状態だと神聖魔法のヒールは毒になりかねないと翁が言うので、ポーションで治療を行っている。もう少し安定したら最果ての町に移して、スイレンに頼んだ方がいいかもしれないとも言っていた。

部屋に戻るとベッドに倒れ込んだ。

正直に言って何かをする気力が湧いてこなかった。

ナオトたちを治療したのは、ミアがいたらきっと放っておかないという想《おも》いがあったからだ。

「ミア……」

まだ助けることが出来る可能性はあるのに、今は感情がぐちゃぐちゃしていて駄目だ。

エリザベートに対する怒りはあったけど、イグニスたちのように行く勇気がなかった。

あの扉の先に行ったら、ここに戻ってくることが出来ないかもしれないと聞いたのもある。

「ん？　シエル？」

いつの間にか寝ていたのか、シエルが耳で俺の頬を擦《こす》っていた。

シエルはその耳の先端を見せてきた。濡《ぬ》れている？

頬に触れると涙が流れていた。

「はは、駄目だな。なあ、シエル。俺はどうしたら良かったんだ。どうすれば良かったんだろうな」

答えのない問い掛けをシエルにしていた。

一人抱え込んでいたことを誰かに……とにかく体の外に吐き出したかったのかもしれない。

『……行きたい』

「えっ」

けどこの時は返事があった。

それは遠い昔聞いた声。懐かしく、忘れられない声。

「シエル？」

シエルが頷いた。そして……。

『魔人追う……行きたい……向こう側』

それだけ言ってグッタリしてしまった。以前のように消えることはなかったけど。

俺はそんなシエルを見て……後悔しているなら行動しようと思った。今しか出来ないことをしようと。

俺は目元を拭《ぬぐ》うとアイテムボックスの中身を確認した。

さらにステータスを呼び出して現状を把握することにした。

レベルが上がって70になっている。使用可能スキルポイントは3。

習得リストを見ていると……新しいスキルが習得リストにあった。

これは……。俺はそれを習得していた。

NEW
【闇魔法Lv1】

闇の属性魔法を使えるというスキルだ。

補助系の魔法が多いし、攻撃に使うにはレベルが低いから魔法は効かないかもしれないけど、武器に闇属性を付与すれば使えるかもしれないと思った。

けどどうして急に闇魔法が習得リストに出現したんだ？ そういえばあの時、『条件を満たしました』という声が聞こえたような気がした。

……人を殺すことが条件？

いや、どうでもいいか。習得することが出来たという事実があればそれでいい。

ちなみに習得するのに消費したスキルポイントは3で、これでポイントが0になった。

俺はこれが終わるとある場所に足を向けた。

それはミアが安置されている部屋だ。

ミアの胸には神殺しの短剣が刺さっている。

それがなければただ寝ているようにしか見えない。

エリザベートと戦うなら神殺しの短剣を持っていきたいけど、これを引き抜くと時間が動き出す。

それを防ぐには俺のアイテムボックスに収納する必要があるが……駄目だ。

万が一俺が戻ってこなくても、エリクサーを手に入れることが出来ればミアを生き返らせることが出来る。

ならミアはここに置いていかないとだ。

「ミア、目が覚めたら旅の続きをしような」

ミアの肩を触ると、その手の上にシエルも耳を添えた。

シエルが俺の方を見たから、俺は頷き次は玉座の間へと移動した。

玉座の間には、エリスが一人で玉座に座っていた。

俺たちが近付くと薄《う》っすらと目を開けた。

「ソラ、どうかしましたか?」

「……扉を開けてほしい」

エリスは目をパチクリさせた。

「……いいのですか？　行ったら……」

「うん、覚悟は決まったから」

「……そう、ですか」

エリスがゆっくり立ち上がり呼び出した扉に触れようとした時に、玉座の間の扉が勢いよく開いた。

「主!」

そこにいたのはヒカリだった。

ヒカリは一直線に俺のもとに走ってきて抱き着いた。

「主、行くの?」

「ああ」

「やだ！」

ヒカリが感情を剥き出しに叫んだ。

それを見たシエルはオロオロしている。

「……なら私もついていく！」

俺が無言でいるとそんなことを言ってきた。

駄目だと言うと駄々を捏《こ》ねるように首を激しく振った。抱き着く手が強くなった。

俺はそんなヒカリの頭の上に手を置いた。

落ち着いたところでヒカリと目線を合わせて言った。

「ヒカリは残ってくれ。ミアのことを頼みたいんだ」

俺はエリクサーがあればミアを助けることが出来るとヒカリに伝えた。

それを聞いたヒカリは何かを言おうとしたが、その前に俺は言葉を続けた。

「あと、ヒカリがここにいれば帰ってくることが出来るからさ」

首を傾《かし》げるヒカリの首を人差し指で触った。

そこにあるのは銀色の三本線の入った首輪だ。

「これで俺とヒカリは繋がっている。だから迷子になった時、これを目指せば俺は帰ってくることが出来ると思うんだ。ほら、転移のスキルでさ」

本当にそんなことが出来るかなんて分からない。説得のために口から出た嘘に近い。

けど言っていると、なんか出来るような気になるから不思議だ。

ヒカリはそんな俺をジッと見ていたけど、小さくコクリと頷いた。

「うん、待ってる。約束」

「ああ」

「うん、シエル。主お願い。シエルと別れるのは寂しいけど」

そこは俺の方にシエルのことをお願いするところだよ。

「それじゃ行ってくるな」

「クリス姉たちはいいの？」

「……どうせ戻ってくるしな。あ、けど戻った時に怒られたら庇《かば》ってくれな」

「主、それは約束出来ない」

「そっか」

俺は苦笑してヒカリの頭を撫《な》でた。

ヒカリはシエルを撫でている。

「では、開けますね。どうかお気を付けて」

俺は二人に見送られながら、扉を潜っていった。

閑話・5

魔王城に勢い良く飛んできたら、ワラワラと魔人が出てきた。

城の様子を見るに、どうやらまだ討伐軍に攻められていないようだ。

わしは魔人たちとの間合いに注意しながら止まると、そこで人の姿へと戻った。

「！　竜王様⁉」

見知った魔人がいたが、あの頃とわしの姿が変わっているのによく気付いたものだ。

「久しいのう。翁《おきな》やイグニス、ギードたちは元気か？」

わしの問い掛けにその魔人は困った顔を浮かべ、玉座の間へと案内された。

その途中でことの経緯を聞いたが正直信じられなかった。

あのエリザを倒したこともそうだが、一番の衝撃は向こうの世界に移動したということだ。

本当にそんなことが可能なのか？

もしそれが可能だったら……そんな方法があるならわしは……。

玉座の間に行くと、そこには二人の少女がいた。一人は見知った顔だ。サークの想い人。

そしてもう一人の少女は……魔王だ。

「竜王？」

ヒカリが不思議そうに首を傾げた。

「そうじゃよ」

「どうしたの？」

まさか一緒に戦おうと思って来たのに、既に終わっていたとは言えない。

「のう、この扉を通ればエリザのいる世界に行けるというのは本当かのう」

「？　はい」

確かに魔王の近くから強い精霊の気配を感じる。間違いなく最上位の精霊だ。

この者の力がわしに向けられたら……今のわしだと負けていたかもしれない。

「開けるかのう？」

「……行ったら戻れなくなるかもしれませんよ？」

魔王はヒカリの方を心配そうに見ながら言ってきた。

「大丈夫じゃよ」

国のことは子供たちに任せてきた。

それにあちらに戻ることが出来るなら、このチャンスを逃すことは出来ない。

どれほどの時間、向こうの世界に戻る方法を探したか。戻る術《すべ》がなくなり絶望したか。

戻ることが出来ていれば、助けることが出来たのに。

「では頼めるかのう」

わしの言葉に、魔王がその扉を開いてくれた。

第8章

エリスの作り出した扉を潜《くぐ》ると、広場のような場所に出た。

目の前には巨大な円卓があり、それを囲むように一二の椅子があった。

ただその円卓には亀裂が入り縁は崩れ、椅子も一つを除き全て壊れている。

よく見ると大きさや形が不揃《ふぞろ》いで、大きいものなんて巨人でも座るのかというほどのサイズだ。

「む、ソラか。お主も来たのか？」

そして近くには翁たち魔人がいた。三〇人ほどだった数は半数に減っている。

「翁たちは何をしているんだ？」

翁たちが扉に入って既に半日以上経《た》っているのに、まだ入り口付近にいることに驚いた。

「イグニスたちは周辺の調査に行っておる。わしらはエリザベートがこの門を通れないように結界を作っておる。あとは体を慣らしておるといったところかのう？　こっちに来て二時間ほど経ったが、やっと馴染《なじ》んできたところじゃ。って、何を驚いておる」

翁たちが扉に入ってから半日近く過ぎてから俺が入ってきたことを話すと、
翁は顎《あご》をさすりながら何やら思案している。

「時間の流れが違うのかもしれんのう」

俺は翁の邪魔をしないように改めて周囲を見た。

広場からは一三本の道が延びていて、その内の一二本の狭い道の先には家らしきものが立っている。

その家は大きさも形も一軒一軒違っていたけど、遠目でも壊れているのが分かった。

「しかし、お主妙なものを連れておるのう」

俺が周囲を見ていたら、翁が話し掛けてきた。

翁の視線は、俺の顔を通り過ぎてその後ろを見ている。

最初何処《どこ》を見ているのかと思ったけど、フードの中にはシエルがいることを思い出した。

「……見えるのか？」

「うむ、白くて小さいのがおるのう。向こうにいた時も時々お主の周りから変な魔力反応を感じておったが、こやつが原因じゃったか」

興味深そうにジロジロ見られて、シエルはちょっと恥ずかしそうだ。

翁だけでなく、この場にいる魔人たちにも注目されているからね。

「……しかし何だって見えるようになったんだ？」

「うむ、原因はこの世界だからじゃろうな。わしらには辛《つら》いが、その白いのには相性が良さそうじゃからのう」

「それって大丈夫なのか？」

翁が懸念した通り、この世界では魔人の力が抑制されるみたいだけど。

「大丈夫じゃよ。そのための魔道具を用意したわけじゃしな。時間的な制限はあるが問題ないじゃろう」

時間制限があるなら短期決戦を考えているのか。

「そういうお主はどうなんじゃ？　こっちに来た以上、覚悟は決まっておるんだろうと思うが。それと神殺しの短剣は……」

「あれはそのままだよ。だから俺はこっちで戦おうと思う」

俺はミスリルの剣を引き抜くと魔力を流す。

その魔力に籠められた属性は闇だ。

「お主……器用じゃのう。もしかして他の属性も同じように使えるのか？」

俺が頷《うなず》くと、

「王国の奴《やつ》らが無能で助かったわい。敵として現れていたらどうなっておったか分からなかったからのう」

と翁が言ってきた。

それは買いかぶり過ぎだ。あの身体能力を見せつけられたら、太刀《たち》打《う》ち出来るとは到底思えない。

それにエリスのあの力。戦っていたら一瞬で消されていた。

「ただ人より多くのスキルを使えるだけだよ」

「確かにレーゼ嬢もそのスキルの数に驚いておったらしいが、それは違うぞ。大事なのはそのスキルを使いこなすことじゃ。お主はそれが出来ておるから凄《すご》いのじゃよ」

翁が手放しで褒めてきたのには驚いた。周囲の魔人たちも同意するように頷いている。

そしてシエルよ。何故《なぜ》お前が得意げにしている。

その時、こちらに向かってくる複数の気配を感じた。

「ソラか？　一人……と変なのがいるな」

それはイグニスたちだった。

イグニスの変、発言にシエルは目を吊《つ》り上《あ》げて怒っている。耳を鞭《むち》のように振っている。

そんなシエルをイグニスが手で押すと、空中を器用にコロコロと転がっていった。

「来るとは思っていなかったが、頼りにしているぞ」

とイグニスは言うと、早速調査結果を話し始めた。

戻ってきたシエルは怒っていたが、肉串《にくぐし》を差し出すと黙ってそれを食べ始めた。

その様子に何人かの魔人が目を奪われていて、翁に怒られていた。

調査に行っていた魔人たちの話によると、広場から延びる幅広の道を進んだ先に、建物があるそうだ。他の方向には特に目ぼしいものはなかったとの報告もしている。

「うむ、まずはそこを目指すのがいいのう。では早速行くかのう」

翁が行き先を決定すると魔人たちは歩き出した。

「……もしかして俺がいるから歩いていくのか？」

ふと気になり尋ねた。

「……体力の温存のためだ。ここだと飛ぶだけで魔力が消費されるからな」

イグニスが淡々と答えた。嘘は言っていないようだ。

周囲には特に何かがあるわけではない。シエルも飽きたのか欠伸《あくび》をしている。

道は石が敷き詰められて出来ているけど、その多くが割れ、捲《めく》れている場所もある。

周囲は草木が生えているけど、その全てが枯れている。木なんて途中でポッキリと折れているものもある。というか殆《ほとん》どそうだ。本数も申し訳程度にしか生えていない。

この世界を一言で表すなら、荒廃した世界といったところか？

歩きながら俺は翁と話していた。

翁からは俺のスキル……ウォーキングについて尋ねられ、俺はここの……神界でいいか？　神界の『魔人の力を抑制する効果』を無効化するという、さっき見せてもらった魔道具について聞いた。

翁が言うには聖剣の破片を解析して作ったという。素材があれば、もっと多くの魔人を連れてこられたと言っていた。

もっともイグニスは、これ以上戦力をこちらに集めると魔王城の守りが手薄になると言い、出来ればその魔道具をギードたちに持たせることが出来たら良かったと言っていた。

そういえば最初に会った時以来ギードとは会っていないが、魔王を守る以上に大切なことがあるのだろうか？

そして翁は、今回こちらの世界までやってきた目的を俺に話した。

第一目標はエリザベートを消滅させることで、それが無理なら封印か、あの世界へ干渉出来なくさせたいと言った。

広場から歩くこと三時間。ついに俺たちはイグニスが言っていた建物に到着した。

一目見て持った印象は神殿。パルテノン神殿を完璧《かんぺき》に復元したらこんな感じか？

俺たちは少しの休憩を取って、武器を携えて神殿の中に入っていく。

魔人たちの今の武器は、聖剣を調査して、その属性を反転させて作ったものだと翁が言った。

こんな短い時間で凄いなと思ったら、同じように魔道具作りが得意な弟子何人かと一緒に作ったそうだ。

足音が響いた。

神殿内は実にシンプルな一本道。その一本道の通路には、等間隔で絵が飾られていた。

その数全部で一一枚。一枚一枚違うものが描かれているが、俺の目を惹《ひ》いたのはその中の一枚の絵。

「似ている……」

俺の見ているのは竜の描かれた絵だった。

その風貌《ふうぼう》は竜王が竜状態の時の姿に酷似していた。

もちろん俺が他に竜自体を見たことがないからたまたまかもしれないけど……。

そんな俺とは別に、翁も一枚の絵を見て足を止めていた。

それは翁だけでなく、イグニスたちも注目している。違う、翁以外の魔人たちは何処か戸惑っているようにも見える。中にはそれこそ涙を流す者も。

そこに描かれているのは……魔人？　柔らかく微笑《ほほえ》むその姿は、見るものを惹きつける魅力があった。

「無粋な者たちめ。よもやアルカの民がここまで来ようとは！」

その時神殿の通路に異様な気配を感じた。

違う、これは怒気？

体が震えた。声だけでなんて圧力だ。思わず膝《ひざ》を突きそうになった。

周囲を見ると、魔人の中にも苦しそうにしている者がいる。

「落ち着くのじゃ」

翁《おきな》の声が響き、杖《つえ》で床を叩《たた》いた。

すると不思議なことに先ほどまで感じた威圧感が嘘のように消えた。

「行くぞ」

翁の言葉にイグニスは頷くと、先頭に立って歩き出した。

それに魔人たちが続き、俺は翁と一緒に最後尾に続く。

神殿の通路を抜けると、そこは大きな部屋になっていた。

白一色で統一されたその広間には、エリザベートがいた。

エリザベートは不愉快そうな表情でこちらを睨《にら》んでいる。

まるで土足でここまで入り込んできたことを怒るように。

そのエリザベートの背後には透明の大きな箱のようなものがあった。

その箱の中には色々な形、色々な色をしたものが無数に入っていて、箱の中をまるで泳ぐように浮き沈みしている。一瞬水槽？　と思った。

しかし何より気になったのは、その塊たち一つ一つから魔力のようなものを感じたこと。大きいものもあれば小さいものもある。

そしてそれが、箱に接続されたチューブみたいなものを通って、別の箱に時々移動していくのが見えた。

「……いいでしょう。貴方《あなた》たちを始末した後にでも、どうやって来たか調べるとしましょう。しかし残念です。特に……」

エリザベートはそこで言葉を切ると、イグニスと翁の二人を順に見て、

「良い玩具《がんぐ》がここで壊れてしまうのは、本当に」

と、背後の水槽に右手を添えると笑った。

すると水槽の中の光のいくつかがエリザベートの方に引き寄せられて、手の近くまで来るとパッと消えた。

同時にエリザベートから感じる圧がさらに増した。

「……様子見は一切なしじゃ。一気に攻めるぞ！」

翁はエリザベートのその様子を見て魔法を放った。

それが合図だったようで、イグニスたちが一斉に動き出した。

イグニスを中心にエリザベートに向かう集団と、二人一組になって四方に散った八人の魔人とに分かれた。

「何か企んでいるようね？　けど無駄よ！」

エリザベートが手を翳《かざ》すとその手の中には光の槍《やり》が現れた。

槍を掴《つか》んだエリザベートは四方に分かれた一組に狙いを定めて攻撃を仕掛けようとしたが、イグニスたちがそれを防いだ。

「……よし、始めよ」

足止めしている間に準備が整ったのか、翁が杖を構え魔力を解放した。

四方に散った魔人たちもそれに応えるようにそれに続く。

すると室内は暗くなり、黒い霧が立ち込めた。

この感じ……玉座の間でやったのに似ている。事実エリザベートは不愉快そうに顔を歪《ゆが》めた。

けどすぐに表情を戻すと余裕の笑みを浮かべ、

「同じ手を使おうだなんて、芸がないわね。なら私からのプレゼントよ。無様に踊りなさい！」

とエリザベートの瞳《ひとみ》が妖しく光った……ような気がした。

けどそれはどうやら錯覚ではなかったらしい。

悲鳴が上がり、二人の魔人が倒れた。反応が消えた⁉

その傍らには仲間に武器を突き付けた二人の魔人が立っている。目は虚ろで、焦点が合っていない。

周囲で武器を交える金属音が鳴り響き、見ると魔人同士で戦っている。

エリザベートを見ると、腕を組んで満足げにしている。

さっき目が光ったように見えたが、あの時に何か魔法でも使ったのか？

「ソラ！　避《よ》けろ」

呼び声に反応して、その場から離れたところに斬撃が目の前を通過した。

そこには先ほど魔人に剣を突き付けていた者の一人がいた。

俺が着地と同時に剣を振り下ろせば、下段から振り上げられた剣とぶつかり火花が散った。

有利な体勢のはずなのに、力負けしそうだ。

俺は仕方なく押される力を利用して後ろに下がって間合いを取ろうとしたが、魔人はすかさず攻撃を仕掛けてきた。

俺はそれに対して剣を打ち合うことを避け、回避優先で立ち回った。

斬撃がすぐ近くを通り、紙一重で躱《かわ》していく。

一見するとギリギリで躱している達人に見えるけど、相手の斬撃が鋭過ぎてそうなっているだけだ。

俺はどうにか攻撃を躱しながら、魔人を見た。

やはり目の焦点が合っていない。機械的な動作で、単調な動きで攻撃を繰り返す。

そのお陰で回避することが出来ているわけだけど……。


【名前「ウィンザ」 職業「親衛隊」 Lv「101（＋4）」 種族「魔人」 状態「傀儡《くぐつ》」】


鑑定したら案の定状態異常にかかっていた。傀儡か。ならやることは一つ。

「リカバリー！」

魔法を使えば魔人、ウィンザの目に光が戻……ったのは一瞬で、再び虚ろな瞳に戻ってしまった。

「リカバリー、リカバリー、リカバリー！」

と連続で唱えたが、傀儡の状態が解除されるのは一瞬だけですぐに元に戻ってしまう。

「ふふ、無駄よ。そのお人形は死ぬまで止まらないわ。解呪なんて不可能よ」

楽しそうなエリザベートの声が聞こえ、

『ソラ、殺せ。でないとお前が殺されるぞ』

とイグニスが念話を飛ばしてきた。

チラリと見たイグニスの足元には、三人の魔人が倒れていて、反応が消えている。
俺は唇を噛《か》み締《し》めた。
新たに俺に接近する反応があった。
二対一になったら最早絶望的だ。
倒すしか……殺すしかないのか。
今なら攻撃のタイミングに合わせてカウンターを放つことが出来そうだ。けど……。
どうするか悩んでいると、シエルが俺のフードの中に飛び込んできた。
『シエル？　ここは危ないぞ⁉』
『助ける。治す』
『……手伝ってくれるのか？』
シエルは今までも不思議な力で助けてくれた。
俺はシエルが頷《うなず》くのを感じて、
『分かった。頼むぞ相棒！』
「リカバリー！」
魔法を唱えると、強い光がウィンザの体を包み込む。
一秒、二秒、三秒と状態異常は解除されている。
目の前のウィンザは唖然《あぜん》としている。
俺はそのウィンザを右足で蹴《け》った。
ウィンザが目の前から消えると、槍の先端が迫っていた。

ウィンザの背後から近付いてきていた魔人が、ウィンザごと俺を貫こうとしたのだ。

俺は剣を盾にして軌道を逸《そ》らすと、すれ違いざまに再びリカバリーを唱えた……よし、二人とも時間が経《た》っても傀儡状態にはならない。

『シエルありが……』

「貴様何をした！」

シエルにお礼を言おうとしたらエリザベートが鬼の形相で向かってきた。

俺はまだ状況をよく理解していないウィンザたちから離れるように移動して対峙《たいじ》した。

エリザベートの突きに対して、俺は横にずれて回り込み剣を振るう。

完璧のタイミングなのに、エリザベートは槍を引き戻すと槍の柄の部分でそれを防いだ。

俺は間合いを詰めて戦ったが、エリザベートは槍の柄を短く変化させて対応してきた。

これでは間合いの優位性が生かせない。けどこの間合いなら時空魔法の範囲になっている。

時間の完全停止は消費ＭＰが多く、普通に使うと極めて短い時間しか止めることが出来ない。

それでも今の俺の身体能力ならその短い時間で十分だ。

そう思い魔法を使おうとした瞬間、エリザベートはその範囲から逃げるように俺から離れた。

「くっ、何かしようとしたわね」

勘が良過ぎる。

しかも警戒して槍を元の長さに戻すと、懐に入られないように攻撃してきた。

これでは間合いに入ることはおろか、こちらからの攻撃が一切届かない。

しかも向こうは槍だけでなく無尽蔵に魔法も使ってくる。

俺も時々魔法を使うがエリザベートはそれを避けもしない。全て近付くと弾《はじ》かれるように消えている。弱点属性の闇魔法のはずなのに効果がない。スキルレベルが低過ぎるのか？

このままだと先に体力が尽きるのは間違いなく俺だ。

徐々に息苦しくなるし、額に汗が滲《にじ》み出《で》ているのが自分でも分かった。目に入らないことを祈りながら剣を振るっていると、そこに援軍が現れた。

死角からの一撃だったのに、エリザベートは慌てることなく軽やかに躱した。

「あら、もう終わったの？」

エリザベートは襲撃者を見て笑った。

イグニスはそれには答えずに攻撃を再開した。

そのイグニスに続くのは五人の魔人たち。周囲を見ると、無事なのは俺たちが傀儡を解除したのも含めて一二人の魔人しかいなかった。

残りの反応は完全に消えている。こんな短時間でここまで減るなんて……。

「凄《すご》いわね。目的のためとはいえ同族を簡単に殺すなんて。尊敬するわ」

エリザベートは挑発するけど、誰一人それに乗らない。黙々とただただ武器を振るっている。その中には先ほど助けた二人の魔人もいる。

彼らにあるのは明確な殺意。そして驚くことにエリザベートと同等に渡り合えている。

「変ね。何でこんなに強いのかしら？」

エリザベートも同じ疑問を覚えたようだった。そして、何かを口にする前にエリザベートは反転して突然槍を投擲《とうてき》した。

その先にいたのは翁と一人の魔人。槍はその魔人の体を貫き、そのまま翁を襲う。

翁は防壁を出して槍の勢いを殺し、躱すことに成功した。

躱された槍は水槽へと激突したが、水槽は傷一つ付いていない。

「くっ」

視線を戻すと、魔人がエリザベートの背中を斬り裂いていた。

「なるほど、ね。そういうこと」

エリザベートが手を掲げると、投げたはずの槍が手の中に現れた。

「酷《ひど》いことするのね。仲間を生贄《いけにえ》にして力を得るなんて……本当、最高ね。貴方たち」

イグニスたちは無言のままだ。

ただ俺が何を言っているのか理解出来ないでいると、エリザベートが俺を見て笑みを浮かべて口を開いた。

「理解出来ていない子がいるから私が説明してあげる。この子たちね。死んだ仲間たちの力を取り込んでいるのよ。ほら、また力が上がったわ。速度も上がっているわね」

エリザベートは楽しそうに言いながら、間合いを取った瞬間、結界のため四隅に散っていた魔人に魔法を放った。

避け損ねた魔人が魔法に呑《の》み込まれて死体すら残らず消えた。

その瞬間、イグニスたちの体が光った。

鑑定を使うと、レベルに補正が掛かっていた。

【名前「ウィンザ」　職業「親衛隊」　Lv「101（+12）」　種族「魔人」　状態「──」】


さっき鑑定した時もプラス補正はあったはずだ。その補正の数値が上がっている。

『ソラ』

その時再びイグニスから念話が届いた。

『イグニス。エリザベートの言ったことは本当か？』

『その話はあとだ。我らが戦っている間に、お前は翁《おきな》と合流しろ』

俺がさらに何かを言おうとすると、

『明らかに女神はあの箱のようなものに干渉するのを嫌がった。何かあるはずだ』

と言って、これ以上は俺が何を語り掛けても返事はなかった。

俺は結局それ以上聞けずに翁のもとに走った。もちろん背後からの攻撃を警戒しながら。

「大丈夫か？」

翁に近付くと負傷していることに気付いた。

「うむ、掠《かす》っただけじゃよ。それでどうしたのじゃ」

軽傷だったから、俺がヒールで治療するとお礼を言われ、さらに何故《なぜ》こちらに来たか尋ねられた。

「イグニスからこっちに来るように言われたんだよ」

「ふむ、あやつもあれに何かを感じ取ったようじゃのう。たぶん、これこそ女神の力の源じゃろう」

確かにエリザベートは自分が攻撃されるリスクを分かった上でそれを阻止しようとした。

俺がこっちに走ってきた時も殺気を背中に感じたけど、攻撃が飛んでくることはなかった。

きっとイグニスたちが妨害したのだろう。

「……お主は壊せそうか？　ちなみに魔法でこれを壊すことは出来ぬようじゃ」

何でそんなことが分かる？　と聞くのは無駄か。きっと何か掴《つか》んだのだろう。

そうなると武器で叩《たた》くしかないけど……。

「守りは任せるがよい」

そう言われたらやるしかない。

俺はミスリルの剣に魔力を流す。

何か弱点が見つかるかもと思い鑑定して見たら、

【箱】＊＊＊入れ物。女神の力で守られている。


とだけしか分からなかった。これは解析を併用しても結果は変わらなかった。

俺は最大まで魔力を溜《た》めると、その状態でミスリルの剣を振り下ろした。

振り下ろす瞬間明確な殺意を感じたけどこっちに攻撃がくることはやはりなかった。

代わりに一つ。また反応が消えた。

そして俺の放った斬撃は、その衝撃が反動となって俺の手に返ってきた。ビクともしない。

「ふふ、それを壊すのは不可能よ」

俺はその言葉を覆そうとさらに剣を振るったけど結果は同じだ。

このままでは駄目だ。

俺が水槽を壊せないでいると、翁の様子がおかしくなってきた。立っているだけで苦しそうだ。

「死んだ者の魂を受け入れることで強化を図ったが……それは毒にもなる。人の器に別の魂を注げば無理がくるのじゃからな」

俺が絶句していると、

「それも全てはあやつを殺すためじゃ。そのためには何でもするのじゃよ。アドニスがそうじゃったようにのう」

と翁ははっきり言った。

再び反応が一つ消えて、今エリザベートの相手をしているのは四人の魔人だ。

少し押しているように見えるが長くは続かないかもしれない。

結界を構築していた魔人が減ったことで、周囲に漂う黒い霧も薄くなっている。

俺はマナポーションを使いＭＰを完全回復させると、集中する。

ミスリルの剣でこれを破壊するのは不可能だ。

ならそれ以上の武器で攻撃するしかない。

今この場にはないが、ここに複製することは出来る。

「複製！」

手の中に魔力が溢《あふ》れる。レクシオンの盾を作った時にもこんなことは起こらなかった。

暴走しそうな魔力を握るようにして抑える。

すると手の中には一振りの剣……神殺しの短剣が複製された。

俺はそのまま間髪いれずにそれを振り下ろした。

維持出来る時間が数秒もないことが手に持った瞬間に分かったからだ。

神殺しの短剣の刃が壁にぶつかると、ガラスの擦《こす》れるような嫌な音が響いた。

ミスリルの剣の時に覚えた衝撃は感じなかった。

斬ったところを見た時には、手の中の剣は既に消えていた。

結果は……神殺しの短剣でも傷一つ付いていない。

これで無理なら俺ではこれを破壊することは出来ない。

どうする？

俺は考え、思い出す。

さっき鑑定には何と書いてあった。女神の力で守られているとあった。

それならと俺は変換でＭＰを回復すると、再び神殺しの短剣を複製した。

複製が完成する瞬間、闇属性を付与して素早く剣を振り下ろした。

手応えがあった。

見ると表面にはっきりとした亀裂が入っている。

思わず倒れそうになった。ＭＰが枯渇している。

「やめろ！　それに手を出すな！」

エリザベートの怒気の宿った声が室内を震わせた。

けどその中には明らかに焦りの色が混ざっていた。

見れば目を吊り上《つ　あ》げてこちらに向かってこようとしているが、それをイグニスたちが必死に妨害している。いや、隙が出来たところに攻撃が通り負傷させている。

それでもエリザベートは俺を睨《にら》み、イグニスたちを振り解《ほど》こうとしている。

焦っている？　やはりこれはエリザベートにとっても大事なものみたいだ。

俺は変換でＭＰを回復すると、そこにＭＰ増加ポーション改とＥＸマナポーションを飲む。

神殺しの短剣を長い時間維持出来ないのは、ＭＰに余裕がないからだ。

俺はさらに職業を魔導士に変更した。ＭＰを少しでも増やすためだ。

「翁、攻撃に集中する」

「……分かった。守りは任せるがよい」

俺は頷《うなず》き、複製を開始する。

さっき斬った時は手応えがあったけど亀裂を見た感じ斬撃では駄目だということを何となく理解した。

ならこの壁を貫くには突くのが正解だ。

俺は腰を落とし、突くための体勢を取る。

より長く、より奥に突き刺すために生成途中で動作に入る。

そして亀裂に向けて手を突き出せば、その途中で闇属性を纏《まと》った神殺しの短剣が複製され……貫いた。まるで水槽を守るように立《た》ち塞《ふさ》がった、エリザベートの体を。

エリザベートと目が合った。

驚くことに彼女の目は穏やかで、その口元には笑みが浮かんでいた。

コポッと血を吐き出すと、ゆっくりと身を沈めていく。

その途中で腹を貫いていた神殺しの短剣は消え、ポッカリと空いた穴から血が溢れてきた。

誰もが言葉を失っていた。

「どういうことだ？」

力なく床に倒れているエリザベートを見て、追いかけてきたイグニスが眉《まゆ》を顰《ひそ》めた。

それは誰もが思った疑問に違いない。

俺だってそうだ。立ち塞がるぐらいなら、俺を直接攻撃して妨害することも出来たはずだ。

「ふふ、残念ね。ここで殺すはずが、まさか殺されちゃうなんて」

エリザベートは今の自分の状況を理解しているのか、心底楽しそうに、嬉《うれ》しそうに言った。

「ふむ、余裕じゃのう。自分でももう死ぬことが分かっておるからかのう」

翁の問い掛けに「まあね」とだけ短く答えるエリザベート。

俺はその姿に違和感を覚えた。

それこそ何故この箱を守ったのか理解出来なかった。

確かにこの中のものを吸収して力を得ていたけど、命をかけて守るものなのかは疑問だった。

エリザベートの体が、徐々に崩れていっている。足は既に膝《ひざ》あたりまで消えている。

もしかして……俺は水槽の箱を見た。

これがあるから復活出来るとか？

ならこれを壊さないと終わらない？

俺はそう思い再び神殺しの短剣を複製しようとして止められた。

「大丈夫じゃよ。こやつが復活することはないはずじゃ」

俺の腕に、翁が優しく触れた。

俺はその言葉に従うように複製するのをやめた。

エリザベートを見れば、先ほどの表情が嘘のように緊張していたが、俺が腕を下ろすのを見て小さく息を吐いたように見えた。

「最後に何か言い残すことはあるかのう？」

翁のその言葉にも少し違和感を覚えた。

それこそ先ほどの殺し合いが嘘じゃないかと思うほど穏やかな口調だった。

「そうね……まさか古い顔馴染《かおなじ》みにこうしてまた会うとは……といったところかしら？」

その見当違いの答えに戸惑ったが、エリザベートの視線が俺たちのさらに背後に向けられていることに気付く。振り返れば、そこには竜王が、アルザハークが立っていた。

アルザハークはゆっくりと近付いてくると、エリザベートを見下ろした。目を細め、その様子を観察しているようにも見えた。

「アル、私を殺しに来たのかしら？」

アルザハークは無言のままチラリと透明の箱の方に視線を向けると、天を仰いだ。

何かぶつぶつと呟《つぶや》いているようだが、俺には何を言っているのか聞こえなかった。

ただアルザハークの顔が悲しみに歪《ゆが》んだのは俺にも分かった。

そうしている間も、エリザベートの体は徐々に崩壊していっている。

その場にいる誰もが、その様子をただただ見守っていた。

止《とど》めの一撃を入れればすぐにでも終わりそうなのに、誰一人動く者はいなかった。

「ふふ、一思いに殺してくれないなんて趣味が悪いわ」

視線を一身に受けているエリザベートが可笑《おか》しそうに笑っていた。

その笑顔は何処《どこ》か、憑《つ》き物《もの》が落ちたような、それこそ女神と呼ぶのに相応《ふさわ》しい慈愛に満ちた表情のように感じた。

「けど、楽しかったわ。本当に楽しかった。それに……」

エリザベートの体がいつの間にか胸元まで消えていた。残すところは、それこそあとは首から上だけだ。

それなのにエリザベートは苦しむ表情一つしないで口を開いた。

「……これで……」

ただその最後の言葉は途中で途切れた。

エリザベートの顔が塵《ちり》となって消えたからだ。

そしてその塵、魔力の残滓《ざんし》のようなものが残り、ゆっくりと水槽の中に近付いていく。

そのまま吸い込まれると思ったその時、シエルが驚くべき行動に出た。

そこにいた誰もが目を見開き、動きを止めた。

「シエル……お前……」

エリザベートから出たそれを、シエルがまるで食べ物でも食べるように一飲みにしたからだ。

◇シエル視点

彼が聖女の体に短剣を突き刺した瞬間。強い衝撃を受けた。

その時私は、私たちははっきりと思い出した。自分たちが何者だったかを。

そうだ。私たちは過去に女神に憑依《ひょうい》され死んだ、聖女だった者たちの願いが集い生まれた存在だ。

だから私は迷っている彼の背中を押した。

思いを利用した。

私たちの願いを叶《かな》えるために。


彼と出会ったのは偶然だった、と思う。

一目見て何故《なぜ》か気になり、彼の後をついていった。

最初は何で彼に惹《ひ》かれるのか分からなかったけど、今なら理解出来る。

彼には無限の可能性があったからだ。

私たちは、一度としてあれだけの数のスキルを所持した子を見たことがない。

だから彼なら、私たちの願いを叶えられるかもしれないと思った。

エレージア王国で彼が瀕死《ひんし》の重傷を負った時に治癒の手助けをしたり、マジョリカで石化の子を治す手伝いをしたり、ルフレ竜王国で奴隷紋の子たちを解放出来たのは聖女の力とその知識があったから。

あの女は自分が死ぬと分かった時、凄《すご》く穏やかな顔をしていた。
それはある意味本当の彼女の願いだったから。
私はその様子をただただ眺めていた。
けど……本当にそれでいいの？
私たちは彼女の手によって死んできた。
だけど心の底から恨んではいなかった。
だって、知っているから。知ってしまったから。
彼女が私たちに降臨した時に、その記憶が、心の一部が私たちに流れ込んできたから。
もし、私たちが彼女の立場だったらどうしていたのだろう？
彼女の魂が循環器の中に吸収されようとしていた。
あの中に入ると、彼女の心は消えてしまう。
自我は完全に消えてしまう。
本当にそれでいいのだろうか？
それは悲し過ぎると思った。
だって彼女は苦しんでいた。
本当はずっと後悔していた。
それでも譲れないもののために心を殺してきた。
……なら可能性にかけよう。

私たちの心が残ったように。
私たちの……彼女を救いたいという願いのために。
また彼女の心が目覚めることが出来るように。
彼女の魂は、私たちがそれまで守ろう。
彼と共に世界を回り、眠る彼女に語り掛けよう。
貴女《あなた》が守り、壊そうとした世界《の》がどんなに素晴らしいものだったかを伝えたい。
そう思い、私は彼女の魂を呑み込んだ。

回想・エリザベート

私が目覚めた時、一一柱の仲間がいた。

目覚めた瞬間、私たちが何者で何をするかを理解していた。

私たちの使命はこことは別の空間に存在する世界を見守ること。何か不具合が起きたら対処することだった。その不具合が何かは、まだ分からなかったけど。

その世界はまだ産声を上げたばかりで、多くのことが起きた。

そこで生活している生物は、私に姿が似ているということで親近感が湧いた。

あの者たちのことを人、人間というのが分かった。正確には既に知識として私たちの頭の中にあったといったところだろう。

思えば他の一一柱は、皆個性的な姿形をしている。変化の術を使えて、その時々で二足で歩いたり四足で歩いたりする者もいる。

私たちは彼の者たちの住む世界をアルカと呼び、その営みを見ていた。

最初数が少なかった人間たちは、徐々にその人数を増やしていき、様々な技術を学び、生み出していった。

時に争いが起こったけどそれは小さなもので、私たちの心配を余所《よそ》に、彼らはそれを糧にしてさらに成長していった。

その後人数が増えてきたら、彼らはいくつかの集団に分かれて住まう地域を徐々に広げていき、やがていくつもの国が誕生した。

その途中で大きな争いが起き、いくつもの国がなくなり、また生まれたけど、人間が滅びるほどの大きな争いに発展することはなかった。

そんなある日のことだった。ある一柱の神が言った。

「人間は面白いね！　うん、実に面白い」

そしてその一柱が姿を消すのと時を同じくして、アルカに人間以外の種族が誕生した。

その種族はその一柱に似た容姿をしていて、頭の上に載った耳とお尻《しり》についた尻尾《しっぽ》が特徴的だった。彼の者たちのことは獣人と呼ぶことにした。

それが何故生まれたのか。私たちは理解した。

ただそれ以来、何年、何十年経《た》っても彼の一柱の姿を見た者はいなかった。こちらの世界に戻ってくることもなかった。

注意深くアルカを探したのに、結局見つけることが出来なかった。

それが全ての始まりだったのかもしれない。

やがて一柱、また一柱と姿を消して、アルカにはその都度新しい種族が生まれた。

それと同時に争いは頻繁に勃発《ぼっぱつ》し、多くの者たちが命を落とした。

それだけでなく魔物と呼ばれる異形のものが新たに生まれ、苦難の時代が続いた。

その頃には私を含めた一二柱いた神々は四柱に減り、残ったのは魔神ケッヘル、龍神《りゅうじん》アルザハーク、精霊神エリアナ。そして女神である私、エリザベートだけになった。

私たち四柱は目まぐるしく変化するアルカに対応するため休む暇もなく働いた。

これ以上アルカの世界が歪めば、崩壊してしまう。それが何故か分かった。

だけど今まで一二柱で管理していたのにその人数が減り、さらには本来存在することがなかった者たちがアルカには生まれていた。

そのため対処に追われ、私たちは使命を全《まっと》う出来なくなるかもしれない恐怖に体を震わせた。

そんな中、ケッヘルがあるものを創造した。

それはアルカで死んだものの魂を回収し、エネルギーに変換してアルカへと還元するというものだった。彼は魂の循環器と言っていた。

そのエネルギーはアルカの歪みを修復してくれて、しばらくの間は対応することが出来た。

けど、それは長くは続かなかった。

「……このままではアルカは壊れる」

ケッヘルはその言葉を最後に。

「……ハー君、エリザちゃん。私は私に出来ることをしますね」

エリアナもやがてこの地を後にした。

残された私は絶望した。もう、この崩壊は止められないかもしれないと。

だからあの二柱はアルカを諦《あきら》めた。見捨てられたと思った。

私は使命を放棄した彼らを恨み、無力な自分をただただ責めた。

そんな私の思いとは別に、アルカに二つの新しい種族が誕生した。

異種族が増えることでさらに酷《ひど》いことが起こると予想した私を裏切るように、アルカは安定した時代を迎えることになった。

一〇年、二〇年、一〇〇年と平和な時代が続いた。それは久しく忘れていた、穏やかで優しい日々だった。

私はこの穏やかな時間が長く続くことを願い、消えていった神たちが戻ってくることを望んだ。

そんな分不相応な願いを胸に抱いたからかな？　心の緩みがあったからかな？

その異変に気付くのが遅れた。遅れてしまった。

アルカの大地は砕け、山は噴火して大きな地殻変動が起こった。

それはアルカに生きる全てのものを等しく苦しめた。あの生命力の強い魔物すら次々と息絶えていった。

終わりの見えない絶望に、やがてアルザハークは逃げるようにこの地からいなくなった。

そして残ったのは私だけになった。


私が一人になってからどれぐらい経ったのかな？

アルカは何度かの滅びの危機を迎えたけど、どうにかまだ存続していた。

平和な時間が長ければ長くなるほど、嬉《うれ》しいはずなのに、私の心は冷たくなっていった。

一人でいることが寂しかった。

ここには誰もいない。アルカには……あんなにもたくさんの人がいるのに。

アルカの者たちが浮かべる笑顔を見るたびに、私の胸は痛みを覚えた。

私はケッヘルの作った魂の循環器に身を寄せながら、虚空を眺めていた。

もう考えるのも疲れてきた。

私は何をしているんだろうと思った。

いっそ私もアルカの地に……という思いに囚われそうになったけど、それは振り払った。

いつか皆が帰ってくるこの場を、私が守らないといけないから。


最初は小さな争いだった。

それが激動の時代の幕開けだったと気付くのは、もう手の施しようのないほど、世界が滅茶苦茶になってからだ。

何百年ぶりに引き起こされた戦争は、本当に些細《ささい》な喧嘩《けんか》から始まった。

それが町を、国を巻き込み、アルカ全域に広がった。

至るところで戦端は開かれ、物凄《ものすご》い速度でアルカに生きる者たちは死んでいった。

それは今までにないほど激しく、終わりの見えない戦いだった。

いつもなら疲弊すれば自然と収まっていくはずなのに、今回はそれがない。

アルカに住まう人々は、まるで何かに取りつかれたように戦い続けた。

「このままだと……滅びてしまう？」

私は恐怖に身を震わせ、どうすれば良いのか考えた。

『争いを治める方法？　共通の敵を作り出せばいいのだよ』

そんな中思い出したのは、いつかケッヘルの言っていたこの言葉。

共通の敵……私は考え、魂の循環器を使いそれを生み出した。

魔王が誕生した瞬間だった。

人はその脅威に怯え、争いをやめた。

手に手を取り合って、彼らは魔王を倒した。

それからというもの、大きな争いが起きるたびに魔王を誕生させた。

魂の循環器から直接魔王を生み出すとエネルギーの多くを消費するから、アルカの地から魔力の強い者、魔王に相応《ふさわ》しい者を選んだ。

魔王になった者はただただ命じられた通りにアルカの住人たちの敵となり、滅ぼされて平和への礎になっていった。

それからのアルカはそれの繰り返しだった。

共通の敵……魔王が現れた時は手を取り合うのに、時が経つとそれを忘れてまた争いが起きる。何も学ばない。

それがどうしようもなく悲しかった。

そんなある日。魂の循環器の調子が悪くなった。

ケッヘルから多少の知識と技術を教えられていた私は、魂の循環器を修理しながら騙《だま》しだまし使用していたけど、魂の回収の効率が徐々に落ちてきていた。

このままだと回収と還元のバランスが崩れて、いずれ破綻《はたん》してしまう。

それに追い打ちをかけるように、アルカでも問題が起こった。

大きな戦争が始まったため魔王を指名したけど、指名した今代の魔王が強過ぎた。

英雄と呼ばれた人類の代表者のことごとくが魔王の前に倒れると、次々と国が滅ぼされていく。

アルカの民の数も激減し、まさに風前の灯《ともしび》といったところだった。

私はこれも運命なのかな、と思った。これで全てが終わるかな、とも思った。

既に循環器の中は空に近いから、これを全て使ってもあの魔王は倒せないと思った。違う、全て使えばアルカがどうせ滅びるから結果は同じ。

けど、運命はアルカの滅亡を望んでいなかったみたい。

その者が何処《どこ》からやってきたのか最初分からなかった。

その者はとある小国に突然現れると、魔物の進行を阻止して魔王を討伐した。

その者の圧倒的な力に私は慄《おのの》いた。

やがてその者はその小国の姫と結ばれ、エレージア王国という国が誕生した。

私は彼の者が何者かを調べ、何処からやってきたかを調べ、最終的に別の世界からやってきたことが分かった。

世界を渡る。私はこの現象を解明すれば、ここからアルカへと自由に行き来することが出来るようになるかと思ったけど、結局出来るようになったのはその世界……異世界から人を召喚することと、魂だけをアルカに移動させる術《すべ》だけだった。

それからというもの、私は魔王が誕生したら異世界召喚をするようになった。

またその方法をエレージア王国の王族が使えるように伝授した。

何度か使用するなかで、私が召喚した以外の者たちは元の世界に戻れないことも分かったけど、私はあえてそれを禁止しなかった。

知ってしまったから。異世界人が死んだ時、魂の循環器に多くのエネルギーが貯まることを。

だからエレージア王国が自分たちのために異世界人を使役し、奴隷のように扱い、異世界人の血を受け継ぐ破壊者を生み出して、国を大きくしていっても見逃した。

異世界人の血を引いているだけでも、アルカの民よりも多くのエネルギーが回収出来たからだ。

大事なのはアルカを存続させること。それが優先事項だったから。

そういえば、異世界人の中でも何人か気になる者たちがいた。

彼らのあの力……もしかしたら私の命を脅かすほどのものだったかもしれないと思ったけど、すぐにどうでも良くなって忘れた。

私はある楽しみを覚えたからだ。

異世界召喚と同時期に覚えた魂だけを移動させる方法。これを使い聖女に私の魂を乗り移らせて、私自らが魔王を殺した。

初めて魔王を自分の手で殺した時、言いようのない高揚感を覚えた。

それは長い年月を過ごしているうちに忘れていた、歓喜という感情だったのかもしれない。


その者の姿を初めて見つけた時、心臓が止まるかと思った。

「あれは……アル？」

姿形は龍神アルザハークだった。

そのはずなのにその者からは力を全く感じられなかった。

それからというもの、私は彼の姿を追う時間が増えていった。

楽しそうにアルカの地で生活している彼に……怒りを覚えた。

また時を同じくして、不穏な行動を起こす種族が現れた。

魔人……いつからか魔王に仕えるようになった種族。その者たちを見るとケッヘルを思い出すのは、ケッヘルが消えた後にアルカに誕生した種族だから？

彼らは長寿種族のようで、年代を重ねるごとに学び、私を殺すため涙ぐましい準備をしている。

主君と仰ぐ魔王を殺す私を憎んでいるみたい。

私はそれを眺めながら無駄なのにね、と思った。

分かってしまうから。理解してしまうから。

私を傷付けることなど、アルカの地に住む者には出来ないと……そう、私を傷付け滅ぼすことが出来るのは、力ある異世界人だけだと。

だけどせっかくだから、私はそれを黙って魔人たちと戦う。その方が楽しめるし、もしかしたらという思いもあった。それはケッヘルのことが頭にあったからかもしれない。

あの人は突拍子もないことをいつも考え付き、私たちを驚かせたから。

時は流れ、あることが起こった。

アルザハークがアルカの者と婚姻を結び、子を授かったのだ。

私はそれを見て、心が冷えていったのを覚えた。

嬉しそうなアルザハークを見て、沸々と湧き上がるのは憎しみだけだった。

必死に、必死にアルカの地を支えている私に対する裏切りだと思った。

だから私は決意した。アルザハークの愛する者を殺すことを。私たちの使命を忘れたというなら、今一度思い出させてやろうと。

この頃から、私の心が本格的に壊れ始めたような気がする。

アルザハークのパートナーを聖女にして、魔王を倒すために利用して殺した。

私の存在を思い出したのか、彼は謝罪して残った家族の命乞《いのちご》いをした。

その姿に、同じ力を持っていた彼はもういないと悟った。力を失った彼では、私を殺せないと理解させられた。

それからさらに長い年月が経《た》ったある日、またアルカで争いが起こった。

私は魔王にすべき者を探したけど、その者は少し幼過ぎた。

けど結局その者を魔王にすることに決めた。このままでは死んでしまうと思い魔王の力を与えた。

それから数年後、王国では魔王を倒すために異世界召喚が行われた。

その中に興味を惹《ひ》く者がいた。

その者は今まで見たことのない不思議な能力《スキル》を持っていた。

すぐに弱いことを知って興味をなくしたけど、まさかその者が私の前に立つことになるとは思わなかった。

これからは変わった能力を持つ者は観察するように、王国の人間に手放さないように忠告しようと思った。

結局それを伝える日が来ることはなかったけど。

予想外のことが起きた。

まさかアルカの者がこの地に来るとは思わなかった。

最初はアルカの者ごときがこの地に足を踏み入れたことを不愉快に思ったけどすぐ忘れた。

楽しかったのだ。

自分の体で戦うのは初めてだったけど、他人の体に乗り移って戦うのとは違った高揚感があった。

楽しい。楽しい。楽しい。

それが私の抱いた気持ち。

そう思う一方で、冷静な私は考える。

アルカを見守るという使命を持つ私と、もうその使命を終わらせたいと思っている私。私の心は……長い時を一人で過ごした孤独によってその感情の殆《ほとん》どを失った。

今こうして蘇《よみがえ》っているのは、感情を揺さぶられているからだ。

だから私は自分で決めることを放棄して、運命に身を委ねることにした。

私が彼らに勝てば、またアルカを見守ることにしようと思った。

もし倒されるなら……。

その戦いの末、彼らは魂の循環器を破壊しようとした。

それを見て、あれが壊れたらアルカはどうなるのかと思った。自分たちが世界を壊した事実を突き付けた時、どんな反応するんだろうと興味を覚えた。

けど勝手に体が動いてしまった。

私は魂の循環器に亀裂が入るのを見て、壊れてしまうかもしれないと不安になり、気付いたら身を挺《てい》して守っていた。

あの異世界人の振るった一撃は、聖女の体に宿っていた時と同じ痛みを私に与えた。

だから私は、もう自分が助からないのを悟った。

ただ私は魂の循環器を守れたことにホッとしたけど、アルカはいずれ終わるだろうと思った。

ここを管理出来る者がいなくなるから。それでも今まで貯めたエネルギーで、あと数百年は維持されるだろうとも思った。

私の魂を吸収すれば、さらにその時間は延びるかもしれない。

その間に誰かが戻ってきてくれたら……と思い可笑《おか》しくなった。

何を期待しているのだと。今まで誰も帰ってこなかったのにと。

そんな私の期待を裏切るようにアルが目の前に現れた。

そうか。アルカの地の者がここに来たんだ。アルだってここにいても不思議ではない。

そのことに今更気付いた。

アルは私の姿を見て、申し訳なさそうに顔を歪《ゆが》めていた。

私はそんな彼の顔を見て、目を閉じた。死がすぐそこまで近付いていることが分かった。

それでも恐怖はなかった。ただただ、私の心は晴れ晴れとしていた。

これで私は解放されるのだと。

私が目を閉じると思い出したのは楽しかったあの頃。一一柱の仲間たちとアルカの行く末を眺めていたあの頃。

可能ならあの頃に戻りたかった……。

エピローグ

「門が消えた？」

姿を現した竜王の発言を受けて、イグニスとウィンザの二人が確認のため飛び立った。

まだ傷も治っていないのに大丈夫なのかと心配になる。

エリザベートとの戦いが終わると、神殿内を覆っていた黒い霧が晴れて、イグニスたち魔人の体から光の粒子が飛び出し水槽へと吸い込まれていった。

翁《おきな》が言うにはあれは死んだ者の魂で、黒い霧はその魂を同族に憑依《ひょうい》させる効果があったということだった。エリザベートの動きが悪くなったのは副次的な効果だったようだ。

鑑定すると、魔人たちからレベルの補正表示が消えていた。

しかしエリザベートの時もそうだけど、死んだ者はあの水槽に還《かえ》るということだろうか？

そもそも魂なんてものが見えるのも不思議だ。ここがそういう場所だからか？

向こうの世界でも人の生き死には見てきたけど、このような現象は起こらなかったからね。

俺はそんなことを思いながら親しそうに話す翁と竜王を見た。

二人は今、水槽の前に立って話している。

俺は二人から視線を外して、腕の中で眠るシエルに目を落とした。

女神の魂を呑《の》み込んだ時は驚いたけど、その後も変わった様子がないからひとまず安心した。

今回もシエルには助けられた。たったの二人だけど、ウィンザたちを正気に戻せたのは間違いなくシエルのお陰だ。

気持ち良さそうに寝ているシエルを撫《な》でると、『……もう食べ……』なんて寝言が聞こえてきた。

そういえばウィンザたちを助けた時も普通にシエルの声が聞こえた。

しかし……覚悟はしていたとはいえ、帰るための扉がなくなったと聞いた時はさすがに動揺した。けどすぐに頭を切り替えた。

戻れる可能性があるとしたら転移スキルだ。ＭＡＸまでレベルを上げたとして世界を超えることが出来るかは謎だけど、何もやらないよりはましだ。

ＭＰも回復したし早速熟練度を上げようかと思ったところに、翁と竜王がこちらにやってきた。

「扉が消えたと聞いても焦ってないのう」

「それは翁もだろ？」

「わしはここが死に場所だと思って来ておったからのう」

これは翁だけでなくイグニスたちもきっと同じだろう。

それでも確認に行ったのは、俺のためかもしれない。現状を確認するために。

「それはそうと二人は知り合いなんですか？」

俺の質問に二人は頷《うなず》いた。

「それで竜王様は何故《なぜ》ここに？」

気になったので聞いてみた。

帰れなくなる危険を冒してまで来た理由が知りたかった。

竜王が話したのは驚きの内容だった。

それはかつて竜王が……龍神《りゅうじん》としてこの地に住んでいたということだった。

もしかして竜王からもらった牙《きば》と鱗《うろこ》の名称が読み取れなかったのはそれが原因？

あと神殺しの短剣の素材として渡された角……あれ、魔神の角とか？　はは、さすがにそれはないか。

「正直どうしようか迷っておったんじゃよ。エリザがああなったのはある意味彼女を一人にしたわしらにも責任があるからのう。それでもはやりこれ以上罪を重ねるのを見るのはと思ってのう。それで魔王城まで駆け付けてみたら戦闘は終わっておるし、翁やイグニスたちがエリザを追ったと聞いて半信半疑で来てみたらここに戻ってくることが出来た……こんな方法があると知っておったら……」

アルザハークは向こうの世界……アルカにとある事情で舞い降りて、そこで力を失いこの地に戻れなくなったと語った。

あの扉の近くにあった一二の椅子と家は、かつてこの地には一二柱の神が住んでいた名残だとも教えてくれた。

「わしがいた時はここまで荒廃していなかったんじゃがのう。それと……アルカの地はだいぶ疲弊しているようじゃし」

あの水槽は魔神ケッヘルが創ったもので、アルカで死んだ者の魂を効率良く回収して、再びアルカに還元することで世界が壊れないようにしていたそうだ。

「それも全てこの地にいる神が減ったからなんじゃよ。エリザが……聖女の体に降臨するという方法でアルカに降りたのも、ここに戻れなくなることを危惧《きぐ》してなんじゃろうな」

元々は正義感が強く真面目な者だったとアルザハークは言った。

ここの管理をする者がいなくなれば、それこそアルカはもっと早く滅びていたとも。

竜王がエリザベートに対して強く出られなかった理由の一つには、そのような事情もあったらしい。

「もっとも力を失ったわしでは、とても一人では勝てなかったじゃろう」

「……一ついいですか？」

「なんじゃ？」

「あれ、傷付けてしまったけど大丈夫ですか？」

あくまで亀裂が入っただけで、破損してなかったはずだ。

「あれぐらいなら大丈夫じゃ。時間はかかるが元に戻るじゃろう」

それは良かった。

あとアルカもすぐには壊れないと教えてくれた。

すぐには、というのはどれぐらいの期間なのかが気になるけど、怖くて聞けなかった。

「それで竜王殿。魔王様を解放することは可能なのかのう？」

「……出来ると思うが……いや、それが正しいのう」

そう言ってアルザハークは水槽に近付くと、虚空に向けて指を動かしていた。

まるで何かを操作しているように見えた。

そこにイグニスたちが戻ってくると、やはり扉がなくなっていたと言った。

それを聞いたアルザハークは一度頷くと、再び指を動かし始めた。

「……少しエネルギーを消費するが問題なかろう。門を開くからお主らは帰るがよい。わしはここに残るとしよう。今までエリザが守ってきたのじゃ。今度はわしが代わりに守ろうと思うのじゃよ。あと、ソラにはわしの残った神力《ちから》を譲渡しよう。今のお主なら、体に害はないじゃろう」

アルザハークはそう言うと、俺の胸に手を添えた。

温かい何かが俺の中に入ってくるのが分かった。

「問題はアルカに帰るための目印が必要じゃが……」

目印。俺はその時ヒカリのことを考えた。奴隷契約で俺たちは繋《つな》がっている。

そう思い強く念じると、確かな繋がりを強く感じた。こんなことは初めてだ。

もしかしてアルザハークから神力を受け取ったから？

「うむ、大丈夫そうじゃな。なら開くぞ」

その言葉に目の前に扉が出現した。

外観はエリスの作り出した扉に酷似している。

「竜王殿……」

「気にすることはない。どうせお主らではここに長時間滞在することは出来ぬからのう。それとソラよ、聖女のことは聞いた。今のアルカでエリクサーを手に入れることはたぶん無理じゃ。じゃからアルテアの城のダンジョンに行くがよい。七階のさらに先で、お主が欲する物が手に入るはずじゃ。その時は……またユイニを連れていってくれると嬉《うれ》しいのう」

それって……。

俺が質問しようとしたその時、シエルがフラフラと宙に浮かびアルザハークの前に移動した。

シエルは耳を大きく振ると、アルザハークの方へ耳を伸ばした。

その行動にアルザハークが戸惑っていたため、

「たぶんお別れの挨拶《あいさつ》です。その耳に触ってほしいんだと思います」

と言うとシエルがコクコクと頷いた。

向こうの世界で言う握手的な意味っぽい。

「ふむ、そうか……では……」

アルザハークがシエルの耳に触れると、大きく目を見開き、涙を流し始めた。

それは突然のことで、翁やイグニスたちは驚いていた。

『……貴方《あなた》……ありがとう』

俺にはシエルのそんな声が聞こえていたけど、それにどんな意味があるかは分からなかった。

ただ竜王は嬉しそうに一度頷くと、晴れ晴れとした表情を浮かべた。

俺たちはそんな竜王に見送られながら、目の前の扉を潜《くぐ》った。

向こうの世界……アルカではヒカリたちが待っている。

無事戻ることが出来たらミアについて相談しないといけない。

ただそれとは別に、討伐軍についても考えないといけない。エリスが魔王から解放されても、討伐軍をどうにかしない限り命を狙ってくるのだから。

それと魔王討伐の失敗を知った王国が再び異世界召喚を試みる可能性も捨てきれない。それを考えると王国に行って、それを阻止する必要はあるのかもしれない。

俺たちのような被害者をこれ以上出さないためにも。

ここまでのステータス

藤宮そら　Sora Fujimiya

【職業】魔導士　【種族】異世界人　【レベル】なし

【HP】710/710　【MP】710/710(+200)　【SP】710/710
【筋力】700(+0)　【体力】700(+0)　【素早】700(+0)
【魔力】700(+200)　【器用】700(+0)　【幸運】700(+0)

【スキル】ウォーキング　Lv70
効果:どんなに歩いても疲れない(一歩歩くごとに経験値1+α取得)
経験値カウンター:479002/2180000
前回確認した時点からの歩数【339435歩】
+経験値ボーナス　【447729】
スキルポイント　0

習得スキル
【鑑定LvMAX】【鑑定阻害Lv7】【身体強化LvMAX】【魔力操作LvMAX】【生活魔法LvMAX】【気配察知LvMAX】【剣術LvMAX】【空間魔法LvMAX】【並列思考LvMAX】【自然回復向上LvMAX】【気配遮断LvMAX】【錬金術LvMAX】【料理LvMAX】【投擲・射撃LvMAX】【火魔法LvMAX】【水魔法LvMAX】【念話LvMAX】【暗視LvMAX】【剣技LvMAX】【状態異常耐性LvMAX】【土魔法LvMAX】【風魔法LvMAX】【偽装Lv9】【土木・建築LvMAX】【盾術LvMAX】【挑発LvMAX】【罠Lv9】【登山Lv7】【盾技Lv6】【同調Lv8】【変換Lv9】【MP消費軽減Lv9】【農業Lv5】【変化Lv6】【鍛冶Lv5】【記憶Lv7】

上位スキル
【人物鑑定LvMAX】【魔力察知LvMAX】【付与術LvMAX】【創造LvMAX】【魔力付与Lv8】【隠密Lv9】【光魔法Lv7】【解析Lv8】【時空魔法LvMAX】【吸収Lv8】【複製Lv7】【闇魔法Lv3】

契約スキル
【神聖魔法Lv8】

スクロールスキル
【転移Lv8】

称号
【精霊と契約を交わせし者】
【神を屠りし者】

加護
【精霊樹の加護】【龍神の加護】

あとがき

はじめまして、もしくはお久しぶりです。あるくひとです。

この度は『異世界ウォーキング7　～魔王国編～』を手に取っていただき、誠にありがとうございます。


七巻の執筆にあたり、ついにノートPCを新調しました！

結構長いこと使っていたのですが、ついにキーボードが反応しなくなったためです。外付けのキーボードを使っていましたが、持ち運ぶのが大変で不便だったのもあります。そのため某家電量販店に何度も足を運んで店員さんに仕様を質問しながら購入してきました。その節は根気良く色々と教えていただきありがとうございました。

最終的に色々なところで作業が出来るようにと、軽さ重視で決めました。

今回無事に原稿を書き終えることが出来たのも、この新PCのお陰といっても過言ではありません。

自宅では気分が乗らずになかなか筆が進まなかったのが、別のところで作業をしたら実に捗《はかど》りました。もう、受験生に交ざりながらカタカタしていましたよ！　邪魔になってなかったらいいな。

さて、長々と私的なことを話してしまいましたが、珍しく本編の話を少々。

七巻の見所ですが、ルリカたちがついに……というのも一つですが、やはり精霊のシエルでしょうか？

この子はＷＥＢ版では出てこない、書籍版のオリジナルキャラでして、登場させるにあたり色々と設定を考えていたのですが、それを今回書くことが出来ました。

ソラがシエルと契約して神聖魔法を習得した理由や、シエルの不思議な力の根源にもなっているので、個人的にはやっと書けたとホッとしています。

ただの食っちゃ寝のお気楽キャラじゃなかったんだ、と思ってもらえたら嬉《うれ》しいです。

あとはあの人にも救いがあってもいいかな、と思っていたところもＷＥＢ版とは違った展開にしています。

では今回もここで恒例の宣伝を。

『マガジンポケット』様でコミカライズ版の『異世界ウォーキング』（著・小川慧《おがわけい》先生）が連載されています。コミックスも好評発売中なので、そちらもどうかよろしくお願いします。

最後に感謝を。執筆にあたり相談に乗って助けて下さった担当のＯ氏。魅力的なイラストを描いて下さったゆーにっとさん。校正をしてくれた皆さん、今回もありがとうございました。こうして無事本を出せたのは皆さんのお陰です。大変お世話になりました。

そして本書を手に取り最後まで読んで下さった読者様、いつもＷＥＢ版を読んで下さる方々、本当にありがとうございます。読み終わった時に満足してもらえたら嬉しいです。

それでは縁があれば、続刊でまた会えればと思います。

あるくひと

カドカワBOOKS

異世界《いせかい》ウォーキング 7
〜魔王国編《まおうこくへん》〜

2024年 4 月10日　初版発行

著者／あるくひと

発行者／山下直久

発行／株式会社KADOKAWA

〒102-8177
東京都千代田区富士見2-13-3
電話／0570-002-301（ナビダイヤル）

編集／カドカワBOOKS編集部

印刷所／大日本印刷

製本所／大日本印刷

●お問い合わせ
https://www.kadokawa.co.jp/（「お問い合わせ」へお進みください）
※内容によっては、お答えできない場合があります。
※サポートは日本国内のみとさせていただきます。
※Japanese text only

Printed in Japan
ISBN 978-4-04-075393-5 C0093

新文芸宣言

かつて「知」と「美」は特権階級の所有物でした。

15世紀、グーテンベルクが発明した活版印刷技術は、特権階級から「知」と「美」を解放し、ルネサンスや宗教改革を導きました。市民革命や産業革命も、大衆に「知」と「美」が広まらなければ起こりえませんでした。人間は、本を読むことにより、自由と平等を獲得していったのです。

21世紀、インターネット技術により、第二の「知」と「美」の解放が起こりました。一部の選ばれた才能を持つ者だけが文章や絵、映像を発表できる時代は終わり、誰もがネット上で自己表現を出来る時代がやってきました。

UGC（ユーザージェネレイテッドコンテンツ）の波は、今世界を席巻しています。UGCから生まれた小説は、一般大衆からの批評を取り込みながら内容を充実させて行きます。受け手と送り手の情報の交換によって、UGCは量的な評価を獲得し、爆発的にその数を増やしているのです。

こうしたUGCから生まれた小説群を、私たちは「新文芸」と名付けました。

新文芸は、インターネットによる新しい「知」と「美」の形です。

2015年10月10日
井上伸一郎

KODANSHA
1歩踏み出せば、
即成長!?
異世界を歩いて万能に!!!
心優しきのんびり冒険譚!!
異世界に召喚された少年ソラ。与えられた「ウォーキング」スキルの効果は、どんなに歩いても疲れないだけ！国王から見放されたソラであったが、一度異世界へ足を踏み出すと突然レベルアップ!! 実は「ウォーキング」には、「1歩進むごとに経験値1を獲得する」という隠し効果があったのだ！ その経験値で様々なスキルを獲得。歩くごとに万能となっていくソラは、のんびり気ままな異世界の旅へと歩み出す！
講談社「マガジンポケット」で連載中!
単行本第⑥巻大好評発売中！
6
異世界ウォーキング
異世界ウォーキング
Walking in another world
〔原作〕あるくひと 〔漫画〕小川慧
〔キャラクター原案〕ゆーにっと

コミカライズ決定！
このクズ冒険者、
実は王子で
最強魔術師——!?
カドカワBOOKS

水魔法ぐらいしか取り柄がないけど現代知識があれば充分だよね？

著 mono-zo　画 桶乃かもく

スラムの路上で生きる5歳の孤児フリムはある日、日本人だった前世を思い出した。今いる世界は暴力と理不尽だらけで、味方もゼロ。あるのは「水が出せる魔法」と「現代知識」だけ。せめて屋根のあるお家ぐらいは欲しかったなぁ……。

しかし、この世界にはないアイデアで職場環境を改善したり、高圧水流や除菌・消臭効果のあるオゾンを出して貴族のお屋敷をピカピカに磨いたり、さらには不可能なはずの爆発魔法まで使えて、フリムは次第に注目される存在に——!?

カドカワBOOKS

最底辺スタートな
転生幼女、
万能の
「水魔法」で
成り上がる!?

前世リーマンの
フリーダム問題児、
エリート校に
殴り込み!?
電撃コミック
レグルスほかにて
コミカライズ
好評連載中!
漫画:田辺狭介

最強の眷属たち――
その経験値を一人に集めたら、
史上最速で魔王が爆誕!?
第7回カクヨム
Web小説コンテスト
キャラクター文芸部門
特別賞

COMIC
WALKERほかにて
コミカライズ
好評連載中!
漫画・
濱田みふみ

前略、山暮らしを始めました。

浅葱
illust. しの

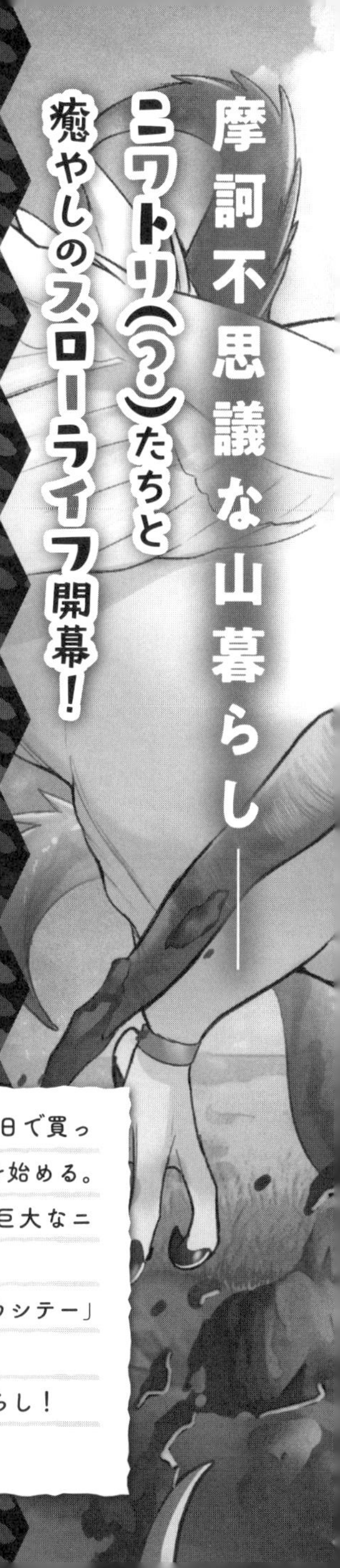

摩訶不思議な山暮らし――
ニワトリ(?)たちと
癒やしのスローライフ開幕!

ひょんなことがきっかけで山を買った佐野は、縁日で買った３羽のヒヨコと一緒に悠々自適な田舎暮らしを始める。

気づけばヒヨコは恐竜みたいな尻尾を生やした巨大なニワトリ（？）に成長し、言葉まで喋り始めて……。

「どうして――！?」「ドウシテー」「ドウシテー」「ドウシテー」

「お前らが言うなー！」

癒やし満点なニワトリたちとの摩訶不思議な山暮らし！

カドカワBOOKS